Neo Atlantis
Neunkircherstraße 54
66583 Spiesen-Elversberg
Tel. 06821 8690-355
Fax 06821 8690-832
E-Mail: verlag@neo-atlantis.de
Besuchen Sie uns im Internet unter:
www.neo-atlantis.de

©2011 Neo Atlantis Limited
Deutsche Erstausgabe Februar 2011
Satz und Umschlaggestaltung: plingo media - www.plingo.de
Gedruckt in Deutschland
ISBN: 978-3-940930-21-7

Nachricht für George

Susanne Bayer-Rinkes

NEO ATLANTIS
BÜCHER FÜR KLARHEIT UND ERKENNTNIS

Für Wolfgang - meinen Vater

Mein größter Dank gebührt meinem Helfer aus der Geistigen Welt, ohne dessen Inspiration, Ideenreichtum, mentaler Unterstützung und liebevoller Ausdauer dieses Buch nie entstanden wäre. Er war mir die größte Hilfe und der beste „Antreiber", den man sich wünschen kann! Mit seiner Kreativität und Weisheit war er immer dann zur Stelle, wenn es von Nöten war, und so entstanden diese wundervollen Zeilen in unendlicher Liebe.
Danke Kuthumi!
Darüber hinaus danke ich meiner Mum, die immer an mich geglaubt hat, und ohne die ich diesen, meinen Weg vielleicht nie gewählt hätte.
Außerdem möchte ich Sylvia danken, einer lieben Freundin, die mich mit ihrer natürlichen, lebensfrohen Art unermüdlich angespornt hat „George" zu beenden.

George

Der Mann im schwarzen Tweedmantel, mit dem akkurat zu-
rückgekämmten dunklen Haar, dessen ergraute Schläfen die
wärmende Frühlingssonne erstrahlen ließ, ging nur langsam, fast
schleichend und mit leicht gesenktem Kopf durch den Park. Die
Hände tief in seinen Manteltaschen vergraben und die hängenden Schultern nach vorne gezogen, hatte er kein Auge für das
herrliche Erwachen der Natur nach ihrem Winterschlaf. An einer
großen alten Eiche blieb er stehen und blickte versonnen in die
Ferne.

Er betrachtete die Bäume mit ihren zarten hellgrünen Knospen,
die den Park zur Stadt hin abgrenzten, und hinter deren Wipfeln
vereinzelt die Dächer der großen Einkaufszentren zu erkennen
waren. Früher war dieser Park viel größer gewesen, dafür die
Stadt um so kleiner. Im Laufe der letzten 30 Jahre wuchs die
Einwohnerzahl an, größere Läden mussten her, bis hin zu den
nun ersichtlichen Einkaufszentren, und natürlich war auch das
Verkehrsaufkommen stark gestiegen. Dem Mann war insgeheim
bewusst, ohne dass er im Moment überhaupt darüber nachdach-
te, dass in noch einmal 30 Jahren, hier an dieser Stelle sicherlich
kein Grün mehr zu sehen sein würde, die Stadt sich wie eine unersättliche Raupe weiter vorwärts fressen würde, und alles Schöne
der Natur von Walzen in Dinosauriergröße platt gemacht wäre.
Doch noch war das graue Betonmonstrum weit genug entfernt,
um hier eine kleine Oase der Stille zu beherbergen.

Die aus ihrem Winterdomizil bereits zurückgekehrten Vögel
tanzten am Himmel voller Lebensfreude, spielten und flirteten
ausgelassen miteinander und zwitscherten lautstark, so als sei es
der letzte Tag ihres sorgenfreien Daseins.

Er hatte schon immer hier gelebt. Von Geburt an bis zum heutigen
Tag, Höhen und Tiefen, Freude und Sorgen, Schönes und Schlimmes durchgemacht. Und nun wusste er, hier würde sein Leben
auch enden. Hier in dieser Stadt, die ihm immer eine gute Heimat
war.

Ein paar wenige Spaziergänger führten an diesem späten Vormittag ihre Hunde durch den Park, verbotenerweise natürlich ohne
sie anzuleinen, was den Mann jedoch in keinster Weise störte,

er registrierte es nur am Rande. Während er auf eine etwas entfernt stehende verblichene Parkbank zusteuerte, schlenderte ein junges Liebespärchen turtelnd vorüber, ohne ihm einen Blick zu schenken. Schwer ließ er sich auf das von der Sonne schon leicht angewärmte Holz fallen. In zwei Stunden würde auf dieser Bank Schatten sein, ohne dass die mächtige Eiche nebenan sich dafür auch nur einen Millimeter von ihrem Standort wegbewegen musste.

„Die Sonne zieht ihre Bahnen, die Erde zieht ihre Bahnen, auch ich zog meine Bahnen. Doch bald endet meine Bahn, aber Sonne, Mond, Erde und überhaupt Alles, wird weiter wandern, ganz egal, was mit mir geschieht. Selbst diese uralte Eiche wird es nicht interessieren, auch sie wird mich überdauern."

Er legte den Kopf nach hinten und rutschte auf der Bank ein paar Zentimeter tiefer, so dass sich sein Mantel im Nacken aufwellte. Dann schloss er die brennenden Augen, in der Hoffnung, die aufkeimenden Tränen unterdrücken zu können.

* * *

„Mr. Hudson?" George blickte von seiner Zeitschrift auf. „Das bin ich." „Es dauert noch etwa 15 Minuten. Der Doktor ist noch bei der Visite, aber er wird gleich Zeit für Sie haben." Eine kleine, pummelige Krankenschwester, mit hektischen roten Flecken auf den Wangen, blickte leicht genervt über den Rand ihrer runden Brille und wartete fast ungeduldig auf die Reaktion des Angesprochenen.

„Kein Problem", grinste George sie an." Ich hab nichts weiter vor im Moment." Die Schwester verdrehte die Lippen zu einem gekünstelten Lächeln und trabte ab in Richtung ihrer Station. George sah sich um. In dem offenen Wartebereich des Krankenhauses saßen lediglich drei Leute. Ein älterer Herr, sicher schon um die 80, schaute George mit verschmitztem Lächeln und wachen Augen an.

„Heutzutage hat niemand mehr Zeit. Aber wir, wir müssen Zeit haben und warten. Mit uns kann man es ja machen, mit uns Rentnern." Überrascht zog George die linke Augenbraue hoch. Rentner? Was dachte der alte Mann wohl wie alt George sei? Gut. Er war auch bereits 63, sah aber noch nach Ende 50 aus, da war sich George sicher! Und gefühltes Alter? Na, in jedem Fall noch mal um ein paar Jährchen jünger. Aber klar. Das konnte der alte Mann ja auch nicht wissen, wie George sich fühlte. Und dass er vor einem Jahr freiwillig frühzeitig in Rente gegangen ist, weil in der Firma innerbetrieblich umstrukturiert wurde, das konnte der alte Knabe ja auch nicht wissen. Also lächelte er dem Herrn in der beigen abgewetzten Cordhose mit einem wohlwollenden Nicken zu und stand auf, um ein paar Schritte über den Flur zu wandern.

Einige der Türen, an denen George vorbei schlenderte, standen offen. Mehrere kleine Behandlungsräume lagen nebeneinander. Sie waren alle fast identisch eingerichtet mit einer unbequem anmutenden schwarzen Kunstlederliege, auf die, aus Hygiene-gründen, von großen Rollen am Kopfende jeweils frisches weißes Papier gezogen werden konnte, einem kleinen Minitisch, an dem der Arzt vermutlich seine Papiere ausfüllt und einem kleinen Hocker, der aus Platzmangel in den engen Räumchen, unter der Liege verstaut wurde. Die meisten der Räume waren leer oder die Türen geschlossen. In einem Zimmer saß ein kleines blondes Mädchen mit seiner Mutter auf der Liege, die tröstend den Arm um ihre Tochter gelegt hatte und sanft auf es einsprach. Das Mäd-chen hielt einen braunen durchgeknuddelten Teddy in der Hand, den es sich aufs linke Ohr drückte.

Oh je, dachte George bei sich. Ohrenschmerzen. Furchtbar. Und vor seinem geistigen Auge sah er Thomas, seinen Sohn, als dieser sich mit sechs Jahren ebenfalls eine Mittelohrentzündung eingehandelt hatte. Er musste ziemliche Schmerzen gehabt haben, wollte aber tapfer sein und hatte tagelang nichts davon erzählt. Erst als ihm der Eiter aus dem Ohr lief, ging er mit seiner Mutter dann doch zum Arzt und gestand erst hinterher, wie ganz doll weh das getan hatte. George hatte dann ein klein wenig mit seinem Sohn geschimpft, ihm gesagt, dass der Spruch aus dem Kindergarten mit dem Indianer, der keinen Schmerz kennt, Blöd-sinn sei, und er so etwas nie wieder verheimlichen dürfe. Thomas hatte ihn hoffnungsvoll angesehen und gefragt, ob er denn jemals einen Indianer hätte weinen sehen, worauf George sagte, dass er leider noch nie einen echten Indianer getroffen hätte, aber in einem Buch gelesen hätte, dass auch Indianer weinen, wenn

sie ganz doll Schmerzen haben. Und Thomas zweifelnden Blick
erkennend, fügte er hinzu, dass dieses Buch ein echter Indianer
geschrieben hätte, und der müsste es ja schließlich wissen. Damit
gab sich Thomas zufrieden und ein kleines Lächeln umspielte
Georges Lippen bei dieser Erinnerung.

Aus einem Wasserspender am Ende des Flurs, der mit grünem
Linoleum belegt, obligatorischen Krankenhauscharakter verströmte, entnahm George einen Plastikbecher und füllte ihn mit gekühl-
tem Wasser. Es schmeckte herrlich frisch und George trank es in
einem Zug leer, während er zwei Schwestern zuhörte, die sich
in der Teeküche über den vergangen Abend unterhielten. Dann
füllte er den Becher erneut, ging gelangweilt zum Wartebereich
zurück, setzte sich auf den gleichen Stuhl wie zuvor und stellte
den Becher neben sich auf einen kleinen Tisch.

Der Rentner war verschwunden, ebenso die beiden anderen Personen, die vor wenigen Minuten noch da waren, dafür saß nun
eine kleine Dame, um die 70, auf einem der Stühle und strahlte
George an, als sei dieser ein Bote Gottes. Verlegen ihrem Blick
ausweichend, nahm George die erste greifbare Zeitschrift zur
Hand und tat, als sei er fürchterlich interessiert an der angeprie-
nen Kiwidiät und den Zelluliteproblemen der Damenwelt.

„Warten Sie auch auf jemanden?" fiepste die Frau in den höchs-
ten Tönen, dass George erwartete die Fenster müssten zerspring-
gen aufgrund dieses Tonfalles.

„Nein, nein", gab er zurück, ohne von der Zeitschrift aufzuschau-
en. „Ich bin gleich beim Arzt dran, muss jeden Moment kommen."

„Ach jee. Hoffentlich nichts schlimmes?"

„Nein, nur etwas Kopfschmerzen ab und zu. Wird nichts Großes
sein", antwortete George, dachte aber gleichzeitig mit einem
gewissen Gefühl des Unwohlseins an die Untersuchung vom
Vortag in dieser Röhre. 20 Minuten musste er das MRT über sich
ergehen lassen, hätte fast Platzangst bekommen in diesem engen
Teil und die Musik, auf den von der Krankenschwester überreich-
ten Kopfhörern, konnte nicht im Mindesten den Lärm überdecken,
den das Gerät während der Aufnahmen aussandte.

„Dann ist ja gut, das beruhigt mich sehr. Da wünsche ich Ihnen
gute Besserung!", unterbrach die alte Dame Georges Gedanken.

„Danke", murmelte er in seine Hand, auf die er seinen Kopf abgestützt hielt, um beim Lesen noch besser demonstrativ nach unten sehen zu können. Es blieb für eine Minute still und George wagte über den Rand seiner Zeitschrift zu schielen.

Die Frau saß ihm schräg links gegenüber und nestelte am Griff ihrer zerschlissenen Handtasche herum, während sie das Werbeplakat einer großen Versicherung zu studieren schien. Ihr, für die Jahreszeit sicher unangebrachtes, hellblaues Sommerkleid mit den gelben Blümchen lugte unter einem zerknitterten Mantel hervor, der seine besten Tage auch schon lange hinter sich hatte. George vertiefte sich wieder in seine Zeitschrift und fröstelte bei dem Anblick der Sandalen, welche die Frau trug. Bei diesen Temperaturen ...

„Ich warte auf meinen Mann", begann die Dame unvermittelt zu krächzen und George zuckte vor Überraschung und Schreck in sich zusammen. Wie in Gottes Namen ist es möglich, dass jemand solch eine Stimme hat, fragte er sich. Sicher ist ihr Mann stocktaub, sonst könnte er das doch nie ertragen.

„Mein Mann ist schon lange hier, wissen Sie. Aber er wird wieder gesund. Sicher wird er das, weil, er ist ja nie krank gewesen."

„Hmhm", brummelte George und sank immer weiter im Stuhl zusammen, so als könne er sich, immer kleiner werdend, irgendwie in Luft auflösen. Als er gerade die Seite mit den Backideen fürs anstehende Osterfest aufgeschlagen hatte, und offensichtlich fasziniert die bunten Häschenkränze und kleinen Eierkuchen betrachtete, rief die kleine Dame plötzlich aus:

„Da bist du ja endlich, mein Herz! Das hat heute aber wieder lange gedauert bei dir." Ihre Stimme klang zwar noch immer unglaublich schrill, war jedoch im Tonfall wesentlich weicher geworden.

Für ihr Alter erstaunlich schnell sprang sie von ihrem Stuhl auf und ging drei Schritte in Richtung Flurbereich. „Was hat der Arzt gesagt? Du bist kerngesund?" Sie lachte laut auf. „Das hab ich doch immer gesagt, du hast das Herz eines Elefanten."

George, der noch immer seinen Kopf tief in die Zeitschrift vergraben hatte, fragte sich, ob der Mann nicht nur taub sondern auch noch stumm sei, denn er hatte niemanden antworten hören. Vorsichtig hob er den Kopf, neugierig darauf zu sehen, wie sein bemitleidenswerter Geschlechtsgenosse wohl aussehen mochte.

Vielleicht hatte er einen dicken Kopfhörer auf, wie die Lotsen am Flughafen oder die Watte kam ihm zu beiden Seiten aus den Ohren heraus oder er trug ein Hörgerät, in dem schon seit Jahren die Batterie fehlte.

Die kleine rundliche Dame stand auf dem Flur, zupfte Löcher in die Luft und säuselte kopfschüttelnd: „Woher hast du nur immer diese Flusen an der Jacke? Komm, lass uns nach Hause gehen. Peterchen wartet sicher schon auf uns. Hier, nimm meinen Arm." Sie hielt den linken Ellbogen zur Seite raus, wartete einen Moment, nickte dann zufrieden und spazierte langsam mit einem glücklichen Lächeln im Gesicht den Korridor entlang in Richtung Ausgang.

George saß auf seinem Stuhl, die Kinnlade war ihm heruntergeklappt. Seine Frauenzeitschrift war zwischen den Beinen zu Boden gerutscht, und mit ungläubigem Blick sah er der alten Dame hinterher, die leise mit der Person neben sich sprach, die für ihn gar nicht existierte. Was um Gottes Willen war das gerade? George hatte ja schon davon gehört, dass es Menschen geben soll, die mit imaginären Freunden sprachen, wie Harvey, dem Hasen, oder so. Aber er dachte immer, diese Menschen seien irgendwo sicher verwahrt in einer Anstalt oder ähnlichen Einrichtungen, wo sie niemandem schaden und in Ruhe ihre tiefgründigen Gespräche mit nichtexistenten Wesen führen können. Als ihm bewusst wurde, dass er noch immer mit offenem Mund dasaß, klappte er den Kiefer so heftig nach oben, dass die Zähne klapperten. Verwirrt und Kopfschüttelnd hob er die heruntergerutschte Zeitschrift auf und überlegte, ob diese Situation nun zum Lachen oder eher zum Weinen war, als eine Schwester ihn ansprach. „Mr. Hudson?"

„Ja."„Sie wären dann jetzt dran. Wenn Sie mir bitte folgen wollen?"

Freundlich lächelte die Krankenschwester George an und während er die Zeitschrift zurück auf den Tisch zu den anderen legte, ging die junge Schwester ihm voraus zum Besprechungszimmer des diensthabenden Arztes.

„Heute haben Sie nicht viele Patienten hier", meinte George mit einer Geste in den nun leeren Wartebereich, während sein Blick kurz über den wohlgeformten Körper der vor ihm gehenden

Dame in Weiß glitt. „Nein. Heute Vormittag ist Sprechstunde nur auf Termin." Die Schwester wandte kurz den Kopf und lächelte George erneut mit ihren dunklen Augen freundlich aber reserviert an. „Setzen Sie sich, der Doktor kommt sofort." Daraufhin verschwand sie leise, wie ein Geist und schloss die Tür so sanft, dass kein Ton zu hören war.

George blickte sich in dem Zimmer um.

Ein freundlicher, heller Raum mit einigen selbstgemalten Bildern kleiner Kinderpatienten an den terrakottafarbenen Wänden. Einiges nur Kritzeleien, aber auch ein paar wirklich schöne Motive, wie George fand. Das mit dem lachenden Kind, im Bett liegend mit Gipsbein und einem großen grünen DANKE quer über das Blatt gemalt, gefiel ihm besonders gut. Oder jenes mit der Kirche, bei dem das Kreuz auf dem Turm absolut überdimensioniert ausfiel und die Worte „Gott beschütze Sie" in leuchtendem Orange, von Kinderhand gezeichnet, ihm sofort ins Auge sprang. Ein weißer älterer Schreibtisch grenzte die Zone zwischen Patient und Arzt klar ab, ohne jedoch störend zu wirken. Auf dem Tisch lag neben einem alten grünen Telefon eine Krankenakte und George konnte seinen Namen auf dem Tab erkennen.

Nun bin ich wirklich gespannt, was bei der Untersuchung herausgekommen ist, dachte er nebenbei, während sein Blick weiter durchs Zimmer wanderte und dabei das in der Ecke auf einem Gestell stehende Skelett betrachtete, in dessen Mundwinkel ein Scherzkeks eine Zigarette geklemmt hatte.

Die letzten Wochen wurde George immer öfter von starken Kopfschmerzen geplagt, die letztendlich so rasend wurden, dass selbst er, der in den letzten 25 Jahren keinen Arzt mehr benötigte, schließlich zu dem Hausarzt fuhr, der damals auch Georges Frau Sybille versorgte, als diese nach einem Hexenschuss nicht mehr aus dem Bett kam.

Vor seinem geistigen Auge sah George die Szene noch einmal vor sich, als Sybille sich einen Tag nach dem Arztbesuch und dessen Spritze, zum ersten Mal unter Stöhnen und leisem Fluchen aus dem Bett zu quälen versuchte, und er lächelte traurig bei dieser Erinnerung. Nicht dass seine Frau eine hysterische, keifende und ständig fluchende Zicke gewesen sei. Ganz im Gegenteil. Billi, wie er sie immer liebevoll nannte, war die herzlichste, gutmütigste und schönste Frau auf dem ganzen Planeten. Sie war die liebevollste Mutter ihrer beiden Kinder Angie und Thomas, die er sich vorstellen konnte und sie hatte die sanftesten und strahlendsten blau-grauen Augen, die er je gesehen hatte und in denen er so gerne versunken ist.

Der Hausarzt, Dr. Hyde, verschrieb George damals zunächst Schmerztabletten, die jedoch keinerlei Wirkung zeigten, auch nicht bei höherer Dosierung, und als Dr. Hyde mit seinem Latein am Ende zu sein schien, schickte er George schließlich in das kleine Vorstadtkrankenhaus, in dem er nun saß und darauf wartete, dass der neue Doktor ihm bessere Tabletten verordnen würde, damit er schnell wieder nach Hause gehen könnte. Natürlich nicht ohne zuvor, bei diesem wunderbaren Wetter, noch einen Abstecher durch den Park gemacht zu haben.

„Guten Morgen, Mr. Hudson." Ein fester Händedruck, gepaart mit einem offenen und direkten Blick, erweckte sofort Sympathie in George für den gerade eingetretenen Arzt.

„Mein Name ist Professor Jacob und ich leite die onkologische Station in dieser Klinik." Mit einer Handbewegung deutete er George, sich wieder zu setzen, und nahm gleichzeitig auf der gegenüberliegenden Seite des Schreibtisches Platz. Er war ein großer Mann, sicher 1,90 m, mit einer sportlichen Figur. Trotz seines geschätzten Alters von knappen 50 waren seine Haare bereits so weiß, wie die frisch gewaschenen Laken seiner Billi früher, wenn sie im Garten auf der Leine lustig im Wind flatterten.

Billi hing die Laken gerne in den Garten. Sie meinte immer, dann würden sie besonders frisch und hätten einen angenehmen Duft. Sie hing ja sowieso alles in den Garten, sogar im tiefsten Winter, und George war es immer etwas peinlich, wenn er seine Unterwäsche, vor den Augen der ganzen Nachbarschaft, an der Leine baumeln sah.

Prof. Jacob verströmte Autorität, jedoch keine Arroganz und George fühlte sich sofort gut aufgehoben. Der Arzt schlug die Krankenakte auf, die vor ihm auf dem Tisch lag und begann zu lesen. George sah den Mann erwartungsvoll an und wartete geduldig, obwohl er sich fragte, wieso Ärzte nie wissen, an was ihr Gegenüber eigentlich leidet. Durch das Lesen der Akte vermittelten sie einem automatisch das Gefühl der Unkenntnis. Irgendwie dann doch nicht sehr vertrauenerweckend. Dann gab er den Gedanken auf und hoffte einfach nur darauf, dass der Professor ihm das richtige Mittel verschreiben würde. Mehr wollte er ja sowieso nicht hier. Der Arzt las und las, blätterte vor und zurück, schaute auf irgendwelche Fotos und George kam es langsam wie eine kleine Ewigkeit vor, während allmählich ein Gefühl von Unwohlsein in ihm aufstieg.

Endlich nahm Prof. Jacob seine Lesebrille ab und legte sie neben die Akte auf den Schreibtisch. Er sah George ernst an, mit einem Blick, der diesen verunsicherte. „Mr. Hudson, seit wann haben Sie diese Kopfschmerzen genau?"

„Ich hab's nicht notiert", überlegte George laut. „Seit ca. 4 oder 5 Wochen, aber sie werden eben immer stärker."

„Haben Sie Probleme mit der Koordination Ihrer Gliedmaßen?"

„Was meinen Sie damit?" Irritiert und etwas verunsichert schaute George den Arzt fragend an.

„Nun ja, ich meine, gehorchen Ihnen Ihre Arme und Beine wie immer? Oder haben Sie ab und an das Gefühl, sie haben ein Eigenleben oder gar so etwas wie Lähmungserscheinungen? Oder vielleicht Schwierigkeiten bei der Findung Ihrer Wortwahl?"

Nun stieg ein Gefühl von Panik in George auf. Was verdammt noch mal war hier los?

„Nein! Nein, ich habe keine Probleme in irgendeiner Weise. Ich habe Kopfschmerzen und fertig. Was zum Teufel ist los?" Er konnte sich kaum noch beruhigen.

Der Arzt stützte sich mit einem Ellbogen auf dem Schreibtisch ab, während seine andere Hand mit der Brille neben der Akte spielte.

„Mr. Hudson. Was ich ihnen nun sagen muss, ist nicht ganz einfach, doch leider bestätigen all unsere Untersuchungen den Verdacht. Sie haben einen Hirntumor, auch Glioblastom genannt, in Ihrem Fall Grad 4."

George starrte den Arzt mit großen Augen an, unfähig zu sprechen.

„Ihre Kopfschmerzen sind in diesem Fall zwar eher selten, aber sie kommen vor und wir können diese auch in den Griff bekommen. Aber ..." und dieses Wörtchen sprach Prof. Jacob langsam und betont aus. „ ...die Ursache Ihrer Kopfschmerzen können wir nicht behandeln. Nicht mehr." Er senkte kurz den Kopf, so als falle es ihm schwer weiterzureden.

Die eintretende Stille kam George schrecklich laut vor, und er hörte sein Blut im Kopf rauschen.

„Was ... was bedeutet das?" Seine Stimme war kaum zu hören.

„Ich versuche es Ihnen zu erklären. Ihre Schmerzen werden verursacht durch steigenden Hirndruck. Die Hirnhaut meldet Ihnen Schmerzen. Mr. Hudson, doch wie ich bereits sagte, können wir diese mit den entsprechenden Medikamenten behandeln. Sowohl der Fortschritt Ihrer Erkrankung jedoch, als auch die Lage des Tumors sind leider so ungünstig, dass wir nicht mehr operieren können." Er senkte erneut kurz den Blick. „Es tut mir leid."

George starrte den Arzt noch immer an, unfähig sich zu bewegen, zu reden oder zu denken. Sogar das Atmen vergaß er. Endlich nahm er einen tiefen Atemzug und beim langsamen geräuschvollen Ausatmen sank George in seinem Stuhl zusammen, die Schultern fielen herab und alles Blut war aus seinem Gesicht gewichen.

* * *

George wusste nicht, wie lange er auf dieser Parkbank schon saß. Die letzte Stunde, oder waren es zwei, durchlebte er wie durch einen Schleier. In seinem Kopf hämmerten die Worte des Arztes nach, und nur allmählich begriff er, dass Prof. Jacob, George Hudsons Todesurteil verkündet hatte.

Drei bis sechs Monate. Ohne Bewährung! Sicherlich hatte er sich vertan, hatte die Akte vertauscht, die Bilder des MRT verwechselt. Ganz sicher wird er heute Nachmittag schon anrufen und sagen, es tue ihm ja so leid, aber die Schwester, die dafür verantwortlich ist, wurde bereits gekündigt.

„Sie müssen keine Schmerzen erdulden", klang es in Georges Kopf nach. „Es gibt gute Medikamente dagegen. Der Tumor selbst verursacht Ihnen keine Schmerzen, Sie merken ihn quasi gar nicht."

George lachte innerlich höhnisch auf. Sie merken ihn quasi gar nicht. Klasse. Und was ist mit den Problemen beim Laufen und Sprechen, von denen der Prof. gesprochen hat? Bis hin zur völligen Bewegungsunfähigkeit? Langsames Dahindämmern, bis irgendwann der Tod eintritt? Keine Heilung möglich.

Sie merken ihn quasi gar nicht.

Wie Hohn klangen die Worte in Georges Gehirn nach und er merkte, wie langsam Kopfschmerzen in ihm aufstiegen. Er wusste schon jetzt, wenn er nicht bald seine Tabletten einnahm, würde sich bis in einer Stunde sein Schädel anfühlen, als hätte ein Geier seine Krallen hinein gebohrt.

Doch er blieb still sitzen, wollte für einen Moment noch nachdenken, um nicht ganz die Kontrolle zu verlieren. Er musste das verarbeiten. Natürlich. Es gibt Chemo, Bestrahlungen. Aber was würde das ändern? Warum sollte er hinauszögern, was ja offensichtlich nicht zu ändern ist?

Er hatte keine Lust , bis auf die Knochen abzumagern, weil er sich stundenlang erbrechen muss nach solchen Behandlungen, und ohne seine Haare wollte er sein Leben ebenfalls nicht beenden. Nein, so wollte er nicht sterben. Oder sollte er vielleicht doch noch zu einem anderen Arzt gehen? In die große Uniklinik auf der anderen Seite der Stadt. Dort haben sie doch sicher Spezialisten für solche Fälle, und vielleicht hat sich Prof. Jacob ja einfach nur geirrt, etwas gesehen, was gar nicht da ist ...

Meine Güte, warum ich? Warum ICH?

Diese Frage loderte in Georges Kopf wie eine Fackel, schien ihm alle anderen Gedanken wegzubrennen und das Feuer der Kopfschmerzen weiter anzufachen.

Er saß noch immer, den Kopf im Nacken und das Gesicht der wärmenden Frühlingssonne entgegengestreckt bewegungslos im Park, unfähig etwas anderes zu tun, als zu denken.

Nachdem sich der Nebel in seinem Kopf zu lichten begann, fiel George auf, dass er die Vögel singen hörte und weiter weg die Geräusche der am Park vorbeifahrenden Autos registrierte. Er hörte die Turmuhr in der Ferne und zählte die Schläge mit. Kurz vor Mittag, er saß erst 30 Minuten hier, es kam ihm vor wie Stunden. Ihm wurde bewusst, dass dies sein letzter Frühling sein würde, für immer und ewig. Das letzte Mal, dass er sehen würde wie die Bäume ausschlagen, die Tulpen sprießen, deren Zwiebeln Billi vor Jahren, wahllos aber liebevoll, im Garten verstreut hatte, und die noch immer, jedes Frühjahr, neugierig ihre Köpfe in den Himmel streckten, irgendwie so schien ihm, immer an einer anderen Stelle.

Er würde nicht sehen, wie seine Enkeltochter Laureen aufwächst, nicht als stolzer Großvater bei ihrer Einschulung daneben stehen und nicht erleben, ob Laureen vielleicht doch noch das ersehnte Brüderchen bekommt, das sie sich so sehr wünscht. Dieser Gedanke tat George fast körperlich weh und seine geschlossenen Augen füllten sich erneut mit Tränen.

Gerade als er seine Trauer zulassen wollte, hörte er ein leises Geräusch unmittelbar neben sich und riss erschrocken die Augen auf. Sofort schloss er sie wieder, weil sie von den Tränen brannten und die Sonne ihn so sehr blendete, dass ihm erst recht das Wasser in die Augen schoss. Schnell zog er ein akkurat gefaltetes, frisches weißes Taschentuch aus seiner linken Manteltasche, um sich damit über die Augen zu reiben.

Vorsichtig blinzelnd drehte er den Kopf nach rechts und erkannte, dass neben ihm ein Mann saß, der in ein Buch vertieft zu sein schien, welches er halbhoch vor seiner Brust hielt. Dessen Titel, der in ungewöhnlich dicken, schwarzen Buchstaben auf dem weißen Hintergrund, geradezu hervor zu springen schien, lautete: Leben - Sterben – Was kommt danach?

George schluckte.

Wo kam dieser Mann so plötzlich her? George hatte ihn nicht kommen hören. Und warum las er ausgerechnet ein Buch über gerade dieses Thema? Ein Thema, das Georges Leben vor weniger als einer Stunde komplett aus seinen geordneten Bahnen warf? George versuchte sich daran zu erinnern, ob er überhaupt jemals gesehen hat, dass jemand ein Buch über das Thema Tod und Sterben gelesen hatte, aber sein Kopf brummte inzwischen wie eine Bärin, die ihre Jungen verteidigt. Durchdringend und unüberhörbar.

Er steckte sein Taschentuch fein säuberlich zurück in die Manteltasche und tastete in seinem Jackett nach der Packung mit den Schmerzmitteln. Ohne die Packung herauszuholen, entnahm er eine der neuen Pillen, die ihm Prof. Jacob zuvor mitgegeben hatte, und wünschte sich den Becher Wasser herbei, den er am Vormittag im Krankenhaus hatte stehen lassen.

Nun, dann musste es eben so gehen. Wird schon runterrutschen.

George warf die Pille mit Schwung in den Mund und schluckte sie schnell, bevor ein Würgereiz auftreten konnte. Er mochte keine Tabletten, Pillen oder sonst etwas in der Art. Jedes Mal hatte er das Gefühl, er müsse sich erbrechen, wenn sich die kleinen oft bunten Pharmaziepräparate seiner Speiseröhre näherten. Diesmal ging alles glatt. Einigermaßen zufrieden und in der Hoffnung, dass die neue Medizin auch wirkt, lehnte sich George wieder zurück, als er mit einem Mal den Blick des neben ihm sitzenden Mannes auf sich spürte. Den hatte er fast vergessen.

Er drehte den Kopf erneut zu dem Fremden und erstarrte.

Diese Augen!

Der Fremde sah ihn an und George hatte das Gefühl, als blicke der Mann in sein Innerstes hinein und gleichzeitig doch auch durch ihn hindurch.

Ungläubig und ohne es zu bemerken, beugte er sich dem Fremden einige Zentimeter entgegen, so als könne er dann besser sehen. Dann wusste er es. Es waren die gleichen Augen!

Es waren die Augen seiner Frau Sybille. Diese Farbe! Und die Art wie er schaute. Die Gutmütigkeit, die der Fremde allein durch diesen Blick auszudrücken im Stande war. Das kannte er in diesem Maße bislang nur von Billi. Georges Herz machte einen Sprung.

„Guten Morgen", sagte der Fremde mit freundlicher, aber fester Stimme. „Ist alles in Ordnung bei Ihnen?"

George fiel auf, dass er den Mann noch immer anstarrte. Er drehte abrupt den Kopf weg und errötete leicht. „Sicher, alles klar", murmelte er schnell.

„Ich wollte Sie nicht erschrecken", sagte der Fremde in ruhigem Tonfall. „Hier ist so ein schönes Sonnenplätzchen, da dachte ich, es wäre sicher O.K. für Sie, wenn ich mich ein paar Minuten dazu setze. Sie schienen mir eingeschlafen, da wollte ich nicht stören."

George beruhigte sich aufgrund des warmen Tonfalls und schaute den Fremden erneut an. Nein, es war doch nicht die gleiche Farbe. In diesen Augen ist weniger grau. Diese Augen sind fast so blau wie das Wasser des Meeres bei wolkenlosem Himmel. Wie hatte er sich so täuschen können?

„Ich habe nur so vor mich hin geträumt", hatte George den Eindruck sich entschuldigen zu müssen. „Sicher ist es O.K., dass Sie hier sitzen, es ist ja auch genügend Platz."

Er schaute wieder zu dem Buch hin, welches der Fremde zuge-klappt, mit einem Finger als Lesezeichen zwischen den Seiten, auf seinen Schoß gelegt hatte. „Was lesen Sie da?" Sofort ärgerte er sich über diese törichte Frage. Schließlich stand es ja groß genug drauf. Dem Mann erschien die Frage anscheinend nicht töricht. „Dieses Buch hat mir ein Fremder geschenkt. Und da ich Ge-schenke immer würdige, auch die eines Fremden, lese ich es jetzt."

George zog verwundert die Augenbrauen hoch. „Ein Fremder?"

„Ja. Es ist ein so genanntes Wanderbuch. Es wird nicht verkauft, es wird verschenkt oder wie zufällig wo liegen gelassen, z.B. im Café oder in der Straßenbahn, so dass der Nächste es lesen kann. Jeder hält es quasi in Ehren, behandelt es gut, damit auch der nächste Leser seine Freude daran haben kann. Tja und nun ist es zu mir gewandert. Solche Bücher finden immer den richtigen Weg." Der Fremde lächelte geheimnisvoll und zwinkerte George zu.

Hm, ein bisschen verrückt scheint der Knabe schon zu sein, dach-te George bei sich. Ein Wanderbuch. Nie gehört von so was. Und überhaupt. Wer liest zu Lebzeiten ein Buch über den Tod? Nicht einmal er hatte das getan, nachdem seine geliebte Billi vor Jahren so unerwartet ihren gemeinsamen Lebensweg verließ. Dass allerdings sowohl Billi als auch sein Sohn Thomas Bücher zu diesem Thema gelesen hatten, verdrängte er erfolgreich.

„Warum lesen Sie ein Buch mit solch einem schrecklichen The-ma?"

Verwundert sah der Fremde auf. „Wieso schrecklich? Es geht da-rin ja nicht um den Tod an sich, also wen es wann, wo, wie oder warum trifft, sondern es geht darum, was danach geschieht. Das ist das eigentliche Thema."

Das tiefgründige Lächeln des Mannes verunsicherte George etwas, als dieser weitersprach: „Es geht um das Leben nach dem Leben quasi. Die Frage die so viele Menschen interessiert, was passiert mit mir, wenn ich sterbe."

Ja, was passiert mit mir, wenn ich sterbe. In George zischte der Gedanke schnell wie ein Gepard durch den Kopf.

„Was soll schon passieren? Mein Körper wird kalt werden, er wird in einen Sarg kommen und man wird mich unter die Erde verbuddeln. Das war's. Wie kann man darüber ein ganzes Buch schreiben?"

„Nun, manche Menschen glauben daran, dass es das eben nicht war. Dass man weiterlebt, weil der Mensch nicht nur aus seinem Körper besteht, sondern auch eine Seele hat, die dann in das Jenseits eingeht."

O.K. er hatte wirklich den Verstand verloren. Nun war sich George sicher. Dieser Fremde schien doch allen Ernstes daran zu glauben, dass es so etwas wie die Auferstehung von den Toten gab. Pass auf, warnte er sich selbst. Gleich erzählt er noch von Jesus und dem Paradies. Sicher hatte er auch ein kleines goldenes Kreuz um den Hals hängen oder gehörte zu den Zeugen Jehovas und würde beginnen, George bekehren zu wollen. Oh Mann, was war das nur für ein Tag? George dachte bei sich, er sollte nach Hause gehen, sich ins Bett legen und wenn er morgen früh aufwachen würde, würde sich all dies hier als ein großer, verdammter Traum herausstellen.

Ja, das war eine gute Idee, sicher die Beste des heutigen Tages.

„Es steht auch etwas über das Sterben von Angehörigen drin", sagte der Fremde so beiläufig, als sei es ihm zufällig herausgerutscht.

Ruckartig hob George den Kopf.

„Was passiert mit uns nahestehenden Personen, wenn sie unvermittelt und ohne Abschied für immer einen neuen Weg einschlagen?"

George war irritiert und dachte darüber nach, ob er etwas fragen sollte, oder doch besser verärgert sein sollte, oder einfach abwinken, aufstehen und gehen sollte, als er bemerkte, dass der Fremde bereits eine Seite weitergeblättert hatte und gar kein Interesse mehr an einer weiteren Konversation zu haben schien. Verstohlen musterte er den Mann von der Seite. Was ist das für ein Typ? Wie alt mochte er wohl sein? Schwer zu sagen. Vielleicht Mitte 40? Er könnte aber auch Ende 50 sein. George konnte sich da partout nicht festlegen. Irgendwie hatte er den Eindruck, der Fremde sah jedes Mal etwas anders aus, wenn er ihn ansah. Das musste an dem neuen Medikament liegen. George fiel auf, dass er noch gar nicht nachgesehen hatte, welche Nebenwirkungen auf dem Beipackzettel standen. Eventuell waren ja auch Wahrnehmungstrübungen möglich.

Der Fremde trug einen dunkelblauen Wintermantel mit hoch gestelltem Kragen, eine schwarze Stoffhose von guter Qualität und schwarze, makellos saubere Lederschuhe, die bei diesen Temperaturen sicherlich zu kühl sein dürften. Der rote Schal, den er locker um seinen Hals geschlungen hatte, stach richtiggehend ins Auge, ergab aber einen interessanten Kontrast zum Gesamteindruck, sonst hätte man fast auf den Gedanken kommen können, dieser Fremde sei ein Banker oder ähnliches. Er hatte ein markantes Gesicht mit angedeutetem eckigem Kinn, was ihm eine gewisse Art von Würde verlieh, und die dunkelblonden leicht gelockten Haare umspielten frech sein offenes Gesicht. Ein wenig kürzer könnte er seine Haare schon tragen, fand George, wobei er zugeben musste, dass die Frisur den Fremden noch interessanter machte. Sicher war er fast einen Kopf größer als George, was allerdings auch nicht schwierig war, übertraf er selbst ja kaum die 170er Marke.

Ohne Frage ein interessanter Mann. Irgendetwas hatte er an sich, was George noch nicht richtig deuten konnte, aber es zog ihn in seinen Bann. Er wollte es herausfinden.

* * *

George fühlte sich beschissen. Er hatte eine furchtbare Nacht hinter sich, und nun saß er mit brummendem Schädel und einer altmodischen dunklen Sonnenbrille auf der Nase in dem angrenzenden Café des kleinen Badesees und tat sich selber leid. Nachdem er den Park am Vortag verlassen hatte, kaufte er sich auf dem Weg nach Hause zunächst einen Hot Dog, den er nach dem ersten Bissen in den nächsten Mülleimer warf. Im Liquorshop besorgte er sich eine Flasche Whisky und schnauzte den Verkäufer an, weil dieser seinen 100 Dollar Schein nicht wechseln wollte.

Zum ersten Mal seit dem Tod von Billi betrank er sich dermaßen, dass er nicht einmal mehr wusste, wie er ins Bett gekommen war. Die Kellnerin stellte den bestellten Kaffee auf den kleinen runden Tisch vor George und fragte, ob er noch einen Wunsch hätte.

George hätte am liebsten gesagt, ja, bringen Sie mir bitte noch ein paar Jahre Leben, aber er schüttelte nur den Kopf und rührte etwas Sahne in seinen Kaffee.

Auch an diesem Tag schien die Sonne schon mit aller ihr zu dieser Jahreszeit zur Verfügung stehenden Kraft vom fast wolkenlosen blauen Himmel, doch baden wollte natürlich noch niemand in dem ruhigen, aber viel zu kalten, Wasser des kleinen Sees, auf den George gerade blickte. Lediglich einige Enten und zwei Schwäne zogen ihre Runden, tauchten immer wieder mit ihren Köpfen ab und kamen schnatternd wieder nach oben, um den anderen mitzuteilen, dass es hier wohl etwas Leckeres zu finden gab.

George dachte an den Morgen, als er erwachte und zunächst das Glück hatte, an nichts denken zu müssen, als nur an seine Kopfschmerzen. Und woher die kamen, war ihm völlig klar. Die leere Whiskyflasche lag neben dem Bett und ein kleiner Rest der goldfarbenen Flüssigkeit im Glas auf dem Nachttisch verströmte ihren Geruch in Richtung George, der sich daraufhin sofort erbrechen musste und froh war, es noch so eben zur Toilette geschafft zu haben. Als er gleich darauf in den Spiegel sah, mit beiden Händen schwer aufgestützt auf das alte weiße Waschbecken, fiel ihm alles wieder ein, was sich am Vortag ereignet hatte, und er musste sich erneut übergeben. Danach fühlte er sich etwas besser, duschte, zog sich etwas Warmes an und ging raus zum See, um in Ruhe frühstücken zu können.

Hier saß er nun, verspürte jedoch keinen Hunger mehr. Nun stand lediglich der Kaffee dampfend vor ihm und kühlte viel zu schnell ab.

„Möchten Sie vielleicht die Tageszeitung lesen?" Die Kellnerin hielt ihm eine, auf einen Holzstab aufgespießte Zeitung vor die Nase.

„Ja, gerne, lassen Sie sie hier", krächzte George und räusperte sich. Dann warf er einen Blick auf die erste Seite der Zeitung, ohne sie in die Hand zu nehmen. Was da stand interessierte ihn eigentlich gar nicht, er nahm es auch nicht wirklich in sich auf. Er schaute nur hin, um irgendwohin zu schauen.

Immer noch Unruhen in Israel / Vergewaltigung in der U-Bahn / Mordserie reißt nicht ab ...

Plötzlich legte jemand, der von hinten an George herangetreten war, ein kleines Päckchen in blauem Geschenkpapier genau auf die Zeitung vor ihm. Überrascht drehte er sich um und fragte die Kellnerin, die das Päckchen gebracht hatte, was das sei.

„Das hat ein Herr gerade für Sie abgegeben. Er sitzt vorne an der Bar."

George schaute in Richtung Café, konnte aber nichts erkennen, da die Sonne ungünstig gegen die Scheiben schien.

„Danke," murmelte er, doch die Bedienung war schon wieder verschwunden. Vorsichtig nahm er das Geschenk in die Hand, betastete es. Es schien ein Buch zu sein.

George zog die Brille ab und mit zusammengezogenen Augenbrauen öffnete er skeptisch das blaue Papier. Er erkannte es sofort wieder. Das gleiche kleine Eselsohr direkt an der oberen Ecke des Einbandes. Es war das Buch des Fremden aus dem Park.

George hielt das Buch in der Hand, besah es von allen Seiten, so als habe er es noch nie gesehen, und wusste nicht recht was er nun tun sollte.

Sollte er reingehen und sich bei dem Fremden bedanken? Schließlich würde das die ihm anerzogene Höflichkeit gebieten. Sollte er reingehen und es dem Fremden um die Ohren schlagen? Oder sollte er hier sitzen bleiben, kurz mal reinlesen und es dann ganz einfach liegen lassen für den Nächsten? Schließlich war es doch ein Wanderbuch, also wollte er das Buch am Wandern sicher nicht hindern.

George entschied sich wenigstens anzulesen, was auf der Rückseite stand, denn meist steht dort ja grob umrissen, um was es in Büchern eben so geht. Könnte ja doch interessant sein?

Was geschieht in dem Moment, in dem wir sterben? Gibt es ein Leben nach dem Tod? Wie ist es, wenn wir „Drüben" erwachen? Werden wir abgeholt? Gibt es so etwas wie das Paradies?

George verdrehte die Augen. Meine Güte, was manche Leute lesen, dachte er verärgert. Wie kann man sich nur so blenden lassen von irgendwelchen Schreiberlingen, die nicht einen Beweis dafür erbringen können für das, was sie da veröffentlichen.

Er hatte früher mit Billi ab und zu über dieses Thema gesprochen, weil sie sich, nach dem schrecklichen Erlebnis mit Thomas, dafür interessierte. Sie war ebenfalls der Meinung gewesen, das was wir hier und heute haben und leben, kann doch nicht alles sein, es müsse ganz einfach noch was andres geben. Für sie würde das ganze Leben sonst gar keinen Sinn ergeben, wenn das schon alles sei und man nach seinem Tod einfach von den Würmern gefressen würde und fertig. Aber sie konnte ihm eben auch keinen Beweis liefern und jedes Mal, wenn er der Diskussion überdrüssig war, fragte er sie nach ihrem Beweis und damit war das Thema wieder für längere Zeit vom Tisch.

Er hatte seine Billi geliebt, ohne Frage, aber warum sie sich mit solch einem Thema befasst hatte, das war ihm nie wirklich klar geworden. Aber gerade weil er sie geliebt hatte, hatte er sich auch keine Sorgen über ihren Geisteszustand gemacht, war sie doch ansonsten ganz normal.

Und nun kam dieser Fremde, schenkte ihm solch ein Buch und erwartete vermutlich noch, dass George, wenn er es gelesen hatte, an Gott glauben könne und jeden Sonntag zur Kirche rennen würde um seine Sünden zu beichten.

Natürlich würde er gerne daran glauben, dass es da noch etwas gab. Dass er seine Billi wieder sehen würde „Drüben" und er selbst in ein paar Wochen nicht einfach vom Erdboden verschwunden sein würde für alle Zeiten. Aber er konnte es einfach nicht, dazu dachte er zu rational und ohne echte, handfeste Beweise war bei ihm einfach nichts zu machen.

George trank einen Schluck Kaffee und hätte ihn fast wieder ausgespuckt. Er war natürlich kalt. Als er sich umdrehte, um nach der Kellnerin zu winken, stand der Fremde aus dem Park hinter ihm und lächelte ihn entwaffnend freundlich an. „Guten Morgen", sagte er fröhlich. „Wie geht es Ihnen heute?"

George war genervt. Nun hatte sich der Typ schon wieder so leise angeschlichen, wie am Tag zuvor. Plötzlich steht er einfach da, das mochte George gar nicht und darum entgegnete er nur kurz angebunden: „Danke, den Umständen entsprechend."

Er versuchte an dem Fremden vorbei nach der Kellnerin zu sehen, als diese mit zwei Tassen Cappuccino an den Tisch trat und sie wortlos lächelnd abstellte.

„Darf ich mich zu Ihnen setzen?" Der Fremde deutete auf den

freien Stuhl gegenüber von George.

„Ja, sicher. Setzen Sie sich. Ihr Kaffee ist ja auch schon da", gab George launisch zurück, was ihm aber sofort Leid tat, denn schließlich hatte der Fremde ihm ein Buch geschenkt und einen Cappuccino ausgegeben.

Während der Mann Zucker in seinen Kaffee rührte und dabei auf den See hinaus schaute, überlegte George fieberhaft, wie er ihm am Besten sagen könnte, dass er dessen Geschenk nicht haben möchte und entschied sich für die direkte Variante.

„Hören Sie." George rutschte unbehaglich auf seinem Stuhl nach vorne. „Es ist wirklich sehr nett von Ihnen, mir dieses Buch zu schenken, aber ich denke, es sollte vielleicht doch besser zu jemand anderem wandern." Er räusperte sich, weil seine Stimme schon wieder zu versagen drohte, während der Fremde ihn amüsiert anschaute. „Ich meine, wie soll ich sagen?" George suchte nach Worten.

„Sie denken dieses Thema ist nichts für Sie, weil sie nicht an Gott glauben, nicht an die Wiedergeburt und schon gar nicht an ein Leben nach dem Tod. Richtig?" Das geheimnisvolle Dauerlächeln wollte einfach nicht aus dem Gesicht des Fremden weichen.

George atmete erleichtert auf. Genau das hatte er sagen wollen.

„Glauben Sie mir", fuhr der Fremde fort. „Sie sind nicht der Erste, der so denkt, bevor er dieses Buch gelesen hat, und sie werden auch nicht der Letzte sein. Es gibt viele Menschen wie Sie, die nicht glauben können, nicht glauben wollen, aber ich kann mir nicht vorstellen, dass jemand, nachdem er dieses Buch gelesen hat, diesem Thema gegenüber noch immer so konsequent entgegen steht, wie er es zuvor getan hat. Ich kann mir auch nicht vorstellen, dass sich der Leser keine Gedanken darüber macht, ob nicht vielleicht doch etwas an der ganzen Geschichte dran sein könnte, zumindest theoretisch."

George konnte sich nicht helfen. Irgendwie schaffte der Fremde es, ihn in seinen Bann zu ziehen und seltsamerweise machte es ihm noch nicht einmal Angst, fühlte sich kurioser Weise sogar gut und richtig an.

„Tun Sie mir einen Gefallen", fuhr der Fremde fort. „Schauen Sie einfach mal rein. Lesen Sie nur die ersten fünf Seiten und wenn es Ihnen bis dahin nicht gefällt, legen Sie es in die nächste U-Bahn und ein Anderer wird sich sicher darüber freuen. Und ich werde Ihnen gegenüber auch nie wieder ein Wort über dieses Thema verlieren!" Das Lächeln des Fremden, gepaart mit dessen undefinierbar offenem Blick, schien George absolut jeder Standhaftigkeit zu berauben.

„O.K. Ihnen zuliebe werde ich reinlesen. Aber wenn es mir nichts gibt, wenn ich nichts damit anfangen kann nach fünf Seiten, dann leg ich es wirklich irgendwo ab und überlasse es sich selbst, einverstanden?"

„Einverstanden!" Der Fremde lachte erfreut und reichte George die Hand quer über den Tisch. „Ich heiße Michael."

„George." Hätte George auch nur im Leisesten geahnt, was es mit dem Buch wirklich auf sich hat und wie sehr es ihn ansprechen würde, er hätte auf der Stelle zu Lesen begonnen ...

„Sind Sie von hier?" George belegte sein Brötchen mit zwei Scheiben Wurst. Michael hatte ihn doch überredet eine Kleinigkeit zu essen, was George gut bekam, wie er feststellte, und nebenbei schon die 3. Semmel schmierte.

„Ich bin nur auf der Durchreise", entgegnete Michael und freute sich am Appetit seines Gegenübers.

„Ah ja, auf der Durchreise. Beruflich oder privat?"

„Eher Privat könnte man sagen." Michael stand auf und fügte entschuldigend hinzu: „Ich muss kurz telefonieren, bin gleich zurück." Dass Michael durch diesen Vorwand, Georges Fragen auswich, kam diesem nicht in den Sinn.

George legte gerade seine Serviette zur Seite und lehnte sich zufrieden in seinem Stuhl zurück, als Michael wiederkam und das Gespräch erneut aufnahm.

„Sie erschienen mir gestern im Park irgendwie bedrückt."

„Kann sein, ja. Ich musste nachdenken."

„Darf ich fragen, über was Sie nachgedacht haben?"

George schaute in seine leere Kaffeetasse, als stünde dort die Antwort auf die Frage. „Ich habe an meine Frau gedacht", schob George vor, da er dem Fremden nicht erzählen wollte, was ihn wirklich bedrückte.

„An Ihre Frau? Was ist mit Ihrer Frau?"

„Sie ist tot."

„Oh. Das tut mir leid." Die Art des Bedauerns in Michaels Stimme jagte George eine Gänsehaut über den Körper. „Sagen Sie, George, ich habe den Eindruck, dass Sie ein ziemlicher Kopfmensch sind", wechselte Michael überraschend das Thema. „Habe ich Recht?"

„Ja. Ich wüsste auch nicht, was mich dazu veranlassen sollte an etwas anderes zu glauben, als an das, was mein Hirn rational verarbeiten kann", sagte George, der den Hinweis auf das Buch sehr wohl verstanden hatte.

„Aber wie ist es mit Ihren Gefühlen?"

Fragend sah George zu seinem neuen Bekannten. „Was meinen Sie?"

„Ich meine, wie erklärt Ihr Ratio Ihnen Ihre Gefühle? Hatten Sie nicht schon mal ein Gefühl, das Sie sich nicht erklären konnten?" Michael lehnte sich zurück und schaute auf den See hinaus.

„Wenn Sie z.B. etwas tun, von dem Sie genau wissen, dass es nicht richtig ist, dass man es nicht darf oder es für jemand anderen nicht gut ist. Was haben Sie dabei für ein Gefühl?"

George überlegte kurz. „Dann habe ich ein seltsames Gefühl im Bauch. So als drehe sich mein Magen."

„Gut! Und wie fühlt sich das an? Ist es ein gutes Gefühl oder fühlt es sich eher schlecht an?"

„Nun, es fühlt sich schlecht an, ist doch verständlich."

„Und tun Sie das, was Sie tun wollten dann trotzdem, oder lassen Sie es sein, eben wegen dieses schlechten Gefühles?"

„Na ja, jeder hat sicherlich schon etwas getan, von dem er wusste, dass es nicht richtig ist, oder?" George verstand nicht, wo das hinführen sollte.

„Hatten Sie einen greifbaren Beweis dafür, dass dieses schlechte Gefühl Ihnen sagte, was Sie gerade vorhaben ist falsch?" Michael sah George fragend in die Augen.

„Ähm, nein. Ein Gefühl kann man ja nur fühlen, man kann es nicht vorzeigen und sagen: Hier schau, das ist gerade mein Gefühl."

„Richtig." Michael lächelte. „Und obwohl Sie keinen Beweis für dieses Gefühl vorlegen können, erwarten Sie von einem Anderen, dass er Ihnen glaubt? Dass Sie dieses Gefühl wirklich haben? Warum sollte er Ihnen glauben?"

George verschlug es die Sprache. Eine simple Logik, auf die er keine Antwort wusste, und während er noch nach Worten suchte, fuhr Michael fort. „Was denken Sie, woher kommt dieses Gefühl? Was ist das überhaupt, ein Gefühl?"

„Es ist mein Gewissen", überlegte George laut. „Wenn ich ein schlechtes Gewissen habe, fühlt sich das auch schlecht an."

„Also ist Ihr Gefühl das Gewissen und das entspringt ja dem Kopf. Sehen Sie das so?"

„Genau!" George war erfreut darüber, dass Michael ihm solch eine tolle Begründung dafür geliefert hatte, dass Gefühle also doch vom Kopf kommen und nichts „Übernatürliches" dahinter steckte.

„Wie ist es denn dann mit der Liebe?" Michael ließ nicht locker.

„Auch die Liebe ist nur ein Gefühl. Wir lieben jemanden oder eben nicht. Wir haben Vertrauen oder nicht. Man kann die Liebe nicht anfassen, man kann sie nur spüren."

„Sicherlich." George war verwirrt.

„Und was sagt Ihr Gewissen zu der Liebe?"

George überlegte eine ganze Weile, doch ihm fiel keine plausible Antwort ein. „Bei dem Gefühl der Liebe spielt das Gewissen keine Rolle", musste er zugeben.

„Woher kommt dann das Gefühl, wenn Gefühl doch gleich Gewissen, gleich Kopf ist?" Michael lächelte wieder sein unergründliches Lächeln.

Er hat mich mit meinen eigenen Waffen geschlagen. George musste grinsen. „Eins zu Null für Sie."

Michael überging Georgs Aussage. „Ihre Frau ist tot, sagten Sie."

„Ja."

„Wie ist Ihr Gefühl Billi gegenüber heute?"

„Ich liebe sie nach wie vor, vielleicht heute noch mehr als jemals zuvor."

„Wie können Sie einen Menschen lieben, der tot ist? Wie erklären Sie sich Ihr Gefühl gegenüber einem Menschen, der bereits seit Jahren aus diesem Leben verschwunden ist?"

„Weil ich sie so sehr vermisse!" George wurde ärgerlich. „Sie war mein Lebensinhalt, sie war alles für mich und ohne sie ist mein Leben leer und ohne jede Perspektive."

„Und ich sage Ihnen, dass Sie dieses Gefühl nur deswegen haben, weil Ihre Frau nach wie vor bei Ihnen ist. Weil auch ihre

Liebe bei Ihnen ist, Sie nie alleine sind. Und das hält ihre gemeinsame Liebe am Leben, selbst über den Tod hinweg. Die Seele von Billi lebt weiter, das ist das ganze Geheimnis."

George war verwirrt. In seinem Kopf drehte sich alles, er verstand nicht, was Michael sagte, was er eigentlich wollte. Er stand auf und steckte das Buch in seine Manteltasche. „Lassen Sie uns eine Runde um den See spazieren, ja? Ich muss nachdenken."

Dass Michael den Namen seiner Billi genannt hatte, war George gar nicht aufgefallen ...

Schweigend liefen die beiden Männer nebeneinander her, betrachteten wortlos, jeder seinen Gedanken nachhängend, die erwachende Natur und fütterten die Enten mit den restlichen Frühstücksbrötchen.

„Haben Sie eine große Familie?" In Michaels Frage lag keine Spur von Neugier.

George warf einer Ente ein viel zu großes Stück Brot vor die Füße. „Ich habe eine Tochter. Sie heißt Angie. Zusammen mit ihrem Mann Frank haben sie eine Tochter, Laureen."

„Sehen Sie Ihre Familie ab und an?" Michael schlug den Kragen seines Mantels höher und zog den Schal etwas fester um seinen Hals. George schaute schweigend der Ente zu, die gierig die viel zu große Brotkrume vor den anderen in Sicherheit zu bringen versuchte. „Wir treffen uns regelmäßig, zu Geburtstagen, Weihnachten und so was", log George schon wieder.

„Möchten Sie mir von Ihrer Familie erzählen?"

George dachte kurz darüber nach, sah keinen Grund dem Fremden nicht ein wenig von seiner Familie zu erzählen, setzte sich dann auf eine nahestehende Bank und begann, Michael von Billi, Angie und ihrem gemeinsamen Leben zu berichten.

„Sybille und ich lernten uns kennen, wie sich sicher tausende Anderer auch kennen gelernt haben, doch über uns schien von Beginn an ein Zauber zu liegen, der sich durch unser komplettes gemeinsames Leben weiterzog und mir bis heute unerklärlich blieb ..."

Zauber der Liebe

Mai 1968

Aufgeregt drehte Mandy sich vor dem großen Spiegel, den sie mühselig extra für diesen Anlass mitten ins Wohnzimmer gestellt hatte. Es war ein alter Spiegel, ein Erbstück ihrer Großmutter, auf einem dreibeinigen Gestell mit kleinen Rollen darunter, die sich kaum noch bewegten. Da es aber der einzige Spiegel im ganzen Haus war, in dem sich Mandy komplett ansehen konnte, hatte sie sich gerne die Mühe gemacht, ihn mit lautem Quietschen in das enge Wohnzimmer ihrer Eltern zu schaffen.

Ihre drei Freundinnen tanzten ausgelassen und leise kichernd um sie herum und bestaunten Mandy in ihrem herrlichen, schneeweißen Brautkleid. „Du siehst fantastisch aus", rief Susan und zupfte eine letzte Falte am Kleid zurecht. „Ja, absolut zum Verlieben," pflichtete Sybille ihr bei. „Robin wird umfallen, wenn er dich so sieht."

„Glaubst du wirklich?" Mandy versuchte auch die Rückseite des Kleides zu sehen und verdrehte sich umständlich vor Großmutters Erbstück.

„Du Dummerchen", rügte Sybille Mandy liebevoll. „Schau dich doch an! Du bist die schönste Braut, die diese Stadt je gesehen hat. Alle anderen Jungs werden erblassen vor Neid, weil Er dich bekommen hat." Die Mädels kicherten erneut und nickten zustimmend.

„Ich bin total aufgeregt." Mandy knetete ihre Hände. „Nur noch drei Tage, dann bin ich Mrs. Kramer."

„Wie ist das so?" Julia schaute Mandy über den Spiegel hinweg ins Gesicht. „Hast du nicht auch ein bisschen Angst vor dem was nun auf dich zukommt? Ich meine, schließlich ist so eine Hochzeit ja schon ein großer Schritt aus dem alten, gewohnten Leben in ein komplett neues, unbekanntes."

Sofort war es mucksmäuschenstill, die Mädchen warteten gespannt auf die Antwort.

„Naja", begann Mandy nach kurzem Nachdenken. „Jetzt, wo man schon die Stunden zählen kann bis zum Termin, bekomme ich schon etwas Muffensausen, muss ich zugeben." Sie lächelte verlegen. „Ich weiß ja eigentlich gar nicht so wirklich, wie das ist eine Ehefrau zu sein. Aber im Gegenzug weiß Robin ja auch nicht, was es heißt ein Ehemann zu sein, also werden wir das schon irgendwie hinbiegen und ich bin ganz sicher, zusammen schaffen wir das. Außerdem ist Robin der tollste Junge, den ich kenne, und ich hoffe ganz stark, ich kann ihn so glücklich machen, wie er es verdient, und ihm eine gute Ehefrau sein."

„Und Mutter!" Die Mädchen lachten laut auf.

„Na, damit lassen wir uns aber schon noch Zeit", entgegnete Mandy prustend. „Schließlich sind wir beide gerade Anfang Zwanzig, da denke ich, sollten wir uns erst mal entsprechend vorbereiten ..."

„ ...und auch noch ein bisschen das Leben genießen." Sybille zwinkerte Mandy vertraut zu.

„Genau. Du sagst es." Mandy dehnte die Worte bewusst lange und deutete mit einem Kopfnicken eine Verbeugung an.

„Wen hat Robin eigentlich eingeladen? Kennst du die Jungs, die kommen?"

„Nicht alle. Zwei sind von seiner Uni, die habe ich schon mal kurz gesehen. Mit dem Dritten ging er zusammen zur Schule, von ihm kenne ich nur den Namen, er heißt George."

„Hmmmm ...", flötete Susan und grinste schelmisch in die Runde. „Da ist doch sicher auch einer für uns dabei, oder?" Und während sich die drei Brautjungfern schon wieder verlachten, besah sich die zukünftige Braut noch einmal im Spiegel, ob auch wirklich alles da saß, wo es sein sollte, und grinste zufrieden: „Gut, ich glaube so kann ich mich sehen lassen. Kommt, wir gehen nach oben. Ich möchte das Kleid lieber wieder ausziehen und Euch meine neue Platte vorspielen, ja?" Wie kleine Schulmädchen rannten die vier nach oben und warfen überschwänglich die Tür ins Schloss.

* * *

Die Hochzeit von Mandy und Robin wurde in großem Rahmen gefeiert. Die hübsche Kirche war bis auf den letzten Platz besetzt. Beide hatten eine große Familie und dazu auch viele ihrer Freunde eingeladen.

Mandy stand mit ihren drei Brautjungfern aufgeregt am Eingang der Kirche und wartete darauf, dass ihr Dad sie endlich zum Altar führen würde.

„So eine schöne Braut bist du." Julia bestaunte Mandy unentwegt. „Wenn ich mal heirate, dann möchte ich ein ebensolches Kleid wie deines."

„Ich kann's ja für dich aufheben, vielleicht brauchst du es ja auch bald", kicherte Mandy. „Und mir hat es jetzt schon so viel Glück gebracht."

Julia winkte lachend ab und nervös kontrollierten sie gegenseitig noch einmal, ob auch ihre Kleider richtig sitzen, als Mandys Vater endlich aus der Kirche kam, um seine Tochter schweren Herzens ihrem zukünftigen Gatten zu übergeben.

Sybille ging als erste Brautjungfer voraus und verstreute kitschig rote und rosafarbene Rosenblätter auf dem Weg zum Altar. Julia und Susan folgten Mandy und deren Vater, der sie würdevoll am Arm durch den breiten Gang führte, und trugen die wunderschöne lange weiße Schleppe der Braut. Die Orgel spielte den Hochzeitsmarsch laut auf, während die Fünf langsam durch den breiten Hauptgang der Kirche schritten und die Gäste in den Reihen lächelnd die Gruppe mit den Augen verfolgten. Als sie am Altar ankamen, übergab der Vater seine Tochter mit einer ausschweifenden Geste in die Hände von Robin, küsste Mandy noch einmal sanft auf die Wange und setzte sich danach zu seiner Frau auf die Bank in der ersten Reihe. Die drei Brautjungfern stellten sich nervös in der Nähe des Brautpaares auf, denn Sybille war auch die Trauzeugin von Mandy und musste während der Zeremonie vortreten.

Auf der gegenüberliegenden Seite stand ein ebenfalls sichtlich nervöser junger Mann in einem etwas zu groß geratenen dunkelblauen Anzug, Robins Trauzeuge. Als die Orgel zu spielen aufhörte, eröffnete der Priester die Zeremonie mit sonorer, Ehrfurcht erregender Stimme.

Einige Minuten vergingen, in denen der Priester sprach, wie viele es waren, wusste Sybille später nicht mehr zu sagen, als sie plötzlich ein seltsames Gefühl überkam, welches sie so nicht kannte. Hoffentlich wird mir jetzt nicht schlecht vor Aufregung, dachte sie. Aber das war es nicht, es fühlte sich anders an. Ihre Knie wurden weich und etwas verunsichert schaute sie sich vorsichtig um. Ihr Blick glitt durch die ersten Reihen der Hochzeitsgäste in den Bänken, als sie unter Robins Gästen einen jungen Mann sitzen sah, der sie schüchtern anlächelte. Sofort schoss Sybille die Röte ins Gesicht und über sich selbst erschrocken, drehte sie abrupt den Kopf weg.

Julia und Susan sahen sie von der Seite fragend an, aber Sybille schüttelte nur unmerklich den Kopf und nestelte auffallend unauffällig ein Taschentuch hervor, mit dem sie sich fahrig über die Nase wischte.

Wer war dieser gut aussehende junge Mann in der 3. Reihe? Hatte er wirklich sie angelächelt? Fühlte sie sich deshalb plötzlich so seltsam, weil er sie ansah? Und wieso wühlte sie das so auf? Sie weiß ja nicht einmal, wer das ist. Sicher hat er nicht sie gemeint.

Sybille spürte seine Blicke weiter auf sich, was sie immer nervöser und unaufmerksamer machte. Am liebsten hätte sie sich verkrochen oder hinter dem Priester versteckt, was natürlich schlecht möglich war und sicherlich sehr peinlich geworden wäre. Fieberhaft versuchte sie ihre Gedanken zu ordnen und verpasste natürlich ihren Einsatz, als Trauzeugin vorzutreten. Erst als Susan ihr einen kleinen Stups mit dem Ellbogen gab, bemerkte Sybille ihren Fehler und trat aufgeregt und einen Tick zu schnell nach vorne zum Brautpaar. Dass einige der Gäste amüsiert schmunzelten, entging ihr Gott sei Dank, sonst wäre sie sicherlich wirklich vor Scham im Boden versunken. Doch auch während der nun eigentlichen Trauung konnte sich Sybille nicht auf die feierlichen Worte konzentrieren. Ihre Gedanken blieben bei dem Menschen, den sie soeben zum ersten Mal gesehen hatte, und sie ahnte noch nicht, dass dies ein ganz besonderer Tag in ihrem Leben werden sollte.

George saß unter ehemaligen Schulfreunden in der 3. Reihe der Kirche und sie alberten leise miteinander herum, als die Orgel zu spielen begann und die Braut eintrat. Da er keine Lust hatte sich den Hals zu verdrehen, schaute er statt dessen nach vorne zu Robin, weil ihn dessen aufgeregter Gesichtsausdruck viel mehr erheiterte. Die Gruppe mit der Braut kam näher und Sybille schritt als Erste langsam an den vordersten Reihen vorbei.

George überkam mit einem Schlag ein Gefühl, das ihn bis ins Innerste traf. Sein Grinsen über Robin war mit einem mal wie abgestorben und komplett überrumpelt von seinen Gefühlen drehte er den Kopf um zu sehen, was dies in ihm auslöste.

Sybille war gerade vorbeigezogen, er konnte sie nur noch kurz von der Seite sehen, danach kam bereits Mandy und die anderen Mädchen. Trotzdem spürte George genau: es war Sie. Die erste Brautjungfer. Sie hatte in ihm dieses ihm bis dahin unbekannte Gefühl ausgelöst, von dem er nicht genau wusste, was es eigentlich war. Und dabei hatte er sie noch nicht einmal richtig sehen können ...

Die Gruppe und die Brautleute sortierten sich vor und neben dem festlich geschmückten Altar. Zum Leidwesen von George standen die drei Brautjungfern dem Brautpaar zugewandt und somit konnte er Sybille noch immer nicht richtig erkennen. Minutenlang starrte er zu ihr hin, in der Hoffnung, sie möge sich einmal umdrehen. Und tatsächlich! Plötzlich wirkte die schöne Brautjungfer nervös, begann sich verstohlen umzusehen. George wurde ganz heiß vor Aufregung. Konnte er ihren Blick einfangen? Würde sie bis zu ihm hinsehen? Suchend aber zaghaft drehte sie den Kopf noch ein Stückchen weiter und ... DA! Sie sah ihm direkt in die Augen, beendete ihre Suche bei ihm.

Meine Güte! George war froh zu sitzen. Diese Augen! Er hatte noch nie so wundervolle Augen gesehen und obwohl dieser Moment viel zu schnell verging, weil Sybille ganz süß errötend wieder wegsah, hatte sie mit diesem ersten Blick sein Herz gewonnen. Für Immer.

In dem riesigen Garten der Familie Kramer war alles festlich dekoriert und die Hochzeitsgesellschaft stand, verteilt in viele Grüppchen, unter den Lindenbäumen und genossen ausgelassen die Begrüßungsdrinks, die ihnen vom Servicepersonal gereicht worden waren. Selbst die Sonne lachte vom Himmel, so als würde sie sich heute besonders anstrengen, für die Liebenden und ihre Gäste zu strahlen.

Sybille stand mit Susan, Julia und zwei weiteren ihr unbekannten Mädchen an einem der vielen runden Stehtische und nippte an ihrem Sektglas. Sie beobachteten das frisch vermählte Paar, während der Aufnahmen der Hochzeitsbilder am wunderschön angelegten großen Gartenteich, den man getrost schon als kleinen See bezeichnen konnte.

Verträumt meinte Julia: „Ein wirklich schönes Paar die beiden, nicht wahr?"

„Ja, sie passen bestimmt gut zusammen. Schau wie sie turteln!" Eines der fremden Mädchen am Tisch lachte und während die Fünf weiter dem Treiben zusahen und sich amüsierten, stand George bei seinen Schulkameraden unter einem der hohen Bäume und suchte mit den Augen den für ihn in diesem Moment viel zu großen Garten nach der unbekannten schönen Brautjungfer ab. Er war innerlich total aufgewühlt. Sein Magen flatterte wie ein Fähnchen im Wind und er verspürte eine nie gekannte Sehnsucht, nach einer Frau, die er doch gar nicht kannte. Sein Herz klopfte ihm bis zum Hals, als er sie endlich sah. Da stand sie, bei vier anderen Mädels auf der liebevoll geschmückten Terrasse des Hauses. George konnte seinen Blick nicht mehr abwenden. Er wollte es auch gar nicht, aus lauter Angst sie könnte ihm wieder entwischen ...

Da war es wieder, das Gefühl. Sybille wusste es sofort. Er war hier irgendwo und beobachtete sie.

Verstohlen schaute sie sich ebenfalls im Garten um. So viele Leute. Das waren sicher an die 200 Gäste. Wie sollte sie ihn da finden? Auf dem Grundstück standen ca. 30 dieser großen Bäume, unter jedem war mindestens ein Stehtisch aufgestellt. Vereinzelte, liebevoll zurechtgeschnittene mannshohe Büsche peppten den Garten optisch auf, versperrten aber leider auch den Blick auf das gesamte Anwesen. Das ganze Areal war auf natürliche Weise eingezäunt durch Bäume und Hecken. Der Rasen war akkurat englisch kurz mit einem Streifenmuster gemäht worden, was Sybille besonders witzig fand. Zwischenzeitlich hatte das Brautpaar die Aufnahmen der Hochzeitsfotos beendet und sich ebenfalls unter die Gäste gemischt. Überall standen Grüppchen zusammen und lachten, aber Sybille spürte Traurigkeit aufkeimen. Sie konnte ihn nicht finden! Aber er musste doch da sein. Sie wusste es doch, sie spürte es doch!

Resigniert trank sie einen Schluck Sekt, als jemand ihren Namen rief. Sybille drehte hoffnungsvoll den Kopf in die Richtung aus der gerufen wurde, musste aber leider erkennen, dass der Mann eine der anderen Damen gemeint hatte.

Klar. Woher sollte er auch ihren Namen wissen? Enttäuscht wollte sie sich gerade wieder abwenden, als sie ihn sah. Er stand unter einem der Bäume, in einer Gruppe junger Männer und schaute zu ihr herüber.

Sybille wurde flau im Magen und ihre Knie begannen erneut zu zittern, als er sein Glas hob und ihr leicht zuprostete. Schnell schaute sie weg, denn sie wollte keine Aufmerksamkeit bei den Mädels erregen. Ihr Herz jedoch machte einen Hüpfer vor Freude ihn endlich gefunden zu haben. Immer wieder sah sie kurz zu ihm hinüber und immer schaute er sie an. Sybille war innerlich aufgewühlt wie noch nie in ihrem Leben. Was sollte sie nun tun?

„Glaubt Ihr, bei Mandy und Robin war es Liebe auf den ersten Blick?" Susan unterbrach Sybilles Gedanken und neugierig darauf, was die anderen Mädels antworten würden, verfolgte sie das Gespräch.

„Liebe auf den ersten Blick? An so etwas glaube ich nicht. Das ist etwas für Liebesromane und Schnulzenfilme", meinte Julia und die anderen stimmten ihr nickend zu.

„So etwas kann nicht passieren. Wie sollte ich mich in einen Mann verlieben, den ich gar nicht kenne? O.K., vielleicht sieht er gut aus und ich bin hin und weg von seiner ersten charmanten Art, von seinem guten Aussehen, aber er kann ja ein totaler Trottel sein. Oder er lässt immer den Toilettendeckel offen oder drückt die Zahnpastatube nicht richtig aus. Das sehe ich doch nicht auf den ersten Blick? Und so was würde mich maßlos stören."

Sybille wagte einen Versuch. „Aber wenn du ihn nun schon liebst, einfach weil du dich sofort verliebt hast, dann würde dich das mit der Zahnpastatube vielleicht gar nicht mehr so stören?"

„Das glaube ich nicht." Julia war konsequent. „Wie schon gesagt. Ich denke, so etwas gibt's nicht und bislang hat mich noch keiner vom Gegenteil überzeugt."

Sybille lachte mit den anderen mit, obwohl ihr gar nicht zum Lachen zumute war.

Wie zufällig sah sie wieder zu George hinüber. War er noch da?

Ja. Da stand er, hatte sich keinen Millimeter von der Stelle gerührt und schaute mit seltsam verklärtem Blick zu ihr herüber.

„Kennt jemand von Euch die Gruppe, die dort unter dem Baum steht?" Sybille hoffte, es hörte sich nicht all zu interessiert an. Alle Mädchen folgten Sybilles Blick zu dem Tisch der Jungs und George drehte sich erschrocken weg.

„Nein. Das sind alles Freunde von Robin", antwortete Susan.

„Aber scheinen doch ein paar süße Kerlchen dabei zu sein. Sollen wir mal rübergehen?" Sie kicherten. „Warum eigentlich nicht? Wenn wir hier stehen bleiben und warten, kommen vielleicht andere und schnappen sie uns weg." Julia lachte. „Der frühe Vogel fängt bekanntlich den Wurm. Also los, gehen wir!"

Und bevor Sybille irgendetwas einwenden konnte, setzten sich die Mädels auch schon in Bewegung.

George überlegte gerade fieberhaft, wie er am besten die Bekanntschaft der schönen Brautjungfer machen könnte, als der ganze Tisch, an dem Sybille stand, zu ihm rübersah. Das Herz rutschte ihm in die Hose und schnell drehte er sich weg. Hoffentlich hat sie nichts gesagt? Haben die Mädchen über ihn gesprochen? Lachen sie ihn jetzt womöglich aus, weil er sich so feige umgedreht hat? Er mochte es sich gar nicht vorstellen und nippte unschlüssig an seinem Sektglas. Die Jungs an seinem Tisch lachten gerade über einen Witz, den George nicht mitbekommen hatte, als einer rief: „Hey, schaut mal. Wir bekommen Besuch." Alle drehten sich neugierig um und Georges Gesichtszüge erstarrten. Sie kam genau auf ihn zu! Das Mädchen mit den schönsten Augen der Welt kam zu ihm an den Tisch. Georges Magen schien eine Kehrtwende zu machen. Aufregung, Freude und Furcht zugleich ließen ihn stocksteif dastehen wie einen Trottel, unfähig sich zu bewegen. Er hatte nur Augen für Sybille, die anderen Mädchen nahm er kaum wahr. In seinem Inneren begann ein Sturm zu toben, den er noch nie gespürt hatte, und auch wenn dieser Sturm ihn fast von den Beinen riss, wünschte er sich doch, dass er niemals nachlassen möge.

Sybille ging etwas unsicher neben den anderen Mädchen her. Dass Julia so schnell reagieren und so forsch sein würde auf die Jungs zuzugehen, damit hatte sie nicht gerechnet. Aber nun musste sie da durch. Schließlich konnte sie ja schlecht allein auf der Terrasse stehen bleiben.

„Hallo! Wen haben wir denn da?" Einer der jungen Männer ergriff mutig das Wort und begrüßte die Damen.

„Wir wollten halt nicht, dass uns jemand zuvorkommt und ihr uns weggeschnappt werdet, und da ihr ja von euch aus nie gekommen wärt, mussten wir eben handeln", lachte Susan kess und brach damit sofort das Eis. Locker begannen die jungen Leute sich untereinander vorzustellen, während einer der Jungs weg ging, um ein Tablett mit frischen Sektgläsern zu besorgen.

Sybille und George standen nebeneinander. Sie musste zu ihm aufschauen, obwohl er mit seinen 175 cm auch nicht sonderlich groß war, doch immer noch fast einen Kopf größer als sie. Sie sahen sich sekundenlang in die Augen, ohne dass einer fähig gewesen wäre, auch nur ein Wort herauszubringen. George versank in diesen wunderschönen blau-grauen Augen, die aus der Nähe betrachtet noch intensiver und strahlender waren, als er es zuvor in der Kirche schon bemerkte.

„Das ist George", sagte plötzlich einer der Jungs zu Sybille und legte dabei kameradschaftlich den Arm um Georges Schulter. Er riss die beiden aus ihrer Erstarrung und George knuffte dem Jungen mit dem Ellbogen leicht in die Seite.

„Na ich dachte, ich helfe mal aus, nicht dass ihr zwei sonst komplett sprachlos den Tag miteinander verbringt." Alle am Tisch lachten und Sybille war die Situation ziemlich peinlich. Glücklicherweise kam in diesem Moment der junge Mann mit einem gefüllten Tablett zurück, verteilte an jeden ein Glas und die Situation war sofort vergessen. „Auf das Hochzeitspaar", tönte er laut und erhob sein Glas. „Auf das Hochzeitspaar!" riefen die anderen im Chor und prosteten sich zu.

„Und auf die Liebe", grinste der Junge neben George genau in dem Moment, als George und Sybille miteinander anstießen.

Die beiden hatte ihre Sektgläser genommen und schlenderten wortlos, aber mit strahlenden Augen, durch den riesigen Garten der Kramers. Vor dem Gartenteich, den man schon fast als kleinen Privatsee hätte ansehen können, blieben sie stehen. Aus dem dunklen Wasser tauchten ab und an silbrig glänzende und goldfarbene Fische nach oben, um von der Wasseroberfläche Insekten zu fangen. Die Tiefe des Teiches konnte man nur erahnen, aber sicherlich war er tief genug, dass man darin baden könne. George begann ihr erstes Gespräch, dem noch so viele weitere folgen sollten.

„Verrätst du mir deinen Namen?" Er brannte vor Neugier, mehr über das Mädchen an seiner Seite zu erfahren.

„Sybille." Ihre Antwort klang schüchtern, doch Sybille war froh, dass dieses Wort überhaupt über ihre Lippen gekommen war.

„Das ist ein schöner Name. Würde es dich stören, wenn ich dich Billi nenne? Wäre das O.K. für Dich?"

„Ja, sicher. Das ist hübsch." Verlegen schaute Billi auf das Wasser des Teiches und es störte sie seltsamerweise nicht im Geringsten, dass George schon nach den ersten drei Sätzen, solch einen vertrauten Namen für sie fand.

„Na ja ich finde, du siehst eben aus wie eine Billi." George musste selber lachen über seinen blöden Satz, aber er war zu aufgeregt, um klare Gedanken fassen zu können.

„Gehen wir noch ein wenig?" Langsam etwas mehr Vertrauen fassend schlenderten die beiden einige Schritte weiter.

„Wie alt bist du und was machst du so?" George hätte am liebsten sofort alles über sie gewusst.

„Ich bin 19 und mache gerade eine Ausbildung zur Krankenschwester. Im nächsten Jahr bin ich fertig. Und Du?"

„Ich bin 22 und studiere Wirtschaftswissenschaften."

„Oh je. Das ist sicher sehr schwierig oder?" Sybille lächelte ihn an und George hatte das Gefühl, sein Herz würde zerspringen vor Glück.

„Es geht. Mich interessiert es eben und man kann später viel damit machen." Sie waren an der Terrasse des Hauses angekommen und setzten sich an einen kleinen Tisch in die Sonne. Ein vorbei eilender Kellner stellte ihnen aufmerksam zwei frische Gläser Sekt hin.

„Oh je. Wenn ich das auch noch trinke, dann bin ich beschwipst."

Billi lachte und George war sich sicher, dass er noch nie im Leben jemanden gesehen hatte, der so wunderbar lächeln konnte wie diese Frau.

„Das wäre doch schön, dann könnte ich dich verführen."

George hielt den Atem an und riss die Augen auf. Was hatte er da gesagt? Sein Lächeln war wie eingefroren und er wäre am liebsten im Boden versunken. Wenn sie jetzt aufstehen würde um zu gehen, könnte er noch von Glück sagen. Vermutlich würde sie ihm obendrein noch eine schallende Ohrfeige verpassen.

Sybille schluckte, wusste nicht was sie sagen sollte, wie sie reagieren sollte. Ihre Gefühle spielten komplett verrückt und als er diesen Satz aussprach, wallte ihr Blut ähnlich heißer Lava durch ihren Körper.

„Oh mein Gott!" George fand als erster seine Worte wieder. „Es tut mir leid Sybille. Ich weiß nicht, was da in mich gefahren ist. Wir kennen uns gerade mal 15 Minuten." George stotterte ein wenig vor Aufregung. Den Drang, den er verspürte, dieses wundervolle Wesen im Arm halten zu dürfen, war kaum zu bändigen. Und ihm passierte so etwas!

Sybille nahm ihr Glas in die Hand und hielt es George lächelnd entgegen. Unsicher nahm auch er sein Glas und sie stießen miteinander an. „Auf die Liebe." Billis Augen strahlten schelmisch und George fiel ein Stein vom Herzen. „Auf die Liebe!"

Schweigend beobachteten sie einen Moment die fröhlichen Menschen im Garten.

„Mandy ist eine wunderschöne Braut, findest du nicht auch?"

„Ja, das ist wahr. Sie sieht total glücklich aus", bestätigte George. „Aber das schönste Mädchen hier auf dem Fest sitzt gerade neben mir. Und nicht nur hier auf diesem Fest. Ich bin sicher, auf der ganzen Welt."

Billi errötete, was sie total ärgerte, aber seine offenen Worte machten sie verlegen, zumal sie bislang in sich nichts Besonderes gesehen hatte. Sie war unsicher, was sie jetzt sagen sollte, und erwiderte den Blick von George, der ihr durch den ganzen Körper ging und eine Sehnsucht in ihr weckte, die sie nie erlebt hatte.

„Ich habe noch nie solche Augen gesehen wie deine. Sie sind wie ein See, in den ich eintauchen und ihn nie wieder verlassen möchte. Ich habe das Gefühl, du schaust damit bis in die Tiefe meines Herzens."

Billi überlegte kurz, ob dies nur eine Masche von George war, um sie rumzukriegen oder ob er zu viele Liebesromane gelesen hatte, aber sein Blick war zu ernst und seine Worte trafen sie im Innersten. Sie wusste, er versuchte seine wahren Gefühle in Worte zu fassen, und auch wenn es sich für jemand Außenstehenden sicher albern anhören musste, sie liebte schon jetzt jedes Wort von dem was er sagte. Von einem Mann, den sie zwei Stunden zuvor noch nicht einmal gekannt hatte ...

Vor der Terrasse versammelten sich einige Leute hinter dem aufgebauten Buffet, unter ihnen das Brautpaar mit Eltern und Mandys Vater klopfte mit einem Löffel gegen sein Sektglas, um eine kleine Rede anzukündigen. Die Gäste begannen sich halbkreisförmig vor der Tafel aufzustellen. Auch Sybille und George gesellten sich dazu. Der sichtlich gerührte Brautvater hielt eine wundervolle Rede, in der er seine Tochter verabschiedete und in die treuen Hände von Robin legte. Er hatte sich wirklich Mühe gemacht und die Liebe, die er für seine Tochter empfand, war aus jedem seiner Sätze herauszuhören.
George und Sybille standen nah beieinander, spürten beide das Kribbeln und Beben in ihren Körpern aufsteigen, doch keiner von beiden wagte sich zu rühren. Nachdem der Vater seine wunderschöne Rede beendet hatte, bat Mandy alle unverheirateten Frauen sich auf einem freien Platz zu versammeln, da sie den Brautstrauß werfen wollte. Unter aufgeregtem Kichern liefen die Damen zusammen, während die Herren belustigt und erwartungsvoll zuschauten. Mandy drehte den Mädels den Rücken zu, schaute noch mal nach hinten, damit sie auch die Richtung nicht verfehlte und warf dann den Strauß in hohem Bogen ... genau in Billis Arme.
Überrascht riss Billi die Augen auf und starrte den Strauß in ihrer Hand an. Die Mädchen um sie herum gackerten belustigt und gratulierten schon mal vorab. Nun müsse sie ja nur noch den passenden Mann zu dem Strauß finden.
Sybille wagte gar nicht aufzusehen, denn sie wusste, dass George sie ansah, und ihr Herz wollte fast zerspringen vor Glück.

Den restlichen Nachmittag verbrachten die beiden zwar zusammen, jedoch waren zumeist auch Freunde von ihnen um sie, so dass eine private Unterhaltung nicht mehr möglich war. Doch sie ließen sich keine Sekunde aus den Augen. Sowohl Billi als auch George suchten immer den Blickkontakt des anderen und mit jedem zugeworfenen Lächeln stieg der Puls, raste das Herz, flammten ungeahnte Sehnsüchte auf.

Am frühen Abend wurde das Buffet eröffnet und der Gastgeber wünschte allen noch einen vergnüglichen Abend mit Musik und Tanz bis in die Morgenstunden. Schon während des Essens begann eine kleine Band zu spielen, sehr angenehme Musik zur Untermalung, ohne bei den Gesprächen an den Tischen zu stören. George und Sybille hatten sich nebeneinander zu der Gruppe gesetzt, die sich, auf Zutun von Susan am Nachmittag, unter dem Baum gefunden hatte. Sie unterhielten sich alle angeregt, es war eine lustige Truppe, in der viel gelacht wurde.
„Sag mal," flüstere Julia Billi zu. „Was ist das für ein Typ neben dir? Du bist jetzt schon den ganzen Nachmittag mit ihm zusammen. Kanntest du den schon vorher?"
Sybille flüsterte eben so leise zurück: „Das ist George, ein Freund von Robin und Nein, ich kannte ihn vorher nicht, heute zum ersten Mal gesehen."
Zweifelnd sah Julia Billi an. „Was ist das dann mit Euch? Ihr schaut Euch an und redet miteinander, als würdet ihr Euch schon ewig kennen."
„Das Gefühl habe ich allerdings auch," schmunzelte Sybille in sich hinein und war froh, dass ihr Gespräch unterbrochen wurde durch die Ansage des Bandleaders, der Mandy und Robin ankündigte, die den Tanzabend mit einem Walzer eröffneten. Perfekt einstudiert glitten die beiden souverän über das Parkett und nach einigen Minuten füllte sich die Tanzfläche mit erfreuten Gästen und Mittänzern.

„Möchtest du tanzen?" George bebte innerlich vor Aufregung und hoffte, dass man ihm nichts anmerkte.
„Gerne. Ich warte schon die ganze Zeit auf diesen Moment." Die Ehrlichkeit in Billis Worten ließ George wohlig erschauern. Langsam gingen auch sie zur Tanzfläche, standen sich etwas zögernd gegenüber und schauten sich nur in die Augen. Unfähig sich zu

bewegen, das Herz rasend und innerlich zitternd vor Erregung, verpassten sie den kompletten neuen Song. Als die Musik zum nächsten Lied wieder einsetzte, nahm George fast andächtig Billis rechte Hand, führte sie nach oben und umfasste sanft ihre schmale Taille, um sein Mädel im Takt der Musik verliebt über die Tanzfläche zu führen.

Billi sah ihm tief in die Augen, lächelte ihn sanft an und George genoss jede Bewegung ihres zierlichen Körpers, nahm den Duft ihrer Haut in sich auf und vergaß vollkommen Zeit und Raum um sich herum. Sie tanzten fast eine Stunde miteinander, ohne Pause. Endlich wagte er, Billi näher an sich heran zu ziehen, er musste sie einfach spüren und sie ließ es geschehen. Wie eine Einheit fühlten sie sich, während ihre Körper sich erhitzten, das Blut zu kochen schien. George streifte mit seinen Fingern zärtlich über Billis Rücken und er spürte, wie sie unter seiner Berührung erbebte. Mit einer Hand hob er liebevoll ihren Kopf an, den sie an seine Brust gelegt hatte und hauchte ihr sanft einen Kuss auf die Lippen.

„Lass uns gehen," flüsterte Billi, nahm Georges Hand und dieser ließ sich bereitwillig von ihr in das Haus der Kramers führen, in dem es so viele Zimmer gab, dass die beiden niemand entdecken würde.

* * *

George schaute verklärt auf das dunkle Wasser des Sees.
"Die Freundinnen von Billi hatten Unrecht. Es gibt Liebe auf den ersten Blick. Es gibt sie wirklich. Sie zieht einem so unerwartet die Beine weg, dass man sich nicht wehren kann und bevor man weiß, wie einem geschieht, hat sie einen gefangen und lässt nie wieder los.

Niemals hätte ich gedacht, dass ich am ersten Abend eines Kennenlernens sofort mit einer Frau ins Bett steigen würde und hätte jeden verdammt, der so etwas tut. Aber bei Billi war es wie ein Zwang, wir konnten uns gar nicht dagegen wehren.

Diese erste Nacht mit ihr, sie war die wundervollste Nacht in meinem Leben.

Nicht dass wir später keinen Sex mehr gehabt hätten. Oh nein. Wir hatten sogar oft Sex und wirklich guten Sex, aber so eine erste Nacht, die vergisst man eben nie.

Sie war so zart, ich hatte fast Angst sie zu zerbrechen. Aber ihr Wille war stark, eigentlich kam ich nie gegen sie an."

George lachte wehmütig. „Wissen Sie, wie das ist? Haben Sie solch eine Liebe schon einmal erlebt? Die Sie so umhaut, dass Sie glauben Sie müssten sterben?"

Michael lächelte wissend. „Etwas ähnliches habe ich auch schon erlebt, ja. Aber nicht dass ich dachte ich müsse sterben."

„Sehen Sie? Sie verstehen mich auch nicht wirklich, aber das ist O.K. Ich habe nie jemanden getroffen, der die Liebe so erlebt hat, wie Billi und ich."

Michael schaute auf seine Füße und dachte: dieser Mann war wirklich so nah dran an der wahren Liebe, so nah. Und doch hat er sie nicht erkannt ...

* * *

Billi und George genossen das Jahr 1968 in vollen Zügen. So oft sie nur konnten, sahen sie sich, und wenn sie sich nicht sehen konnten, telefonierten sie stundenlang miteinander. Da beide noch bei ihren Eltern wohnten, war es etwas schwierig sich für gewisse Stunden zu sehen, aber auch das schafften sie, denn es war ihnen egal wo sie sich liebten, Hauptsache sie waren zusammen und konnten sich spüren.

Sie fühlten sich wie eine Einheit und wenn der Andere nicht da war, waren sie nicht komplett.

An einem sonnig heißen Wochenende im August waren sie mit ihren Freunden zum Zelten und Grillen am See verabredet. Mandy und Robin waren dabei, Susan und ihr neuer Freund Jake und Julia mit Robins Trauzeugen. Übermütig tobten sie im See, spielten im Wasser wie die Kinder, ließen sich die Sonne auf den Bauch scheinen, genossen einfach ihr Leben.

„Na, wie ist es nun eine verheiratete Frau zu sein?" Die Mädels lagen allein am Ufer, während die Jungs Brennholz für den Abend zusammensuchten.

„Ich liebe es! Robin ist der beste aller Ehemänner. " Mandy schien absolut glücklich und fügte feixend hinzu: „Ich bereue nichts, wenn ihr darauf wartet."

Die Mädchen lachten und Susan warf Mandy einen Wasserball an den Kopf.

„Allerdings haben wir ein kleines Problem." Mandys Lächeln endete abrupt. Fragend schauten die Mädels sie an.
„Ich bin schwanger."

„Das ist doch toll!" Sybille wollte aufspringen und Mandy umarmen, aber als sie deren Gesicht sah, hielt Billi in der Bewegung inne. „Was ist los? Warum freust du dich nicht?"

„Wir wollten so früh keine Kinder. Robin studiert doch noch, ich müsste meinen Job dann auch aufgeben und wir hätten kein Geld. Wie sollen wir eine Familie ernähren?" Mandy begann leise zu schluchzen.

Julia ging zu ihr rüber und legte den Arm um Mandy. „Ihr schafft das sicher irgendwie. Euere Eltern werden euch doch auch unterstützen oder?"

„Wir wollen auf eigenen Beinen stehen, selbst schaffen, was wir uns vorgenommen haben! Und nun kommt dieses blöde Kind dazwischen!" Nun weinte Mandy richtig los.

Geschockt stand Sybille auf und ging zum Steg. Wie konnte Mandy nur so reden? Die Krönung einer Liebe ist es doch, einem so wunderbaren kleinen Wesen ein Heim geben zu dürfen, es umsorgen zu können und ihm alles Schöne der Welt bieten und zeigen zu dürfen. Dieses Baby aufwachsen zu sehen und ihm einen guten Start in sein Leben zu ermöglichen. Da darf doch das Geld nicht im Vordergrund stehen ...

Die Jungs kamen mit dem Holz zurück und Billi wurde aus ihren Gedanken gerissen. George kam sofort zu ihr, küsste sie liebevoll auf die Nasenspitze und fragte mit schelmischem Grinsen, ob sie noch mit ihm ins Wasser kommen wolle. Natürlich wollte sie und an einer nicht einsehbaren Stelle, an der das Wasser nicht sehr tief war, liebten sie sich mit jeder Faser ihres Körpers, so zärtlich wie sie immer zueinander waren.

Nachdem am Abend das Feuer schon halb erloschen war und der Sternenhimmel über dem See leuchtete, nahm George seine Gitarre und stimmte einige Shantys an. Doch diesmal war es anders als sonst, die Stimmung gedrückter, die Mädels wollten nicht recht mitsingen. Schließlich war es George zu dumm und er legte die Gitarre wieder beiseite. „O.K. Was auch immer mit Euch los ist heute Abend, ich verzieh mich jetzt ins Zelt. Kommst du mit, Billi?"

„Sicher. Ich bin auch müde. Gute Nacht."

Die anderen murmelten ebenfalls etwas von Gute Nacht und als Billi und George sich bereits im Schlafsack zusammenkuschelten, hörten sie, wie die anderen wortlos in ihren Zelten verschwanden.

„Was war da draußen los heute Abend?" flüsterte George. „Die Stimmung war den ganzen Abend schon so mies. Ist etwas passiert, von dem ich nichts weiß?"

„Mandy ist schwanger," flüsterte Billi ebenso leise zurück.

„Was?"

„Pssst!" Billi legte George ihren Finger auf die Lippen. „Nicht so laut."

„Aber ... aber das ist doch toll." George war wieder leise. „Warum herrscht dann so eine schlechte Stimmung?"

„Weil die beiden jetzt kein Kind wollen. Weil sie kein Geld für ein Kind haben, wie sie meinen."

„Aber Robins Eltern haben doch genügend Geld. Die werden ihm sicher helfen und wenn er's später zurückzahlt, wenn er sein Studium beendet hat."

„Das wollen sie aber nicht. Die beiden wollen keine Almosen annehmen, wie sie es nennen."

George verschränkte beide Arme hinter dem Kopf und starrte an die Zeltdecke. „Das ist doch Blödsinn. Was wollen sie denn sonst tun?"

Billi zuckte mit den Achseln. „Ich weiß es nicht, aber mein Gefühl ist kein Gutes."

Schweigend schmiegte sie sich an Georges Brust und er legte einen Arm um Billis Schultern.

„Du bist so wunderbar," flüsterte er ihr verliebt ins Ohr. „Ich könnte mir nichts schöneres auf der Welt vorstellen, als mit dir zusammen ein Kind zu haben. Ich finde, ein Kind ist die Krönung aller Liebe, etwas Besseres kann einem nicht mehr passieren im Leben."

Billi sah zu ihm auf, konnte seinen Kopf in Umrissen erkennen und streichelte zärtlich sein Gesicht. „Irgendwann werden wir auch ein Kind zusammen haben, oder zwei oder drei?"

„Was, drei? Bist du verrückt?" George kitzelte Billi am Bauch und sie kicherte leise. „Ich wollte nicht gleich eine Fußballmannschaft gründen."

„Ich liebe dich so sehr George. Du weißt nicht wie sehr."
„Wenn es so sehr ist, wie ich dich liebe, dann weiß ich es und ich weiß auch, sogar Liebe kann weh tun. Vor Glück."

Sybille sah Mandy nach diesem Abend am See fast 2 Monate nicht. Auf Anrufe reagierte sie nicht, über ihre Eltern wollte Billi es nicht versuchen, also konnte sie nur warten.
Schließlich trafen sich die beiden zufällig im Krankenhaus, in dem Billi arbeitete, als diese gerade mit Patientenakten unterwegs zur Station war.
„Hey Mandy!" rief Billi über den Flur und winkte freudig.
Mandy riss erschrocken die Augen auf, hatte sich aber schnell unter Kontrolle. „Hallo Sybille."
„Wie geht es Dir? Ich versuche schon seit Wochen dich zu erreichen. Was war denn los?" Besorgt umarmte Sybille ihre Freundin.
Mandy druckste herum, drehte traurig den Kopf weg und murmelte leise: „Ich hatte eine Fehlgeburt."
„Oh mein Gott." Billi war sprachlos und hielt Mandys Hände fest. „Das tut mir so leid. Was ist denn geschehen?"
„Ich weiß es nicht. Ich hatte plötzlich starke Schmerzen und als ich es nicht mehr aushalten konnte, hat Robin mich zum Krankenhaus gefahren. Das Baby war tot, sie konnten nichts mehr tun."
Mandy weinte und Billi fehlten die Worte, um ihre beste Freundin zu trösten. Dass Mandy nicht um das Baby weinte, kam Sybille nicht in den Sinn.
Als sie am Abend mit George zusammen saß, erzählte sie ihm von Mandy und dem Baby. Er war genauso betroffen wie sie und wusste nicht, was er sagen sollte.
„Das muss schrecklich sein für eine Mutter, ihr Kind zu verlieren, das noch ungeboren in einem lebte, die Mutter vielleicht sogar schon fühlen konnte, wie es sich bewegt, und plötzlich ist alles still ...." George wollte gar nicht weiter darüber nachdenken und nahm Billis Hand in die Seine. „Warum geschieht so etwas Schlimmes? Wenn es einen Gott gibt, warum lässt er so etwas zu?"
Sybille wusste keine Antwort auf Georges Frage, aber sie nahm sich vor, sich damit zu beschäftigen. Irgendwann.

* * *

„Hat sich Billi damit beschäftigt? Haben Sie eine Antwort auf Ihre Frage erhalten?" Michael schaute George von der Seite an.

„Sie hat sich damit beschäftigt, ja. Wenn auch erst Jahre später." Traurig ließ George den Kopf hängen und wusste nicht, ob er Michael von ihrem Sohn Thomas erzählen sollte, der auf so schreckliche Weise ums Leben gekommen war.

„Zu welchem Ergebnis ist Ihre Frau gekommen?"

„Am liebsten würde ich diese Episode unseres Lebens aus meinen Erzählungen weglassen, ich versuche selbst seit Jahren irgendwie zu verdrängen, was geschehen ist, aber das geht natürlich nicht. Es ist eingebrannt in mein Hirn und wird es immer bleiben. Ich erzähle Ihnen von Thomas und Angie, unseren Kindern, damit Sie verstehen, wie es war, wie das Geschehene unser Leben prägte und was Billi für sich daraus folgerte."

* * *

Es war im Januar 1969, als Billi George anrief und fragte, ob er am Abend mit ihr zum Essen gehen wolle.

„Natürlich möchte ich, was für eine Frage!" George freute sich wie ein kleines Kind. Er war so verliebt wie am ersten Tag und konnte keinen Tag ohne sie sein. „Gibt es etwas zu feiern? Hast du deine Prüfung bestanden oder was?"

„Nein, ich habe doch erst im Mai Prüfungen, das weißt du doch, aber etwas zu feiern gäbe es schon." Billi amüsierte sich über Georges Neugier, ließ ihn aber zappeln und sie verabredeten sich für 19 Uhr im Restaurant.

Als Billi hereinkam, saß George schon da, sprang sofort auf und half ihr aus dem Mantel, den ihm der Kellner abnahm und wegbrachte. Er hielt sie in seinen Armen, küsste sie sanft und wollte schon fast wieder in ihren wunderschönen Augen versinken, als der Kellner räuspernd hinter ihm stand und andeutet, sie könnten sich auch gerne setzen.

Billi lachte in ihrer unbeschwerten Art und reichte George ihre Hand über den Tisch hinweg.

„Nun, was gibt es denn, mein Engel? Ich platze vor Neugier, also heraus damit."

„Lass uns doch wenigstens erst bestellen, George, ich sterbe nämlich eher vor Hunger, bevor du aus Neugier platzt."

„Hm, entschuldige! Natürlich. Du sollst mir ja auch nicht vom Fleisch fallen!" George lachte verlegen und Billi grinste ihn nur an.

Nachdem sie bestellt hatten und der Kellner zwei Gläser Wein und eine Karaffe Wasser gebracht hatte, hielt es George nicht mehr aus. Erwartungsvoll lächelte er sie mit großen Augen an. „O.K. wir haben bestellt. Nun sag."
Sie streifte mit ihren Fingern zärtlich über seine Handfläche, glitt dabei ein kleines Stück seinen Unterarm hinauf und George überlief eine wohlige Gänsehaut. Er sah ihr in die Augen mit einem Blick, der besagte, lass das, sonst muss ich dich auf der Stelle vernaschen.
Billi räusperte sich, lächelte ihr entwaffnendes Lächeln und sagte leise: „Wir bekommen ein Baby, George."
Sekundenlang starrte George sie an, sein Mund stand offen, seine Augen aufgerissen.
„Oh mein Gott," hauchte er atemlos.
„Oh mein Gott!" Nun schrie er laut auf, sprang von seinem Stuhl und kniete vor Billi nieder.
Die Leute im Lokal schauten überrascht zu ihnen herüber, doch als George niederkniete, lächelten sie wissend.
„Ein Baby," flüsterte er und nahm ihre Hände in die seinen. „Wir beide bekommen ein Baby."
Er zog ihren Kopf zu sich, küsste sie lange und innig. Er wollte überhaupt nie wieder loslassen.
„Du weißt nicht, wie glücklich du mich machst, Billi. Das ist das größte Geschenk, das du mir machen konntest. Ich weiß nicht was ich sagen soll. Ich bin so ...überglücklich."
„Ich wusste, dass du dich freuen würdest, und ich bin so dankbar für dieses kleine Wesen, das in mir heranwächst. Es ist ein Teil von dir und ich trage es in mir. Ein schöneres Gefühl gibt es nicht auf der Welt."
George war total aufgewühlt. Sein Hunger war verflogen: „ Irgendetwas muss ich jetzt tun. Was kann ich jetzt tun? Eine Wiege bauen, genau! Oder nein, erst müssen wir eine Wohnung haben, dann baue ich eine Wiege. Einen Kinderwagen müssen wir auch haben. Ja und Windeln und was zum Anziehen und ..."

„Langsam, langsam." Billi musste lachen, weil sich Georges Stimme fast überschlug vor Eifer.

„Das Baby wird erst im August zur Welt kommen. Wir haben noch genügend Zeit alles zu erledigen. Und ich schaffe es sogar noch, meine Ausbildung zu beenden, das freut mich besonders. Wir müssen uns eben Gedanken darüber machen, wie wir das finanzieren wollen, aber ich weiß, wir werden das schaffen." Und mit sanfter Stimme fügte sie hinzu: „Wir beide können alles schaffen George. Ich liebe dich so sehr."

„Und ich liebe dich, mehr als ich jemals sagen kann. Wir werden es schaffen, du hast Recht. Ich werde mir einen Job suchen neben der Uni. Das Baby und du, euch soll es an nichts fehlen. Niemals in Euerem Leben!"

In den nächsten Tagen sagten die beiden es ihren Eltern, die sich ebenfalls darüber freuten Großeltern zu werden und versprachen ihre Unterstützung in jeglicher Form, sollte sie von Nöten sein. Voraussetzung war allerdings, dass George sein Studium beendete und er willigte gern ein, hatte er eh nicht die Absicht es hinzuwerfen.

Glücklich lagen die zwei am Abend im Bett, schmiegten sich aneinander und George streichelte zärtlich über Billis Bauch. „Spürst du schon was?"

Sie lachte. „Nein, natürlich nicht. Das ist noch zu früh, ich sag dir Bescheid wenn ich es fühle, ja?"

"Ja, bitte. Unbedingt. Ich will alles wissen. Ich will es miterleben, jeden Tag, jede Stunde. Schone dich aber auch ein bisschen, versprich es mir." Besorgt küsste er ihre Nasenspitze.

„Ich passe schon auf mich auf, du Lieber. Mach dir keine Sorgen, es wird alles gut werden."

Billis Zuversicht beruhigte George. Plötzlich richtete er sich auf. „Wir sollten heiraten Billi!" rief er aus und ärgerte sich sofort über seine Spontanität.

„Entschuldige," murmelte er und beugte sich zu Billi hinüber. „Ich weiß, sicher hast du dir diesen Moment romantischer vorgestellt, aber ich kann nicht warten. Möchtest du meine Frau werden Sybille?"

Allein, dass er sie Sybille nannte, zeigte Billi, wie ernst er es meinte. Sie nahm seinen Kopf zwischen ihre Hände, fuhr sanft mit

einem Finger über seine weichen Lippen und hauchte leise: „Ja.
Ich will!"

Glücklich sahen sie sich in die Augen, ihre Lippen konnten sich
kaum voneinander trennen und in dieser Nacht liebten sie sich
zum ersten Mal als Verlobte und zukünftiges Ehepaar.

„Ich würde so gerne Mandy anrufen und es ihr erzählen," sagte
Billi am Frühstückstisch.

„Dann tu es doch. Was hält dich ab?" George blätterte die Woh-
nungsanzeigen der Samstagszeitung durch.

Billi schnaufte hörbar. „Na ja, ich weiß nicht wie sie es auffassen
wird, nach ihrer Fehlgeburt."

„Oh." Er sah auf. „Daran habe ich gar nicht gedacht. Du hast
Recht." Aber ich denke, wenn Mandy objektiv darüber nach-
denkt, dann wird sie sich mit uns freuen, mit dir freuen," überlegte
George laut. „Ich meine, dass ihr so etwas passiert ist, ist wirklich
furchtbar. Aber sie wird sich wohl bereits damit abgefunden
haben, dass deshalb andere Frauen trotzdem schwanger werden
können. Hoffe ich zumindest," fügte er leise hinzu.

Billi fühlte sich unwohl bei dem Gedanken Mandy von dem Baby
und der Hochzeit zu erzählen. Andererseits konnte sie es ja auch
schlecht vor ihrer besten Freundin geheim halten. Also rief sie später am Vormittag bei Mandy an und fragte, ob sie heute vorbei-
kommen dürfte, sie wolle ihr etwas erzählen, was wirklich wichtig
sei. Mandy hörte sich desinteressiert an, sagte aber zu, jedoch
nicht bei ihr zu Hause. Sie wolle sich lieber im Café treffen.

Billi war pünktlich um 14 Uhr im Café und wählte einen schönen
hellen Fensterplatz. Sie war aufgeregt und suchte noch immer
nach den richtigen Worten, wie sie Mandy die frohe Botschaft
verkünden sollte. Nach mehr als einer Stunde und drei Tassen
Kaffee später, zahlte Billi und überlegte, auf der Straße stehend,
was sie nun tun sollte. Mandy war nicht gekommen. War ihr
vielleicht etwas passiert? Oder kam nur zufällig etwas anderes
dazwischen? Billi entschloss, bei Mandy vorbei zu gehen um zu
sehen, ob alles in Ordnung wäre.

Zunächst tat sich gar nichts, nachdem Sybille bei Mandy und
Robin geklingelt hatte. Erst nach dem zweiten Klingeln, hörte Billi

ein Geräusch im Haus und klopfte an die Tür.

„Mandy? Bist du da?"

Die Tür ging einen Spalt auf und Mandy sagte aus dem Dunkel heraus: "Was willst du denn hier? Ich sagte, nicht herkommen."

„Ich habe über eine Stunde im Café gewartet und mir einfach Sorgen gemacht. Was ist denn los??"

„Komm rein."

Die Tür ging ein Stückchen weiter auf, aber Mandy war nicht mehr zu sehen. Billi betrat das Haus und das abgedunkelte Wohnzimmer. Ihre Freundin saß zusammengesunken in einer Ecke des Sofas, einen Schal um den Hals und eine Sonnenbrille auf.

„Meine Güte. Bist du krank Mandy?" Billi war besorgt .

„Starke Erkältung. Vertrage kein helles Licht im Moment."

„Aber warum hast du denn heute Morgen am Telefon nichts gesagt? Wir hätten uns ein andermal treffen können."

Mandy zog sich eine Decke um die Schultern. „Was wolltest du mir denn so dringendes sagen?"

Billi war irritiert. Hier stimmte etwas nicht, das spürte sie genau, sie wusste nur nicht was. Nun erschien ihr die Idee bei Mandy vorbei zu schauen, absolut falsch, aber was sollte sie machen? Jetzt saßen sie hier und Billi fiel einfach keine Ausrede ein, die sie hätte vorschieben können.

„Nun ... also ich weiß nicht, ob das gerade so passend ist ..."

„Sag schon." Mandy klang leicht genervt, versuchte aber vergeblich, dies zu verbergen.

„George und ich werden heiraten." Nun war es raus.

„Hm. Gratuliere."

„Na sonderlich freuen tust du dich ja nicht gerade mit mir." Billi war sehr enttäuscht.

„Nein. Nein. Ist doch schön für euch. Ich gratuliere. Es tut mir leid, mir geht's nicht so gut, aber ich freue mich für dich. Ehrlich."

Billi war etwas sauer. So hatte sie sich die Reaktion ihrer besten Freundin nun wahrlich nicht vorgestellt und darum platzte sie heraus: „Und ich bin schwanger. George und ich bekommen ein Baby."

Stille. Kein Laut war zu hören.

Billi konnte in dem abgedunkelten Raum Mandys Gesicht nicht

erkennen und wurde wütend, weil sie nichts sehen konnte und Mandy nicht reagierte.

„Verdammt noch mal, was ist denn los hier? Wenn du jetzt nicht sofort einen Ton sagst, gehe ich zu dieser Tür hinaus und du hast mich zum letzten Mal gesehen." Billi stand auf und gerade als sie sich in Bewegung setzte, um das Haus für immer zu verlassen, hörte sie ein leises Schluchzen.

„Warte. Bitte."

Billi blieb stehen, drehte sich um und fragte besorgt: „Was ist los mit dir?"

Mandy stand ebenfalls auf, zog die Gardine zurück und ging auf Billi zu. Sie nahm ihre Sonnenbrille und den Schal ab und Billi musste einen leisen Aufschrei unterdrücken.

Mandys linkes Augen war blutunterlaufen und dick angeschwollen. Am Hals hatte sie dunkle, fast violettfarbene Hämatome und ihre Oberlippe war vor nicht all zu langer Zeit aufgeplatzt. Billi nahm ihre Freundin in die Arme. „Was ist mit dir passiert. Um Gottes Willen was ist passiert, Mandy?"

Mandy schluckte die Tränen herunter und flüsterte traurig: "Robin. Es war Robin."

„Robin hat dir das angetan?" Ungläubig und entsetzt schaute Billi ihre Freundin an. „Schau mir in die Augen und sag mir, dass dein Robin dich so zugerichtet hat!"

Mandy schaute Billi fest an und wiederholte: „Es war Robin. Er hat mich geschlagen."

Fassungslos ließ Billi sich aufs Sofa fallen. Unfähig etwas zu sagen, zog sie Mandy zu sich und hielt die weinende Freundin im Arm.

„Robin hat Mandy zusammengeschlagen?" George starrte Billi ungläubig an, als diese am Abend davon erzählte. „Warum ... warum hat er das getan?"

„Warte, es geht ja noch weiter und der Hammer kommt erst noch." Billi trank einen Schluck Wasser, ihre Kehle war wie ausgetrocknet. „Weißt du noch, letzten Sommer, als beim Zelten am See diese schlechte Stimmung war?"

Natürlich erinnerte sich George daran. Er nickte.

„Mandy war schwanger, aber ich hatte schon damals das Gefühl, dass bei der ganze Sache etwas nicht in Ordnung war. Es war fast so, als habe Mandy Angst vor diesem Kind. Als ich sie vor ein paar Wochen im Krankenhaus wiedersah, erzählte sie mir von ihrer Fehlgeburt und dass sie nicht wisse, wie das passieren konnte." Billi sah George verzweifelt an, so als solle er den Rest erraten, weil sie es kaum über die Lippen brachte.

„Robin hat Mandy schon damals geschlagen. Er hat sie so lange in den Bauch geschlagen, bis das Baby tot war."

„Oh mein Gott ..." George sah Billi entsetzt an. „Was sagst du da? Weißt du, was du da sagst?"

„Mandy lag über eine Woche im Krankenhaus. Sie wäre an ihren inneren Blutungen selbst fast gestorben. Und ich arbeite zwei Stockwerke darüber und wusste es nicht." Billi schlug die Hände vors Gesicht und begann zu weinen.

George legte den Arm um sie. „Das konntest du doch nicht wissen, mein Engel," versuchte er sie zu trösten. „Mandy wusste, dass du dort arbeitest, sie hätte sich melden können."

„Ja, aber sie hat sich geschämt, so geschämt, dass sie niemandem etwas gesagt hat. Auch die Ärzte vermuteten Gewalteinwirkung, aber Mandy hat alles abgestritten und so konnten die in der Klinik auch nichts weiter tun."

„Robin wollte das Kind nicht, stimmt's?"

„Nein, er war von Anfang an dagegen, aber Mandy war eben auch gegen eine Abtreibung. So gab es ständig Streit zwischen den beiden, bis es an einem Abend eskalierte und er zuschlug."

„Wie kann man so etwas tun? Wie kann man eine Frau schlagen, noch dazu seine eigene Ehefrau?" George schüttelte unentwegt verständnislos den Kopf.

„Und nicht nur das," fuhr er fort. „Robin hat sein eigenes Kind getötet!"

Die beiden schwiegen eine ganze Weile, hielten sich in den Armen und versuchten das Ganze irgendwie zu verarbeiten.

„Mandy kann nie wieder Kinder bekommen," sagte Billi leise.

„Das tut mir so leid. Warum hat sie ihn nicht angezeigt? Dieses Schwein gehört angezeigt, in den Knast gehört er, der Mörder!" Langsam kam Wut hoch in George.

Billi legte eine Hand auf seinen Arm. „Es ist ganz alleine Mandys Entscheidung, ob sie Robin anzeigt oder nicht. Wir dürfen uns da nicht einmischen, verstehst du?"

„Aber sie hat Angst. Siehst du das nicht? Warum lässt sie sich denn jetzt noch immer von ihm verprügeln? Das Kind ist doch schon tot, was will er denn noch?" George verstand nicht, wie Billi dabei so ruhig bleiben konnte.

„Ich weiß es nicht. Auf ihre Weise liebt sie ihn noch immer. Sie hat auch Angst zu gehen, klar. Sie hat Angst vor der ungewissen Zukunft, Angst dass alle denken könnten, sie hat als Ehefrau versagt. Angst sie könnte einen anderen Mann kennen lernen und sie kann diesem keine vollständige Frau mehr sein."

„Na, das ist ja Blödsinn."

„So sieht Mandy das aber. Sie kann keine Kinder mehr bekommen, also ist sie keine attraktive Frau mehr für einen Mann. Also kann sie auch bei Robin bleiben und ..."

„ ... und sich auch noch tot schlagen lassen." George verstand die Welt nicht mehr.

Billi überhörte geflissentlich Georges Sarkasmus. „Ich habe ihr angeboten zu uns zu kommen übergangsweise, bis sich alles etwas beruhigt hat. Damit sie in Ruhe mal nachdenken kann und sich überlegen kann, was sie tun will. Hier wäre sie in Sicherheit vor Robin. Aber das wollte sie nicht. Sie hat, glaube ich, viel zu viel Angst vor ihm und will uns da keinesfalls auch noch mit reinziehen."

„Was willst du nun tun?" George küsste seine Verlobte besorgt auf die Wange.

„Ich glaube, wir können da nichts tun, so schwer es mir fällt. Ich habe Mandy gesagt, unsere Tür steht ihr immer offen."

„Das ist sehr lieb von dir. Wollen wir für sie hoffen, sie nimmt dein Angebot an. Und zwar bald!"

* * *

„Ende April 1969 bezogen wir unsere erste gemeinsame kleine 3 Zimmer Wohnung, einige Blocks entfernt von meiner Uni, damit ich jederzeit schnell da sein konnte, wenn etwas sein sollte mit Billi oder dem Kleinen. Im Mai absolvierte Sybille dann erfolgreich all ihre Prüfungen zur Krankenschwester, trat danach keinen Dienst mehr an, richtete dafür unsere Wohnung liebevoll ein und bereitete alles für die Ankunft des Babys vor.

Zudem organisierte sie fast im Alleingang unsere kleine Hochzeitsfeier, da ich zu der Zeit ziemlich viele Prüfungen an der Uni, zudem einen Nebenjob angefangen hatte und recht angespannt war."

„Haben Sie wieder etwas von Mandy gehört?" Michael genoss mit geschlossenen Augen und hinter dem Kopf verschränkten Armen die Frühlingssonne.

„Wir hatten ihr eine Einladung zur Hochzeit geschickt. Billi hatte oft versucht sie anzurufen, aber immer erfolglos. Kurz vor unserer Hochzeit kam dann ein Brief. Mandy schrieb, es gehe ihr gut, sie wünsche uns alles Glück der Welt, könne aber leider nicht zur Hochzeit kommen, da sie zu der Zeit verreist wären, was schon länger geplant gewesen sei. Billi war sehr traurig damals, es brach ihr fast das Herz. Mandy war ihre beste Freundin und nun kam diese nicht zu ihrer Hochzeit."

„Kam Mandy denn aus diesem Urlaub zurück?"

George sah Michael verblüfft an. „Wieso fragen Sie das?"

„Nur so. Ich hatte das Gefühl, dass diese Sache kein Happy End haben würde."

George schaute Michael irritiert an, der nach wie vor mit geschlossenen Augen neben ihm auf der Bank saß und wie teilnahmslos wirkte, was aber täuschte, wie George klar wurde.

„Wir haben Mandy nie wieder gesehen," antwortete er schließlich.

„Und Robin auch nicht," nickte Michael, so als sei er dabei gewesen.

„Nein, Robin auch nicht. Billi hatte alles versucht, über die Eltern, die Polizei. Niemand wusste wo die beiden waren und bis heute gelten sie offiziell als vermisst. Irgendwo in Südafrika verschollen, denn am Hotel sind sie laut Aussage des dortigen Managers angekommen. Nach zwei Tage brachen sie alleine zu einer Safari auf und kamen nie wieder zurück."

„Vielleicht wurden sie von den Löwen gefressen. Oder Robin hat Mandy umgebracht und sich anschließend selbst getötet und dann haben sie die Löwen gefressen."

George wollte schon aufbrausen, was sich dieser Mann erlauben würde so zu reden, aber ihm wurde bewusst, dass er damals genau die gleichen Gedanken hatte. Und auch heute noch.

„Billi hat ihr ganzes Leben lang nie aufgegeben. Immer mal wieder hat sie versucht, irgend etwas heraus zu bekommen. Sie flog sogar selbst mal für 2 Wochen nach Afrika um zu recherchieren, aber es war schon zu lange her und einfach keine Spur mehr zu finden. Nicht mal den Jeep der beiden hatte man gefunden."
„Löwen fressen keine Jeeps."
George sah Michael böse an, doch dessen intensiv offener Blick ließ nicht zu, dass er etwas erwiderte. Schließlich war das mit den Löwen und dem Jeep ja auch eine Tatsache.
„ Zwei Monate vor der Geburt unserer Tochter feierten Billi und ich unsere Hochzeit. Es war eine schöne Hochzeit in kleinem Rahmen. Nicht in diesem großen Stil wie von Mandy und Robin damals, eher intimer mit Familie und nur wenigen Freunden. Billi war sicherlich die allerschönste Braut, die die Welt jemals gesehen hatte, obwohl sie sich ein wenig darüber ärgerte, dass sie nicht das Brautkleid tragen konnte, welches sie eigentlich wollte. Aber ich fand sie zu süß mit ihrem Kugelbauch, sie sah einfach hinreißend aus." George versank für kurze Zeit in Schweigen, schwelgte in seiner Erinnerung und Michael ließ ihn träumen.
„Im August kam unsere Tochter zur Welt. Es war eine schnelle Geburt ohne Probleme. Ich durfte sogar dabei sein. Nie habe ich etwas Intensiveres erlebt, es war umwerfend und ich verstehe die Männer nicht, die bei der Geburt ihres Kindes nicht dabei sein wollen. Ein Wunder der Natur einfach ... grandios.
Wir haben die Kleine Angie genannt, weil sie damals wie ein kleiner Engel aussah."
Michael lächelte. „Woher wissen Sie, wie ein Engel aussieht? Haben Sie schon einen gesehen?"
„Natürlich nicht," antwortet George leicht pikiert. „Aber wenn es Engel gäbe, dann sähen sie sicher so aus wie Angie damals."
„Ich dachte immer, Engel hätten Flügel?" foppte Michael.
„Was weiß denn ich, ich hab ja noch keinen gesehen!"
„Wenn es keine gibt, wie Sie sagen, können Sie ja auch noch keinen gesehen haben."
„Wollen Sie mich ärgern? Das habe ich doch nur so dahin gesagt mit den Engeln."
„Ach so." Michael schmunzelte insgeheim, wusste er doch ganz genau, wie Engel wirklich aussehen.

Schicksale

„Im September 1972 kam unser Sohn Thomas zur Welt. Ein echter Wonneproppen, der unsere Familie komplettierte. Ich hatte mein Studium zwischenzeitlich beendet und arbeitete in einer kleinen Firma am Stadtrand. Dort hatten wir uns auch ein kleines Häuschen eingerichtet, mit einem netten Garten und es war genügend Platz für jeden von uns.

Billi war eine fantastische Mutter. Sie umsorgte unsere Kleinen liebevoll, war aber keine Glucke. Gleichzeitig war sie die beste Hausfrau der Welt, kochte wie eine Sternenköchin und mir war sie, nach wie vor, die zärtlichste Geliebte, die man sich wünschen konnte."

„Das hört sich nach einer absoluten Traumfamilie an", meinte Michael gönnerhaft.

„Ja! Das waren wir. Absolut. All unsere Freunde haben uns beneidet. Zwischen uns gab es nie ein böses Wort, wir stritten nicht untereinander und auch nicht mit den Kindern. Wenn es Unklarheiten gab oder Dinge, die man eben manchmal zu diskutieren hat, dann setzten wir uns zusammen und redeten vernünftig darüber, so lange bis wir eine, für alle Beteiligten gerechte Lösung gefunden hatten."

„Sehr schön. Das hört sich wirklich nach Idylle an. Doch Sie sprachen vorhin von einem Unglück, das Ihren Sohn traf? Möchten Sie mir davon erzählen?" Die Frage von Michael hatte keine Spur von Neugier.

„Ja. Ich weiß nicht, warum es gerade uns traf. Wir hatten doch nichts verbrochen, wir waren die glücklichsten Menschen der Welt, doch danach war nie wieder etwas so, wie es zuvor gewesen ist." Und zögerlich begann George, Michael zu erzählen, was sich im Spätherbst des Jahres 1986 zugetragen hatte.

* * *

„Hey! Ich gratuliere dir von Herzen." Freudig nahm Billi ihre Tochter in den Arm und küsste sie auf die Wange.

„Danke, Mum. Nun hab ich's endlich geschafft!" freute sich auch Angie und wedelte stolz mit ihrem bestandenen Führerschein durch die Luft.

„Dad wird Augen machen, wenn er nach Hause kommt. Er ist

sicher genauso stolz auf dich, wie ich es bin."

Angie hüpfte aufgeregt durch die Küche und wagte schon mal einen ersten Vorstoß. „Sag mal Mum, meinst du, ich könnte mir deinen Wagen ausleihen und eine kleine Runde fahren? Schließlich brauche ich ja jetzt auch so etwas wie Fahrpraxis."

„Ich würde vorschlagen, wir warten bis dein Vater da ist, er müsste ja spätestens in 30 Minuten da sein und dann bereden wir, wie wir nun weiter vorgehen wollen." Billi lächelte ihrer Tochter verständnisvoll zu. Dass sie sofort fahren wollte, war doch natürlich und sie gönnte Angie dieses Stück neu gewonnener Freiheit.

„Hm. O.K." Angie zog einen Schmollmund, doch ihre Augen lächelten.

Als George zur Tür herein kam, flog Angie ihm sofort an den Hals und hielt ihm ihren Führerschein unter die Nase. „Na? Was sagst du, Dad? Bin ich gut oder bin ich gut?"

„Du bist die Beste!" George lachte und stolz gab er seiner Tochter einen Kuss auf die Wange.

„Und wieso bist du noch hier? Ich hätte gewettet, du wärst schon mit Mums Wagen auf Tour."

„Hey. Fall mir nicht in den Rücken." Billi stupste ihren Mann sanft in die Rippen und gab ihm einen Kuss zur Begrüßung.

George legte seine Arme um Billi, zog sie an sich und sah ihr verliebt in die Augen. „Du bist die beste Mama, die man sich vorstellen kann, aber dass deine Tochter noch hier stehen muss und leidet, diese Foltermethoden kannte ich noch gar nicht von dir." Er zwinkerte Billi verstohlen zu und küsste sie lange.

„Hallo. Hallo! Könntet ihr das vielleicht später fortführen?" Gespielt verärgert tanzte Angie um ihre Eltern herum. „Was ist denn nun? Darf ich? Darf ich?"

George und Billi amüsierten sich über die Ungeduld ihrer Tochter. „O.K. Angie", begann George und zog sein Jackett aus. „Natürlich haben deine Mum und ich uns schon Gedanken gemacht und wenn es auch für dich O.K. ist, dann kannst du den Wagen von Mum nehmen, wenn du ihn brauchst."

Jubelnd riss Angie die Arme in die Höhe.

„Aber ... nur in Absprache mit Mum, ja? Ihr stimmt euch ab, wer den Wagen wann braucht. Ohne Diskussionen, einverstanden?"

„Klar, Dad. Danke!" Angie umarmte ihren Vater, rannte dann zu

Billi, knutschte sie lautstark und schon wollte sie zur Tür raus.
„Stop!"
„Was denn noch, Dad? Ja, ich passe schon auf. Ja, ich werde
nicht rasen und ja, ich komme nicht so spät zurück. Sonst noch
was?" Demonstrativ grinsend sah Angie ihren Vater an.
„Pass auf dich auf, Engelchen."
Angie warf ihm eine Kusshand zu, versprach es und verschwand
schnell wie ein Luftzug nach draußen.
Billi schüttelte lächelnd den Kopf, umfasste George von hinten
und lehnte ihren Kopf an seinen Rücken. „Mach dir nicht so viele
Sorgen mein Liebster. Gewöhn dich daran, so langsam wird sie
erwachsen und das ist nun der erste Schritt in ihre Eigenständig-
keit."
„Ich weiß ja." George dreht sich um und nahm Billi in die Arme.
„Aber ich hatte es mir leichter vorgestellt, sie irgendwann mal
ziehen lassen zu müssen."
„Noch ist sie ja da. Sie fährt nur Auto. Und du weißt, wie vorsichtig sie ist. Angie hat sogar nur für dich ein Jahr länger gewartet
mit dem Führerschein, weil sie wusste, dass du dir Sorgen machst.
Die meisten ihrer Freundinnen fahren schon lange, aber sie hat
nie etwas gesagt und tapfer gewartet. Einfach so."
„Sie ist eben ein Engel. So wie du einer bist. Ich liebe dich, Billi."
„Und ich liebe dich, George. Hm, was würdest du davon halten,
wenn wir nach oben gehen? Thomas übernachtet bei einem
Freund und Angie kommt sicher in den nächsten Stunden auch
nicht zurück." Schelmisch grinste sie George an.
„Darüber könnte man nachdenken, aber wenn ich es mir recht
überlege dann würde ich lieber zuerst etwas essen, dann die
Sportnachrichten sehen ..." George stockte, sah Billi tief in die
Augen und fügte schmunzelnd hinzu: „ ... aber ich glaube, Sport
kommt heute eh nicht und Appetit habe ich nun sowieso nur
noch auf dich." Er nahm seine zierliche Frau mit einem lockeren
Schwung auf den Arm und trug sie nach oben ins Schlafzimmer,
wo er sie sanft aufs Bett ablegte und leise die Tür abschloss.

Es geschah ca. vier Wochen später.
Familie Hudson saß gemeinsam am Frühstückstisch und wie
immer an solchen Samstagen, gab es gespielte Diskussionen

darüber, wer das Oberteil des Brötchens bekommt und wer die Unterseite essen musste.

„Mum, darf ich heute Abend den Wagen haben?" Angie belegte gerade ihr Brötchen mit Wurst.

„Ja, ich habe nichts vor. Wo möchtest du denn hin?"

„Kathi, Doris und ich wollten ins Kino und schließlich sind sie noch nie mit mir gefahren. Ich fahre schon ein Jahr mit denen mit."

„Ins Kino?" Thomas hob ruckartig den Kopf und murmelte mit vollem Mund: „Darf ich mitkommen?"

„Na ja, ich weiß nicht, ob dich der Film interessiert. Ist bloß so ne Romanze. Gottes vergessene Kinder heißt er", versuchte Angie halbherzig abzuwimmeln. George und Billi grinsten sich an.

„Ist doch egal." Thomas schluckte den letzten Bissen schnell runter. „Nimmst du mich mit Angie?"

Betont gelangweilt antwortete sie: „Wenn Mum und Dad es erlauben, von mir aus."

„Darf ich mit ins Kino, Mum?" Bettelnd sah er zwischen George und Billi hin und her.

„Aber dann dürft ihr nicht die Spätvorstellung ansehen, Angie. Thomas ist erst 14." Billi sah ihre Tochter an, die nickte. „Geht klar."

„Super!" freute sich Thomas. „Ich werd euch auch nicht stören. Ich setz mich woanders hin oder geh vielleicht sogar in nen anderen Film, wenn was besseres gezeigt wird."

George war immer wieder fasziniert davon, wie gut sich die beiden verstanden. Um 17 Uhr stiegen Angie und Thomas in Billis Auto, um Doris und Kathi abzuholen und in die Stadt zu fahren.

„Spätestens gegen 22 Uhr sind wir zurück Mum", rief Angie aus dem offenen Fenster und winkte zum Abschied.

„Viel Spaß ihr beiden", winkte Billi ebenfalls und ging ins Haus zurück.

„Und was machen wir zwei Hübschen nun mit dem angebrochenen Tag?" George lächelte seine Frau erwartungsvoll an.

„Du bist so ein Lüstling, George Hudson!" Gespielt empört stemmte Billi die Hände in die Seite. „Denkst du auch irgendwann mal an etwas anderes?"

„Ich kann nichts dafür. Wenn ich dich sehe, ergeht es mir jedes

Mal wie vor 18 Jahren. Noch heute begehre ich dich so sehr wie damals und ich weiß, das wird sich niemals ändern. Komm, setz dich zu mir." Billi setzte sich zu George aufs Sofa und kuschelte sich an ihn. Später, nachdem sie zu Abend gegessen hatten, machten sie es sich vor dem Fernseher gemütlich und es dauerte nicht lange bis Billi einschlief. Gegen 22 Uhr schrak sie hoch und George schaute sie erstaunt an.

„Sind die Kinder schon da?" Mit großen Augen sah Billi sich suchend um.

„Nein, noch nicht, aber sie werden sicher jeden Moment kommen. Was ist los? Hast du schlecht geträumt?"

„Ja. Nein. Ich weiß nicht. Irgendetwas stimmt nicht."

„Was soll denn nicht stimmen?" versuchte George seine Frau mit sanfter Stimme zu beruhigen. „Es ist jetzt gerade mal 22 Uhr. Nun gib ihnen noch zehn Minuten, vielleicht haben sich die Mädels wieder verquatscht. Du weißt doch wie sie sind in dem Alter."

„Du hast Recht." Billi legte ihren Kopf zurück in Georges Schoß und schaute in den Fernseher. Ihr seltsames Gefühl aber blieb und mit jeder Minute die verstrich wurde es stärker.

Gegen 22:30 Uhr hielt es Billi nicht mehr aus. Sie stand auf und wanderte unruhig umher.

„Es ist etwas passiert George, wir müssen etwas tun."

George sah seine Frau lange an. Er wusste, dass Billi nicht dazu neigte hysterisch zu werden oder sich unnötig Sorgen zu machen und so entschloss er sich, zum Telefon zu greifen und zunächst bei Kathi und Doris anzurufen. Aufgeregt ihre Hände knetend stand Billi daneben und versuchte zu hören, was gesprochen wurde. Beide Mädchen waren von Angie nach dem Kino wohlbehalten zu Hause abgesetzt worden. Das sei aber schon vor einer Stunde gewesen und Angie und Thomas müssten längst angekommen sein. Nun machte sich auch George Gedanken, das passte nicht zu den Kindern. Gerade als er die Nummer der Polizei wählen wollte, fuhr vor dem Haus ein Wagen vor und Billi stürmte hinaus, in der Hoffnung, die Kleinen kämen zurück. George legte den Hörer wie betäubt auf die Gabel zurück. Er hörte schon am Motorengeräusch, dass es nicht der Wagen von Billi gewesen ist, der in die Einfahrt eingebogen war. Sybille kam in Begleitung zweier Männer ins Haus, die sie baten sich zu setzen.

„Was ist passiert?" flüsterte George nur, ohne der Aufforderung nach zu kommen.

Einer der Männer räusperte sich. „Wir sind von der Polizei, Mr. Hudson. Es tut uns leid. Wir müssen Ihnen mitteilen, dass Ihr Fahrzeug in einen Unfall verwickelt wurde."

„Oh mein Gott!" Billi schlug die Hände vors Gesicht. George legte den Arm um die Schultern seiner Frau und fragte leise: „Was ist passiert? Was ist mit Angie und Thomas?"

Die beiden Männer sahen sich kurz an und senkten den Blick.

„Nun sagen Sie schon, verdammt!" George verlor die Fassung. Billi weinte an seiner Seite.

„Ihr Sohn hatte keine Chance bei diesem Unfall. Er war sofort tot."

„Nein!" schrie Billi auf und sackte von Weinkrämpfen geschüttelt in Georges Armen zusammen. George kämpfte gegen die Tränen an. „Was ist mit Angie?"

„Ihre Tochter wurde mit schwersten Verletzungen ins Landeskrankenhaus geflogen. Die Ärzte versuchen ihr Möglichstes."

Irgendwie schaffte es George, sich aufs Sofa fallen zu lassen und Billi mitzuziehen. Er war wie betäubt, konnte nicht klar denken, konnte nicht fassen, was ihnen gerade gesagt wurde. Thomas sollte nie wieder nach Hause zurückkommen? Das konnte nicht sein, er ist doch nur kurz ins Kino. Dann schaltete sein Gehirn ab. Als das Weinen von Billi in leises Schluchzen überging, fing George an, seine Umwelt wieder wahrzunehmen. Er sah, dass die beiden Polizisten noch immer da waren und spürte den Körper seiner Frau an seiner Seite, der unaufhörlich zuckte.

„Können wir ... können wir zu Angie?" George war kaum zu verstehen.

„Wir werden Sie hinfahren, aber ob Sie zu Ihrer Tochter können, wissen wir nicht. Sie müssen mit den Ärzten reden."

„Sicher. Danke." Mit leerem Blick stand George auf und zog Billi zu sich. Ihr Blick brach ihm fast das Herz. Diesen Schmerz in ihren Augen würde er nie vergessen. Wie von Ferne gesteuert zogen sie sich etwas an und ließen sich von den Polizisten zum Krankenhaus bringen.

Vor der Intensivstation mussten sie warten. Die Polizisten sagten noch, sie kämen in den nächsten Tagen wieder und verabschiedeten sich. Solch ein Unfall war auch für gestandene Beamte immer wieder eine schwere Last.

George und Billi redeten kein Wort miteinander. Sie waren unfähig zu sprechen, unfähig zu denken, hielten sich einfach nur gegenseitig fest und warteten. Nach einer Stunde kam eine Schwester und richtete aus, dass die Operation an Angie noch dauern würde. Die Ärzte würden alles tun, was in ihrer Macht steht. Den angebotenen Kaffee lehnten beide kopfschüttelnd ab. Noch immer hatten sie kein Wort gesprochen. Mehr als vier Stunden später kam endlich ein Arzt.

„Familie Hudson?" riss er die beiden aus ihrer Lethargie.

„Ja", flüsterte George und räusperte sich, weil seine Stimme kaum zu verstehen war. Er wollte aufstehen, aber seine Beine versagten.

„Die Operation Ihrer Tochter wird noch einige Zeit in Anspruch nehmen." Der Arzt war einfühlsam aber direkt. „Sie hat sehr schwere Verletzungen erlitten und Sie sollten Gott bitten, dass er ihr beisteht." Er schluckte. „Ihre Tochter hat bei dem Unfall ein schweres Schädel-Hirn-Trauma erlitten. Wir mussten ihren Kopf öffnen, wegen der Schwellung des Gehirns. Außerdem wurde ihre Lunge verletzt, die Milz mussten wir entfernen und sie hat zahlreiche Knochenbrüche am ganzen Körper. Wir tun nun, was wir können. Bitte gehen Sie nach Hause. Wir werden Sie morgen früh anrufen, sobald die Operation beendet ist."

„Ich möchte hier bleiben." Sybille sprach leise aber mit fester Stimme. „Ich gehe hier nicht weg bis ich weiß, was mit meiner Tochter ist."

„Billi. Wir können doch nichts tun. Lassen wir die Ärzte ihre Arbeit machen ..."

„Ich will hier nicht weg!" unterbrach Billi laut ihren Mann. „Ich kann doch nicht zu Hause rumsitzen und Däumchen drehen, während unsere Tochter hier um ihr Leben kämpft."

„Ihr Mann hat Recht", versuchte der Arzt sie zu beschwichtigen. „Sie können hier nichts tun. Fahren sie nach Hause und ruhen Sie sich etwas aus. Morgen früh wissen wir mehr."

Billi sackte mut- und kraftlos in sich zusammen und der Arzt bat George mit ihm zu kommen. Dass George aufstand, bemerkte

Billi gar nicht. In einem Nebenzimmer überreichte der Arzt George ein Beruhigungsmittel, welches er Billi zu Hause geben sollte. Dann könnte sie auch etwas schlafen und er solle es am Besten auch nehmen. George bedankte sich und im Hinausgehen fragte er: „Werden wir Angie lebend wieder sehen?"

Der Arzt sah ihn nur an, dann zog er mit zusammengepressten Lippen die Augenbrauen hoch. „Beten Sie, Mr. Hudson. Beten Sie. Es sieht nicht gut aus."

Nachdem Billi und George zu Hause angekommen waren, gab er ihr das Beruhigungsmittel und Billi ging sofort zu Bett. Ihre Augen waren rot geweint und starr, noch immer wollte und konnte sie nicht reden.

George saß in der Küche, trank einen Whisky und die Worte des Arztes hallten in seinem Kopf nach. Beten sie, hatte er gesagt. George lachte freudlos auf. Beten. Zu wem sollte er beten? Wenn es überhaupt einen Gott gab, zu dem er hätte beten sollen, dann hatte eben dieser Gott vor wenigen Stunden seinen Sohn getötet. Und zu dem Gott sollte er nun beten? George trank das nächste Glas in einem Zug leer und schenkte sich sofort wieder nach. Wie konnte das passieren? Wieso gerade ihre Kinder? Sie hatten niemandem etwas getan, sie waren die bravsten und treuesten Seelen, die er sich vorstellen konnte. Warum sie? Warum wurden sie alle so betraft? Was hatten sie verbrochen, dass dieses Unglück geschehen musste? Und zum ersten Mal, seit sie die schreckliche Nachricht von dem Unfall der Kinder übermittelt bekamen, ließ George seinen Tränen freien Lauf und weinte hemmungslos, bis ihn vor Erschöpfung der Schlaf übermannte.

Drei Tage später fand die Beerdigung von Thomas statt. Die Polizei hatte George und Billi dringend davon abgeraten, einen letzten Blick auf ihren Sohn zu werfen, womit die beiden schweren Herzens einverstanden waren. Sie befanden sich in einer Art Dämmerzustand, kaum fähig zu denken.

Angie hatte die ersten Operationen überstanden, lag jedoch im Koma und ihr Zustand war nach wie vor kritisch, während George und Billi viele Stunden im Krankenhaus verbrachten mit Warten, Bangen und Hoffen.

Die Beerdigung lief wie ein schlechter Film an George vorüber. Er nahm die vielen Menschen gar nicht wahr, die gekommen waren, um ebenfalls Abschied von Thomas zu nehmen, er hörte nicht was der Pfarrer sagte. Er starrte nur den hellen Sarg an, in dem sein Sohn lag und versuchte immer wieder, sich nicht vorzustellen, dass dieser da drin lag. Doch es gelang ihm nicht.

Als die Bestatter schließlich am Grab den Sarg hinabließen, wurde George zum ersten Mal richtig bewusst, dass Thomas nun da unten in dieser kalten Erde liegen würde und wirklich nie wieder zurückkommen würde. Diese Erkenntnis ließ George heulend aufschreien und er musste von Umstehenden gestützt werden, um nicht zusammenzubrechen.

Billi schien es etwas gefasster zu tragen, zumindest äußerlich sah man ihr nicht an, wie sehr auch sie litt. Natürlich weinte sie, aber sie spürte, wie schwer dieses Schicksal George im Herzen traf und versuchte stark zu sein. Für ihn.

Für den übernächsten Tag hatte sich die Polizei angekündigt. Sie wollten über den Unfall sprechen, was genau geschehen ist, denn bislang waren Billi und George dazu nicht in der Verfassung gewesen.

Nun, nachdem Thomas endgültig Abschied genommen hatte von der Welt, wollten sie versuchen irgendwie weiter zu leben, stark zu sein, auch für Angie, um wenigstens ihr ein möglichst gesundes und sorgenfreies Leben bieten zu können.

„Ich habe Angst, George." Billi saß ihrem Mann am Küchentisch gegenüber.

„Wovor?"

„Schaffen wir das? Verkraften wir, was die Polizei uns gleich erzählen wird? Ich glaube, ich möchte es gar nicht wissen ..."

„Warum müssen sie uns das auch erzählen? Ich meine, natürlich interessiert es mich, was mit Thomas geschehen ist und wie es überhaupt zu dem Unfall gekommen ist. Vielleicht war ja ein anderes Fahrzeug im Spiel und nun geht es um die Anklage. Wir müssen abwarten." George legte seine Hand auf die ihre und bemerkte, wie er leicht zitterte.

Die beiden Polizisten, die vor der Tür der Hudsons standen, waren die gleichen, welche am Samstagabend auch die schreckliche Nachricht von dem Unfall überbracht hatten. Billi bot ihnen einen Kaffee an und man merkte wie bemüht sie um Normalität war, wie sehr sie versuchte einen gewissen Alltag einkehren zu lassen.

„O.K.", begann der dickere der beiden Polizisten, nachdem sich alle im Wohnzimmer gesetzt hatten. „Wir haben nun soweit alle Daten und Fakten zusammen und uns liegt ein klares Bild des Unfallherganges vor. Glücklicherweise gibt es zwei Augenzeugen, die in einem Wagen hinter dem Fahrzeug Ihrer Kinder gefahren sind, sonst wüssten wir jetzt noch nicht, wie sich alles abgespielt hat." Er trank einen Schluck Kaffee und fuhr fort.

„Der Unfall geschah an der Ausfahrt West in Richtung Vorstadt. Dort wo das kleine Wäldchen beginnt, Sie wissen wo ich meine?"

George und Billi überlegten kurz und nickten dann.

„Ihre Tochter fuhr nicht sehr schnell, das wurde von dem Zeugen bestätigt, der sich genau erinnerte, weil er noch darüber nachgedacht hatte, sie eventuell später an geeigneter Stelle zu überholen. Auf Höhe der Abzweigung zum alten Schwimmbad liefen plötzlich drei Wildschweine aus dem Wald heraus über die Fahrbahn, genau vor dem Wagen Ihrer Kinder. Der Zeuge im Fahrzeug dahinter wunderte sich darüber, dass er keine Bremslichter aufleuchten sah, was in so einem Fall eine normale Reaktion gewesen wäre. Statt dessen schoss der Wagen ihrer Tochter plötzlich nach vorne, sie verlor offensichtlich die Kontrolle und prallte mit der Beifahrerseite so heftig gegen einen Baum, dass es den Wagen in zwei Hälften zerriss."

„Oh mein Gott." Billi schlug sich die Hand vor den Mund und aus Georges Gesicht wich alle Farbe.

Der Polizist wartete einen kleinen Augenblick, bis sich die beiden soweit wieder gefasst hatten. „Ihr Sohn Thomas, der auf der Beifahrerseite saß, hatte keine Chance. Er wurde bei dem Aufprall sofort tödlich verletzt. Er hat sicher nicht gelitten", versuchte der Polizist seinen Bericht erträglicher zu gestalten.

„Also war es ein Wildunfall. Niemand hatte Schuld?" George fasste sich als erster wieder.

„Nun", zögerte der Beamte ein wenig. „Ich denke, das wird noch entschieden werden müssen. Sicherlich war der Wildwechsel der

Auslöser für diesen Unfall. An dem Fahrzeug Ihrer Kinder fanden wir jedoch keinerlei Spuren, das heisst sie haben die Tiere nicht einmal berührt. Ihre Tochter hat, vermutlich aufgrund ihrer mangelnden Fahrpraxis, eindeutig falsch reagiert, ganz offensichtlich Bremse und Gas verwechselt, was letztendlich zu dieser Katastrophe führte."

Fast eine Minute blieb es still im Raum.

„Was wird nun weiter passieren?" Billi wagte als erste auszusprechen, was sowieso unumgänglich war.

„Es wird eine genaue richterliche Untersuchung des Falles geben. Vermutlich wird Ihre Tochter wegen fahrlässiger Tötung angeklagt werden."

„Was? Sind Sie verrückt?" Billi sprang zornig auf. „Angie hat das doch nicht mit Absicht getan. Sie ist doch keine Mörderin!"

„Beruhigen Sie sich, Mrs. Hudson. Natürlich ist Ihre Tochter keine Mörderin, aber bei allen Delikten mit Todesfolge, auch bei Verkehrsunfällen, wird automatisch von Staats wegen angeklagt und ermittelt. Ich bin mir sicher, das Verfahren wird eingestellt werden. Sie und Ihre Tochter sind schließlich schon genug gestraft durch das, was geschehen ist, aber ich muss es Ihnen eben sagen, wie es abläuft."

Billi setzte sich wieder, war aber noch immer aufgebracht.

„Danke Officer." George legte eine Hand auf Billis Schultern.

„Sie machen auch nur Ihren Job. Entschuldigen Sie, wir sind eben einfach noch sehr angeschlagen und wenn man dann so etwas hört ..."

„Ich verstehe schon, das ist auch alles sehr viel auf einmal." Die beiden Polizisten standen auf.

„Alles geht seinen Gang. Sie hören wieder von uns."

„Ja sicher. Vielen Dank." George brachte die beiden Männer zur Tür und als er zurückkam, sagte Billi enttäuscht: „Und sie haben nicht ein mal gefragt, wie es Angie geht." George setzte sich in einen Sessel und starrte in den Garten hinaus. Sybille trat hinter ihn und legte ihre Hände auf seine Schultern. „Komm, lass uns zum Krankenhaus fahren, ja?"

Es dauerte einen Moment, bis George tonlos antwortete: „Sei mir nicht böse Billi, aber ich kann jetzt nicht. Bitte, fahre heute ausnahmsweise alleine hin, ja?"

„Ist alles O.K. bei dir George?"

„Sicher Billi, sicher." Doch in George war nichts O.K. Gar nichts. Sybille fuhr alleine los und George blieb grübelnd vorm Fenster sitzen. Schon wieder drehte sich alles in seinem Kopf, die Gedanken zogen schneller vorbei als Gewitterwolken bei Sturm. Warum sind Angie und Thomas auch ins Kino gegangen? Sie hätten genauso gut hier bleiben können und ein Video ansehen. Warum mussten diese verdammten Wildschweine ausgerechnet zu dem Zeitpunkt die Straße überqueren, als seine Kinder dort entlang fuhren? Hätten sie nicht noch fünf Minuten warten können? Und warum zum Teufel hatte Angie nicht richtig aufgepasst und so den Unfall verursacht?

George hob ruckartig den Kopf. Was hatte er da gerade gedacht? Ungläubig und über seine eigenen Gedanken schockiert, stand er auf um ein Glas Wasser zu trinken. Stattdessen füllte er das Glas mit Whisky und trank es mit einem Mal leer.

* * *

„Sie haben Angie die Schuld gegeben an dem Tod Ihres Sohnes?" Michael sah George erstaunt von der Seite an.

„Nein! Also schon ..." George versuchte die richtigen Worte zu finden. „Plötzlich war dieser Gedanke in meinem Kopf. Ich wollte das gar nicht denken, aber er war einfach da und setzte sich fest, wie der Stachel eines Insektes. Verstehen Sie das? Können Sie das nachvollziehen? Ich meine, Angie hatte den Unfall ja auch nicht gewollt, sie hat es ja nicht mit Absicht getan, dessen war ich mir vollkommen bewusst. Und doch war ständig diese Schuldzuweisung in meinem Kopf und je mehr ich versuchte diese zu verdrängen, umso stärker wurde sie."

Michael überlegte lange, bis er fragte: "Und wie sehen Sie das heute? Hat sich dieser Gedanke in all den Jahren verflüchtigt oder ...?"

George senkte den Kopf und starrte auf seine Schuhspitzen. Plötzlich fragte er sich, wieso er diesem, ihm doch eigentlich völlig fremden Mann, seine ganze Lebensgeschichte erzählte? Und wieso sollte er nun ihm gegenüber Rechenschaft ablegen, was er damals dachte oder heute denkt und sich vielleicht sogar noch entschuldigen? Wie ist er überhaupt in diese Situation gekommen? Auf einmal erschien ihm das Ganze absurd und er überlegte, ob er nicht einfach aufstehen und gehen sollte, als Michael unvermittelt weitersprach:

„Sie müssen mir nicht antworten, George. Ich hatte lediglich den Eindruck, es hilft Ihnen etwas, wenn Sie darüber reden. Aber ich muss das nicht wissen, es reicht, wenn Sie es wissen. Und wenn Sie nun gehen wollen, dann ist das für mich auch O.K. Doch bedenken Sie, weglaufen hat noch nie ein Problem gelöst. Wenn Sie sich heute nicht dem Ganzen stellen, wann wollen Sie es dann tun? Noch einmal mit klarem Kopf über alles nachdenken und heute entscheiden, ob Sie damals richtig reagiert haben. Es ist nie zu spät einen Fehler einzugestehen, auch nicht nach über 20 Jahren."

George wusste, dass Michael Recht hatte, aber woher wusste Michael, dass er -George- das bis heute mit sich trug? Schließlich hatte er doch noch gar nicht auf Michaels Frage geantwortet.

„Sie verwirren mich Michael. Wer sind Sie?"

„Wer soll ich schon sein? Ich bin jemand mit Zeit, der Ihnen zuhört und auch ein wenig mitdenkt, bei dem was Sie erzählen. Als Außenstehender sieht man manche Dinge einfach emotionsloser und kann sie darum besser beurteilen, zumindest für sich selbst, und dem anderen vielleicht einen Ratschlag geben, den dieser noch gar nicht bedacht hat. Jeder hat natürlich sein eigenes Unrechtsbewusstsein und dementsprechend handelt ja auch jeder. Aber schaden kann es sicherlich nicht sich anzuhören, was ein Fremder zu all dem zu sagen hat." Michael lächelte George an und diese bestechend blauen Augen beraubten George auf fast magische Weise schon wieder sämtlicher Gegenwehr.

„Ich habe Sie heute Morgen ein wenig angelogen, als Sie mich nach meiner Familie gefragt haben und wie oft wir uns sehen." George gab es ungern zu, aber nun hatte er das Bedürfnis dies klarzustellen, sonst hätte er sich immer weiter in Unwahrheiten verstricken müssen.

„Ja, ich weiß. Aber reden Sie bitte weiter."

„Wieso wissen Sie das nun wieder?" So langsam wurde es George unheimlich.

„Och, das weiß ich nicht so genau", grinste Michael. „Ich weiß so etwas eben, ich spüre es, wenn ich angelogen werde."

„Ähm, ja. Also auf jeden Fall stimmt das so nicht ganz, dass ich meine Tochter und deren Familie regelmäßig sehe."
„Wann haben Sie Ihre Tochter denn das letzte Mal gesehen?"
Das hörte sich für George schon wieder an, als wisse Michael die Antwort bereits, bevor er überhaupt geantwortet hatte. „Vor ca. fünf Jahren, an ihrer Hochzeit."
Etwas beschämt erzählte er weiter.
„Angie und ich hatten nach dem Autounfall nie wieder das Verhältnis zueinander, wie wir es zuvor hatten. Ich weiß nicht, vielleicht spürte sie insgeheim, dass ich ihr einen Teil der Schuld am Tod von Thomas gab, obwohl ich das nie gesagt habe und auch nie wirklich so empfunden, obwohl es immer in meinem Kopf saß. Dieser verdammte Gedanke hatte sich in mein Gehirn gebohrt und war nicht weg zu bekommen. Oder lag es an der gesamten Situation, weil ein Teil aus uns allen herausgerissen wurde an diesem Abend? Ich weiß es nicht. Selbst Sybille konnte nichts tun, was unser Verhältnis zueinander wiederherstellen konnte und sie litt besonders darunter. Sie verstand mich nicht, auch deshalb, weil ich ihr gegenüber nie zugeben konnte, was in mir vorging. Für sie wäre eine Welt zusammen gebrochen, wenn ich ihr meine dunklen Gedanken mitgeteilt hätte. Das war das einzige Geheimnis, das ich je vor meiner Frau hatte, aber ich denke, es war auch gut so. Für uns alle."
„Wie empfand Ihre Tochter diese Situation?"
„Sie buhlte immer um meine Liebe. Ich habe es gespürt, ich habe es gesehen und ich habe weggesehen." George klang sehr traurig. „Ich habe ihr meine Liebe verweigert und die ihre weggestoßen. Ich wollte sie nicht haben und nun wird mir so langsam bewusst, was ich angerichtet habe. Angie hat es über viele Jahre weiter versucht. Immer und immer wieder mit Worten, mit Gesten, mit kleinen Aufmerksamkeiten oder den Dingen, die sie tat. Doch irgendwann schien sie müde zu werden und als Billi starb, starb auch die Beziehung zu Angie." George nahm sein Taschentuch aus dem Mantel und wischte sich über die Augen. „Ich habe Angie zweimal verloren. Einmal am Tag des Autounfalls und einmal nach Billis Tod."
Michael atmete hörbar ein und aus. „Sie kennen also die kleine Laureen gar nicht, von der Sie kurz erzählten heute Morgen?"

„Nein, ich habe meine einzige Enkeltochter nie gesehen. Angie hatte mich, vermutlich mehr aus Pflichtbewusstsein oder weil sie sonst keine Verwandten mehr hat, zu ihrer Hochzeit eingeladen. Schriftlich, mit einer Karte. Glauben Sie mir, ich habe bis zur letzten Minute einen inneren Kampf gefochten, ob ich hingehen soll oder nicht."

„Vielleicht hat Angie Sie ja auch eingeladen, weil sie wieder einen Versuch machen wollte Ihr Herz zu erreichen und ihren Vater zurück zu gewinnen?"

„Sie brauchen mir kein schlechtes Gewissen zu machen, das habe ich schon selbst. Also, letztendlich bin ich hingegangen. In die Kirche. Angie sah so schön aus, sie war eine herrliche, strahlende Braut und an diesem Tag vermisste ich Billi wieder, wie seit Jahren nicht mehr. Sie wäre sicher stinkwütend gewesen, wenn sie hätte sehen können, wie ich mich da in der letzten Reihe versteckt hielt, wie ein Schwerverbrecher und Angie und ihrem Mann noch nicht einmal gratuliert habe zur Hochzeit."

„Ihre Tochter wusste gar nicht, dass Sie bei der Hochzeit anwesend waren?" Das erstaunte Michael sichtlich.

„Nein, sie hat mich nicht gesehen und sonst kannte mich ja niemand, der es ihr später hätte erzählen können. Zumindest niemand von denen, die in der letzten Reihe standen. Ich habe ein Geschenk da gelassen, an ihrem Wagen und bin wieder gegangen. Danach habe ich Angie nicht mehr gesehen. Nach der Geburt von Laureen schickte sie mir wieder eine Karte, mit einem süßen Foto der Kleinen. Sie sah so niedlich aus, wie Angie damals, ein kleiner Engel."

„Ein Engel ohne Grandpa. Na toll."

„Es gibt ja schließlich noch einen anderen Grandpa, von Franks Seite aus!"

„Woher wollen Sie das wissen? Sie kennen ja Frank noch nicht einmal. Vielleicht ist er Vollwaise."

„Meine Güte, das ist doch eher unwahrscheinlich oder nicht?"

„Na, aber auch nicht ganz abwegig."

„Wie dem auch sei. Jedenfalls hörte ich vor wenigen Wochen über Bekannte, die Bekannte unter Angies Freunden hatten, dass sich die kleine Laureen nichts sehnlicher wünschen würde, als ein kleines Brüderchen. Und ihre Eltern seien schon fleißig am Basteln, damit das Brüderchen auch bald kommen konnte." George lachte bei der Vorstellung, wie so ein kleines 3-jähriges Mädchen sich die Ankunft eines Bruders ausmalte und wurde sofort nachdenklich, als ihm bewusst wurde, dass es fast die gleiche Situation war wie in seiner kleinen Familie 1972.

„Wie erging es Angie eigentlich damals nach dem Unfall? Wie lange musste sie im Hospital bleiben und ist, zumindest gesundheitlich, alles verheilt?"

„Schauen Sie mich nicht so unschuldig an. Ich erkenne Ihre Seitenhiebe so langsam." George tat betont sauer, erzählte aber sofort weiter: „Angie war lange im Hospital, bis sie soweit genesen war, dass sie in die Reha konnte. Alleine 5 Monate musste sie komplett nur liegen, zum Teil im Gipsbett, weil so ziemlich jeder Knochen in ihrem Körper gebrochen oder zersplittert war. Es ist ein Wunder, dass die Ärzte sie wieder so hinbekommen haben, glauben Sie mir."

"Ich glaube Ihnen. Und dieses Wunder geschah sogar, ohne dass Sie dafür gebetet haben. Gleich zwei Wunder." Michael schaute auf den See hinaus und sah so nachdenklich dabei aus, dass George nicht sicher war, ob Michael nur laut nachgedacht hatte oder ihn wieder piesacken wollte. Einerseits kam ihm dieser Mann immer mysteriöser vor, andererseits hatte er so schnell Vertrauen zu ihm gefasst, dass es George auch schon wieder unheimlich war.

„In meinem Elternhaus früher waren Gott und Gebete kein Thema. Meine Mutter verlor im Krieg ein Kind und ihren Mann, meinen Vater, und meine Mum sagte damals immer schon, es könne keinen Gott geben. Und wenn es einen Gott geben würde, dann müsse der ziemlich krank und sadistisch veranlagt sein, dass er solches Leid zulassen kann. Und das nicht nur in ihrer Familie sondern auf der ganzen Welt. Das war ihre Meinung und mit der bin ich aufgewachsen. Ehrlich gesagt habe ich mir in jungen Jahren darüber auch wenig Gedanken gemacht. Und als dann der Unfall mit Thomas geschah, da erinnerte ich mich wieder an das, was sie damals sagte, und endlich verstand ich sie."

„Sie glauben also nicht an die Existenz eines Gottes und sollte es einen geben, ist er oft ungerecht, unfair, skrupellos und sadistisch."

„Richtig."

„Und Sie haben in Ihrem ganzen Leben noch nie ein Gebet gesprochen? Auch kein kurzes Stoßgebet zum Himmel geschickt?"

George überlegte kurz, dann fiel es ihm ein. „Doch. Einmal habe ich so etwas ähnliches wie ein Gebet gesprochen."

Michael schaute interessiert auf. „Ach ja? Also doch. Wann war das?"

„An dem Tag, als ich Billi zu Grabe tragen musste. Ich weiß nicht mehr wie viele Stunden ich am Grab stand, aber irgendwann habe ich nach oben gesehen und darum gebetet, wenn es einen Gott gibt, dann soll er bitte meine Billi bei sich aufnehmen. Weil sie doch ein Engel war und sicher braucht er doch immer Engel, die ihm helfen."

„Das ist schön George. Und ich bin sicher, Gott hat es gehört und Billi bei sich aufgenommen."

„Wie können Sie da sicher sein?" George wurde ungehalten. Wenn es um Billi ging, war er noch immer sehr empfindlich. „Ich hatte einfach eine sentimentale Phase."

„Ich kann Ihnen nicht sagen, warum ich mir da sicher bin, ich weiß es einfach. Ich weiß es so sicher, wie ich weiß, dass Gebete eine unglaubliche Kraft haben und man mit ihnen sehr viel bewirken kann. Vorausgesetzt natürlich sie entspringen reinen und liebevollen Gedanken."

„Und wieso wissen Sie, dass Gebete etwas bewirken?"

„Weil ich es schon oft ausprobiert habe. Und sie wurden oft erhört."

George blieb skeptisch. „Ja, das hört sich ja alles toll an, was Sie da sagen. Sie können auch sehr enthusiastisch sein. Trotzdem kann ich nicht an einen Gott glauben, denn Gott soll - wenn es ihn gäbe – Ihrer Meinung nach ja ein liebevoller Gott sein, richtig?"

„Richtig."

„Wie aber kann ein liebevoller Gott mir einfach meine Frau und meinen Sohn wegnehmen?"

„Haben Sie jemals Gott dafür gedankt, dass er Ihnen diese wundervolle Familie überhaupt geschenkt hatte?"

„Wenn ich nicht an ihn glaube, kann ich mich auch nicht dafür bedanken. Ich hatte einfach Glück in meinem Leben und der Zufall wollte es so, dass Billi und ich uns begegneten. Dafür brauchte ich keinen Gott, denn er hat sie mir nicht geschenkt, ich habe sie gefunden und unsere beiden Kinder hat mir Billi geschenkt, nicht Gott."

„Aber Sie machen insgeheim doch Gott dafür verantwortlich, dass er Ihnen Billi und Thomas genommen hat! Das widerspricht sich irgendwie."

„Ich mache niemanden dafür verantwortlich, herrje. Ich kann mich nicht bedanken für etwas, das sowieso passiert wäre und auch nicht bei einem Gott, den ich nicht kenne, ein Wesen ohne Namen. Und außerdem, ich wüsste gar nicht, wie man so was macht mit dem Beten und dem Danken und all so was."

„Gott wird es egal sein, wie Sie ihn nennen. Ob Sie nun Jesus Christus zu ihm sagen, Manitu, Allah oder sonst wie. Ich denke, viel wichtiger wird ihm sein, dass Sie überhaupt beten. Ich könnte mir auch vorstellen, dass er sich freuen würde, wenn Sie um etwas bitten würden, was Sie gerne erreichen oder haben wollen. Und wenn Sie es dann erreicht oder erhalten haben, sich dafür zu bedanken. Das tun Sie doch auch jeden Tag im Kleinen, in Ihrem Alltag. Sie bitten z.B. mich, Ihnen den Zucker zu reichen. Das tue ich natürlich um so lieber, weil sie mich darum gebeten haben und nicht, weil sie einfach nur mit dem Finger wortlos drauf gezeigt haben. Und wenn ich Ihnen den Zucker gereicht habe, bedanken Sie sich bei mir. Das war's. Und genauso einfach funktioniert das mit dem Gebet, mit dem Bitten und Danken an Gott."

„Ich muss hier weg." George war total verwirrt. „Entschuldigen Sie Michael, aber das ist alles sehr viel für mich im Moment. Ich muss nachdenken."

„Natürlich. Gehen Sie nur. Wir sehen uns wieder. Da bin ich sicher." Michael stand auf und reichte George die Hand, der zynisch antwortete:

„Ah ja. Sicher sind Sie. So sicher, wie Sie wissen, dass es einen Gott gibt und Gebete erhört werden."

„Genau so sicher, ja." Michael lächelte und in seinen Augen lag eine solche Überzeugung, dass sogar George schon fast sicher war, Michael wiederzusehen.

* * *

George ging nach Hause und ließ sich ein Bad ein, denn trotz der Frühlingssonne, war er ziemlich durchgefroren. Dass er über Stunden mit diesem Michael im Park gesessen hatte, kam ihm nun, im heißen Wasser liegend, irreal und seltsam vor. Er wurde aus diesem Menschen nicht schlau und eigentlich hatte Michael ihm auch noch gar nichts von sich erzählt, fiel ihm nun auf. Er kannte diesen Mann überhaupt nicht. Wusste nicht, woher er kommt oder wohin er „durchreist", was er beruflich tut und ob er Familie hat. Nichts. Im Gegenzug hat er selbst fast alles von sich preis gegeben und er hatte es sogar freiwillig getan, das sicherlich. Irgendwie tat es auch gut, gewisse Dinge des Lebens nochmals Revue passieren zu lassen und jemandem zu erzählen. Während der Badeschaum leise an Georges Ohren knisterte, fragte er sich, wie es möglich war, dass jemand so fest von der Existenz Gottes überzeugt sein konnte, wie dieser Michael das war. Er wusste ja nicht viel von Michael, aber dass er gläubig war und betete, das hatte er an diesem Tag zur Genüge zum Ausdruck gebracht. Irgendwie fand George dies, bei genauerer Überlegung, sogar schon fast beneidenswert. Es ist doch toll, wenn man sich so an etwas festhalten kann, wenn man solch einen starken Glauben hat und sich anscheinend immer denkt, das alles schon gut wird, weil Gott wird's schon richten.
George musste leise lachen.
Das wäre ihm zu einfach so zu denken, bzw. zu glauben. Wenn ich etwas möchte, bitte ich Gott, der macht das dann schon für mich und wenn ich es nicht bekomme, kann ich ja nichts dafür, schließlich hat Gott es mir nicht gegeben. Ich bekomme es ja auch nur, wenn ich reinen Herzens bete oder so ähnlich, hatte Michael gesagt. Dann sage ich mir einfach, mein Herz war ja rein, aber Gott hatte wohl gerade keine Zeit mir zuzuhören. Ich habe nicht darum bitten müssen diese wundervolle Frau kennen zu lernen und ich habe auch nicht um diese beiden tollen Kinder bitten müssen. Sie traten einfach in mein Leben und haben damit für viele Jahre das Glück gebracht. Und ich habe auch nicht darum gebeten, dass man mir die beiden wieder wegnimmt; trotzdem ist es geschehen. Also läuft das Leben doch auch ohne Bitten und Beten und Danken an Gott.
George tauchte seinen Kopf unter und hörte kurz dem Geräusch

des Badewasser zu, wie es hin- und herschwappte. Als er wieder auftauchte, traf ihn ein heftiger Kopfschmerz, als würde ihm jemand ein Messer in den Schädel rammen und er stieg schnell aus der Wanne, um seine neuen Medikamente einzunehmen. George schimpfte sich selbst, denn seit er mit der Diagnose aus dem Hospital kam, hatte er sie nicht wie verordnet eingenommen. Von nun an wollte er seine Medizin regelmäßig einnehmen.

In den nächsten beiden Wochen tat George verhältnismäßig wenig. Wenn es das Wetter zuließ, saß er auf der Terrasse und genoss die Frühlingsluft, sich dessen wohlbewusst, dass dies sein letzter Frühling auf dieser Welt sein würde. Er hatte noch genügend Vorräte im Haus, so dass er nur selten zum Einkaufen musste, was ihm sehr Recht war, denn er wollte seine Ruhe und niemanden sehen. George hatte viel zum Nachdenken. Die Erzählerei hatte Einiges beim ihm nach oben befördert, was er längst vergessen glaubte, und so schwelgte er oft in Erinnerungen an Billi, aber auch an Thomas und Angie und schaute sich stundenlang alte Fotoalben an. Der Gedanke an seinen bevorstehenden Tod beschäftigte ihn noch nicht sehr. Er verdrängte es vielmehr, wusste er musste nichts regeln, also warum daran denken? Sein kleines Häuschen und alles, was er besaß, würde sowieso Angie bekommen, also brauchte er kein Testament verfassen. Er könnte schon mal seine Beerdigung planen, ja. Aber damit ließ er sich noch etwas Zeit. Lediglich der Gedanke an den vom Arzt prophezeiten Krankheitsverlauf bereitete ihm Sorgen, aber er nahm sich vor, sobald er wieder in die Stadt käme, Lektüre über seine Krankheit zu besorgen. So lange konnte das Thema noch warten.

Es war bereits eine gute Woche vergangen, als George im Bäckerladen stand und darauf wartete bedient zu werden. Gelangweilt steckte er die Hände in die Manteltaschen und spürte einen harten Gegenstand darin. Er zog ihn heraus, es war das Buch von Michael. George hatte es total vergessen, nachdem er es am See so achtlos wegsteckte. Er behielt es in der Hand, kaufte ein, zahlte und steckte das Buch in die Tasche mit den Backwaren, damit er es nicht wieder vergessen würde. Zu Hause angekommen, legte er das Buch unübersehbar auf den Wohnzimmertisch und sagte zu sich selbst: "Von nun an hast du keine Ausrede mehr, George Hudson, du hast es versprochen, also wirst du auch reinlesen und wenn es nur die ersten fünf Seiten sind."

Es dauerte noch einmal drei Tage, bis George das Buch endlich in die Hand nahm. Erfolglos hatte er bis dahin versucht, es einfach zu ignorieren. Doch es lag ja die ganze Zeit mitten auf dem Tisch, so wie er es hingelegt hatte, unübersehbar, schien jede seiner Bewegungen zu verfolgen und nur darauf zu warten, dass George es endlich aufschlug. Er holte sich ein Glas Wein, setzte sich in den schönen hohen Sessel, der am Fenster stand, und begann zu lesen.

Der Autor begann sein Werk recht verhalten, zählte verschiedene Fragen auf, welche die unwissende und suchende Menschheit zum Thema Sterben und Tod im allgemeinen so hatte, und versprach Antworten auf alle Fragen jedes einzelnen Lesers, sofern er nur weiterlesen möge.

Ha, dachte George. Das geht ja nie. Woher will der Schreiberling wissen, was ich fragen würde. Du hast schon fast verloren, lieber Michael.

George las weiter. Es folgten kurze Anrisse über das Sterben in verschiedenen Kulturen, wie unterschiedlich Völker das Sterben betrachten und die Ihren auf die Reise schicken.

Auf Seite fünf schließlich stand etwas, das George ungläubig aufschauen ließ. Er trank einen Schluck Wein und las den Absatz fasziniert und irritiert noch viermal, der Text blieb immer der gleiche.

„Eine schmerzliche Erfahrung ist es für dich, wenn vertraute, liebe Menschen gehen, so wie Sybille und Thomas. Dann stirbt auch ein Teil von dir. Doch wohin gehen sie überhaupt? Da sie nicht zurückkommen können, um es dir zu sagen, werden wir der Antwort in diesem Buch gemeinsam auf den Grund gehen."

George ließ das Buch auf seinen Schoß sinken und schaute mit leerem Blick aus dem Fenster. Was war das hier? Das konnte nicht sein.

Nach minutenlangem innerem Kampf nahm er zögerlich das Buch wieder auf.

Er hatte sich verlesen, sein krankes Gehirn hatte ihm einen Streich gespielt, so fing nun wohl seine Krankheit an. Verflucht, dass er verrückt werden würde, das hatte der Arzt ihm nicht gesagt! Erneut schlug er Seite fünf auf und wagte kaum den Absatz noch einmal zu lesen. Da stand es noch immer. Sybille und Thomas. Ganz klar, schwarz auf weiß.

In hohem Bogen warf er das Buch auf den Wohnzimmertisch, so schnell als könne er sich daran verbrennen. Das ist einfach unmöglich. Das ist Hexerei. Nie wieder würde er dieses Ding anfassen.

Mit einem Ruck stand er auf, nahm das Buch und steckte es in seine Manteltasche, fest entschlossen, es bei seinem nächsten Gang aus dem Haus irgendwo abzulegen, damit es „weiterwandern" konnte.

Natürlich ließ ihm von nun an der gelesene Text keine Ruhe mehr. Immer und immer wieder musste er daran denken, verstand nicht, wie das möglich sein konnte. Michael hatte irgendwie getrickst, da war George sich sicher. Wie auch immer er das gemacht hatte. Und er hatte noch nicht einmal eine Adresse oder eine Telefonnummer von diesem Kerl. Zu gerne hätte George ihn zur Rede gestellt.

Er versuchte sich abzulenken, sah fern, löste Kreuzworträtsel, harkte das Blumenbeet hinter dem Haus. Nichts half, seine Gedanken kehrten immer wieder zu diesem mysteriösen Buch zurück. In dieser Nacht schlief George sehr unruhig, schreckte mitten in der Nacht schweißgebadet auf, und sein erster Gedanke war sofort: das Buch.

Am nächsten Morgen wachte er wie gerädert auf und ihm wurde klar, das Buch musste weg und zwar sofort! Er musste wieder zu seiner inneren Ruhe finden, sonst fürchtete er wirklich noch verrückt zu werden.

George frühstückte nicht, zog sich schnell an, warf sich seinen Mantel über und verließ fluchtartig das Haus. Er lief und lief und wusste gar nicht, wohin er gehen sollte, als er schließlich unschlüssig an einer Busstation stehen blieb. Eine alte Dame saß auf der Wartebank und schaute nervös auf die Uhr. Etwas unentschlossen stand George dahinter, als nach anderthalb Minuten ein Bus einfuhr und die alte Dame einstieg. Nun war die Luft rein.

George nahm das Buch aus seiner Manteltasche und legte es auf die Wartebank, auf der gerade noch die Frau gesessen hatte. Zufrieden und innerlich wieder ruhiger, ging George zurück nach Hause und genoss danach in aller Ruhe sein Frühstück. Nach dem Essen wurde George wieder müde, hatte er doch kaum geschlafen in dieser Nacht und entschloss sich, noch ein kurzes Nickerchen auf dem Sofa zu machen. Doch auch aus diesem Schlaf erwachte George nicht erholt.

Er träumte von Thomas. Seit Jahren hatte er nicht mehr von Thomas geträumt. Sie waren zusammen beim Angeln, er und sein Sohn, so wie damals, als Thomas noch ein kleiner Junge war und George an den Wochenenden so gerne viel Zeit mit ihm verbrachte.

* * *

Der Wetterbericht versprach einen goldenen Herbsttag und George und Thomas waren früh aufgestanden, als alles noch schlief und der Mond noch am Himmel stand.

Thomas war ganz aufgeregt, er liebte die Angelausflüge mit seinem Dad, auch wenn er dafür Stunden seines geliebten Langschläferdaseins opfern musste. Er genoss es, sich zusammen mit Dad von Mann zu Mann unterhalten zu können, allein mit ihm zu sein und seine ungeteilte Aufmerksamkeit für sich zu haben.

Sie frühstückten nicht, belegten ein paar Brote und packten Getränke und heißen Tee ein. Allein schon die Vorbereitungen für diese Ausflüge ließen Thomas jedes Mal freudig erzittern. Was sie wohl wieder für einen Fang mit nach Hause bringen würden? Mum war immer so stolz auf ihn, wenn er einen guten Fang brachte und abends saß dann die ganze Familie zusammen und sie aßen den wundervoll zubereiteten Fisch, den Mum auf den Tisch zauberte. Nie fingen sie einen Fisch nur zum Spaß. Sein Dad hatte ihm immer eingebläut, dass man Tiere nicht zum Spaß einfing oder ihnen weh tat. Wenn sie einen Fisch an der Angel hatten, wurde er schnell und schmerzlos getötet und sollte es einen Grund geben den Fisch nicht mitnehmen zu können, vielleicht weil er zu klein war, dann entfernten sie vorsichtig den Haken und warfen ihn ebenso vorsichtig in den See zurück.

Thomas hatte viel Ehrfurcht und Respekt vor dem Leben der Fische und dankte insgeheim jedem Tier, welches er an die Angel bekam. Er hatte einmal in einem Buch gelesen, dass sich jedes Tier, welches eingefangen wird, damit gerne zur Verfügung stellen würde, gegessen zu werden. Sonst hätte es sich nicht einfangen lassen. Dass es sich wehrt, sei natürlich, ein Instinkt. Aber sein Lebensplan war dem Tier bewusst, es kam freiwillig auf die Welt und ließ gerne sein Leben, um anderen als Nahrung zu dienen. Dies sei seine Bestimmung.

Thomas war überhaupt interessiert an den Themen, die das Jenseits betrafen, sei es nun Tier oder Mensch, und obwohl er noch so jung war, lieh er sich in der örtlichen Bibliothek meist nur Bücher über diese Themen aus, die selbst Erwachsene kaum auswählten. Er fand es faszinierend, wie alle Dinge ihren Lauf zu haben schienen, wie selbstverständlich alles Leben sein konnte und wie alle Wesen der Erde miteinander verbunden waren.

Nun saßen George und Thomas schon seit anderthalb Stunden am See, die Sonne war gerade im Begriff sich über den Horizont zu schieben und seitdem sie ihre Stühle und den Tisch aufgebaut hatten, die Angeln fertig gemacht und ins Wasser geworfen hatten, hatte keiner ein Wort gesprochen.

„Dad?"

„Ja, Thomas?"

„Was denkst du. Gibt es einen Gott?" Thomas schaute starr auf seinen Blinker, der im ruhigen Wasser trieb.

George schaute seinen Sohn verblüfft von der Seite an. „Warum fragst du?"

„Nur so. Wir reden im Moment in der Schule darüber," schwindelte Thomas, der nicht zugeben wollte, dass er Bücher zu diesem Thema stapelweise verschlang.

„Hmm." George überlegte, was er seinem Sohn antworten sollte. Dass Thomas nicht mehr an den Weihnachtsmann und den Osterhasen glaubte, war klar, aber er könnte ihm ja wenigstens den Glauben an Gott noch lassen. Schließlich muss sich ein Kind ja auch an etwas festhalten können, und sei es nur eine Phantasiegestalt.

„Nun, ich denke, es gibt schon noch etwas, von dem wir nicht genau wissen, was es ist. Was denkst du?"

„Ich denke, es gibt einen Gott. Und ich glaube auch, dass es so etwas wie Engel gibt, und eine Fügung des Schicksals oder wie das heißt." Noch immer blickte Thomas nur auf den See. „Und ich denke auch, dass Gott unsere Gebete erhört und uns Menschen hilft, wenn wir das zulassen."

Nun schaute George seinen Sohn an, als sei er nicht von dieser Welt, versuchte zu verstehen, was Thomas dazu bringen konnte, an etwas noch Unglaublicheres zu glauben, als an Santa Claus. „Wie kommst du auf so etwas, Thomas? Haben die in der Schule diesen Blödsinn erzählt?" George war sauer und nahm sich vor, baldmöglichst mit Thomas' Lehrer zu reden.

„Nein, Dad. Ich versuche nur mein Leben zu verstehen. Ich meine, wozu bin ich hier? Warum bist du hier? Warum sind wir alle hier? Was ist der Sinn von dem allem?"

George konnte nicht antworten und nun war er es, der auf den See starrte.

„Dad, hast du dich nie gefragt, warum du hier auf der Welt bist? Was der Sinn deines Lebens ist? Ich meine, irgendwie ergibt das alles doch keinen Sinn, wenn nicht ein Grund dahinter wäre, verstehst du? Man wird geboren, man lernt zu laufen, zu sprechen, geht in die Schule, macht eine Ausbildung, heiratet, setzt Kinder in die Welt, arbeitet noch ein paar Jahre und schließlich tritt man wieder ab und das war's?"

„Was denn sonst, Thomas? So ist das Leben." George konnte in keinster Weise nachvollziehen, wie sein 12-jähriger Sohn solch tiefgründige Gedanken haben konnte. Sinn des Lebens ... „Was sollte denn der Sinn hinter all dem sein, deiner Meinung nach?" Thomas wirkte leicht verunsichert, denn er spürte, dass sein Dad über diese Themen noch nie wirklich nachgedacht hatte, sich nie damit befasst hatte.

„Nun, ich denke, wir alle haben uns unser Leben vorher so ausgesucht und nun leben wir es so, wie wir denken, dass es richtig ist. Und wenn wir wieder sterben, dann gehen wir zurück, dahin wo wir vorher waren und schauen, ob wir alles richtig gemacht haben, also so, wie wir es uns zuvor vorgenommen hatten."

„Thomas. Thomas! Was redest du da?" Nun war George wirklich sauer. „Du willst mir erzählen, wir leben nach dem Leben weiter? Also wenn wir gestorben sind, dann schauen wir, was wir so getrieben haben all die Jahre und sagen dann: Hey das war cool oder Mann, das war schlecht, aber was soll's? Ich bin ja im Himmel, alles paletti? Entschuldige, aber du solltest langsam anfangen realistisch zu werden und mit offenen Augen durchs Leben zu gehen. Wer hat dir diesen Blödsinn in den Kopf gesetzt?"

Wortlos und enttäuscht schaute Thomas zu seiner Angel und zog die Schnur ein. Er versah den Haken mit einem neuen Köder und warf sie gekonnt in den See zurück.

„Warum hast du das Buch weggegeben, Dad?"

„Welches Buch?"

„Das Buch von Michael. Warum hast du es einfach an der Bushaltestelle abgelegt?"

Fassungslos sah George seinen Sohn an, während dieser, ernst und mit festem Blick sagte: „Dad! Das Buch ist wichtig, du musst es zurück holen, bevor es weg ist! Beeil Dich!"

* * *

Erschrocken fuhr George vom Sofa hoch. Er setzte sich auf und rieb sich verstört durchs Haar. Das war nur ein Traum, George, ein Traum, sagte er sich.

Aber er war so intensiv, als sei es wirklich gerade geschehen, als hätte Thomas ihn tatsächlich gerügt, wie er so einfach dieses geheimnisvolle Buch weggeben konnte.

Nur sehr langsam kam George zu sich, es dauerte Minuten bis er einigermaßen klar denken konnte. Was hatte er getan? Wo ist das Buch?

Nun war er absolut verwirrt, wollte sich wehren, es war gegen jede Vernunft, aufzustehen und das Buch zurück zu holen. Aber der Traum saß so fest in seinem Inneren, ließ ihn nicht los und wie von unsichtbarer Macht getrieben, ohne weiter darüber nachzudenken, zog George sich an und lief so schnell er konnte zurück zu dem Wartehäuschen der Busstation, an dem er atemlos ankam.

Das Buch war verschwunden.

Aufgeregt schaute George sich um, sah unter der Bank nach. Durchwühlte den Mülleimer neben der Bank. Nichts. Das Buch war weitergewandert und George empfand, zu seiner eigenen Überraschung, eine sehr tiefe Trauer über diesen Verlust.

In den nächsten zwei Tagen konnte George sich kaum auf irgendetwas konzentrieren. Nichts bereitete ihm Freude und immer wieder dachte er an Thomas, den Traum und das Buch. Ob Thomas wohl wirklich so gedacht hatte über Gott und das Leben, als er noch bei ihnen war? Oder ob er das eben nur in Georges Traum sagte, weil dieser sich zuvor aufgrund des Buches damit befasst hatte? Thomas schien so fest von dem überzeugt, was er da sagte. Für sein Alter eigentlich zu fest, also war es doch nur ein verrückter Traum. Doch so wirklich konnte George nicht an das glauben, was er sich da selbst einzureden versuchte.

Am dritten Tag kam ihm schließlich eine Idee. Er würde in die Stadt fahren und in der Bücherei nachsehen, ob das Buch dort zu haben war. Da es ihm sowieso nicht aus dem Kopf ging, musste er einfach etwas unternehmen. Und so spazierte George gut gelaunt zur Busstation, an der er seinen scheinbar verhängnisvollen Fehler gemacht hatte, und wartete geduldig auf den nächsten Bus in die Stadt. Verstohlen sah er sich um, vielleicht lag das Buch ja doch noch irgendwo, aber er konnte es nicht entdecken und so fuhr er in die City und steuerte geradewegs zum ersten Buchladen, der ihm einfiel. Als George das riesige Geschäft betrat, wusste er gar nicht, in welcher Abteilung er suchen sollte, streifte zunächst etwas ziellos umher, wagte es aber nicht jemanden zu fragen. Bei solch einem Thema ...

Nach mehr als 20 Minuten sprach ihn lächelnd eine junge Verkäuferin an. „Kann ich Ihnen behilflich sein? Wie mir scheint, kommen Sie nicht ganz zurecht?"

„Ähm, ja. Also wissen Sie, ich bin auf der Suche nach einem Buch, von dem ich nicht weiß, in welcher Abteilung ich überhaupt nachsehen soll." Unsicher und leicht nervös redete George ganz leise, damit keiner der Umstehenden etwas mitbekommen sollte.

„Was suchen Sie denn für ein Buch? Vielleicht finde ich es ja," lächelte die Verkäuferin weiterhin freundlich.

„Nun, es heißt „Das Sterben – Und was kommt danach?" Es hat einen weißen Einband und der Titel ist in schwarzer großer Schrift geschrieben." Puh, nun war es raus.

„Der Titel sagt mir gerade nichts, aber schauen wir doch mal nach." Die junge Verkäuferin ging George voraus. „Wie heißt denn der Autor?"

Da musste George passen, darauf hatte er nicht mal geachtet, was ihn nun mächtig ärgerte.

Vor einem Regal mit sicher hundert Büchern blieben sie stehen und George erkannte überrascht, dass all diese Bücher über Themen handelten, die das Sterben beinhalteten, Jenseitskontakte, Engel, Gott, Reinkarnation und ähnliches. Dass so viel darüber geschrieben wurde, erstaunte George, hatte er selbst sich ja nie dafür interessiert.

„Wenn Sie den Autor wüssten, wäre uns sehr geholfen," murmelte die Dame versunken, während sie verschiedene Bücher aus dem Regal zog, deren Einbände ähnlich erschienen, wie der gesuchte. Unbeholfen stand George daneben und fühlte sich hilflos angesichts dieser überwältigenden Anzahl Bücher. Er war aufgeregt, ob die Frau fündig werden würde, zugleich schämte er sich auch etwas, weil er so dumm gewesen war, nicht darauf zu achten, wer das Buch geschrieben hatte. Nach einiger Zeit gab die Verkäuferin die Suche erfolglos auf und bat ihn kurz zu warten, sie würde im Computer nachsehen, ob sie ein Buch mit dem Titel finden würde. „Wir haben ja auch nicht alle Bücher zu allen Themen vorrätig," lachte sie entschuldigend und verschwand in einem kleinen Büroraum.

Wiederum wartete George sicher 10 Minuten und stöberte in dieser Zeit in einigen Büchern aus dem Regal vor sich. Er las in einige kurz hinein, doch keins sprach ihn so an, wie „sein" Buch, obgleich er nach wie vor beeindruckt war, wie viele Menschen sich mit dem Thema zu beschäftigen schienen.

Jenseitsbotschaften, Jenseitswelten, Jenseitskontakte, überflog er gerade eine Reihe, als die Verkäuferin zurückkam. „Es tut mir leid, ich konnte kein Buch finden mit diesem Titel. Wenn Sie vielleicht doch den Autor ..."

„Ich weiß ihn nicht." George war enttäuscht und darum etwas ungehalten. „Trotzdem vielen Dank für Ihre Mühe, ich werde es woanders versuchen."

Zwei Blocks weiter wusste er noch einen Laden, zwar kleiner, aber er musste es versuchen. Im Laufe des gesamten Vormittages suchte er vier weitere Buchläden auf, in keinem war „sein" Buch zu bekommen oder bekannt. George war enttäuscht. Was sollte er nur tun? Er musste es wieder bekommen, aber wie? Nachdenklich schlenderte er ziellos weiter und versuchte krampfhaft sich zu erinnern, wer dieses Buch geschrieben haben könnte, als er an der großen Leihbücherei vorbeikam, in der Thomas früher schon immer seine Bücher ausgeliehen hatte. Ohne großen Enthusiasmus betrat er das Gebäude und fragte an der Ausgabe nach seinem Buch. Die ältere Frau hinter dem Schalter passte genau in das Klischee einer Bibliothekarin. Klein, kräftig, die grauen Haare am Hinterkopf fest zu einem Knoten gedreht und ihre dicke schwarze Brille schien fast ihr gesamtes Gesicht einzunehmen. Ohne ein Wort zu sagen, durchforstete sie ihren Computer, kritzelte dann etwas auf einen kleinen Zettel und übergab ihn George ebenso wortlos.

George sah den Zettel an und las: 2. Etage, 27. Reihe, 4. Fach von oben. Er riss die Augen auf, sah die Frau überrascht an und fragte: „Sind Sie sicher, dass es das Buch ist, was ich Ihnen genannt habe?"

Ungehalten sah die Bibliothekarin ihn an. „Wollen Sie es nun ausleihen oder mir weiter meine Zeit stehlen?"

Ungläubig ging George zum Aufzug, um in den 2. Stock zu fahren. Immer wieder schaute er auf den Zettel, so als hätte er Angst, die Buchstaben könnten sich in Luft auflösen. Oben angekommen musste er ein wenig suchen, war er doch noch nie in dieser Bibliothek gewesen, fand aber schließlich die Reihe und aufgeregt hielt er Ausschau in dem 4. Fach nach einem weißen Einband.

Da war es! Tatsächlich, da war es.

Mit zitternden Händen zog George das Buch so vorsichtig aus dem Regal, als wäre es zerbrechlich. Zunächst wagte er nicht es aufzuschlagen, hielt es einfach nur in der Hand und schaute es an. Dann ging er zu einem der großen Tische, legte das Buch darauf, zog seinen Mantel aus und setzte sich langsam hin. Als sei es ein Schatz, strich er langsam über den Einband.

Nach endlosen Minuten fasste er sich endlich ein Herz und klappte das Buch auf. Er blätterte sofort zu Seite fünf, fand „seinen" Absatz ohne suchen zu müssen und las leise:

„Eine schmerzliche Erfahrung ist es für uns, wenn vertraute, liebe Menschen gehen. Dann stirbt auch ein Teil von uns. Doch wohin gehen sie überhaupt? Da sie nicht zurückkommen können, um es uns zu sagen, werden wir der Antwort in diesem Buch auf den Grund zu gehen versuchen."

Das war unmöglich! Ungläubig las George den Absatz wieder und wieder. Es war fast der gleiche Text, wie der, der sich in sein Gehirn gebrannt hatte. Aber eben nur fast. Das Wesentliche, das was George so berührte, fehlte. Da stand nichts von Thomas, nichts von Billi.

15 Minuten blieb George reglos auf seinem Stuhl sitzen. Er las nicht weiter, er wollte nicht wissen wie es weiterging. Er wollte sein Buch. Und das hier war es definitiv nicht.

Wie das möglich war, dass in dem gleichen Buch verschiedene Sachen stehen konnten, war George nicht klar. Es gab keine vernünftige Erklärung, aber das war ihm inzwischen auch egal. Er war wie besessen davon, sein Buch zurück zu bekommen, er musste es lesen und wünschte sich, Michael wieder zu treffen, denn der wusste sicher, was an der ganzen Geschichte dran war. Und vielleicht hatte er eine Idee, wie George sein Buch wiederfinden konnte.

Nachdem George in einem nahegelegenen Café ein Stückchen Torte gegessen und seinen Cappuccino ausgetrunken hatte, machte er sich auf den Weg zum Friedhof, um Billi und Thomas zu besuchen. Er war schon fast vier Wochen nicht mehr hier gewesen. Das letzte Mal, kurz bevor er die furchtbare Diagnose von Prof. Jacob erhalten hatte. Seitdem schien sich sein Leben einerseits zu überschlagen, andererseits wie eingefroren zu sein. Nun war er in der Stadt, hatte so viele Bücherläden abgeklappert und noch nicht ein einziges Mal daran gedacht, sich auch Lektüre mitzunehmen über seine Krankheit. Wie konnte ihm das entfallen? So etwas Wichtiges wie seine eigene kurze Zukunft? Nun, wo es ihm auffiel, verwirrte George das noch mehr, müsste er doch eigentlich das größte Interesse daran haben, zu wissen wie es mit ihm weiter geht, was auf ihn zukommt usw. Dieses verflixte Buch hatte ihn verhext, das war ihm nun klar. Trotzdem schien ihm alles andere unwichtig zu werden, solange er es nicht wiederfand.

Auf dem Friedhof waren nicht viele Menschen unterwegs an diesem frühen Nachmittag. Unter der Woche kam George am liebsten, da war es so schön still und friedlich und gerne saß er lange auf einer der gepflegten Bänke und genoss diese Ruhe.

Das Grab von Billi und Thomas war absolut in Ordnung. George sammelte einige Blätter auf, die von den umstehenden Bäumen zwischen die Blumen gefallen waren und schaute nachdenklich auf den Grabstein. „Nun werde ich auch bald bei euch liegen," flüsterte er leise und lächelte freudlos. „Wenn ich nur ein ganz klein wenig so glauben könnte, wie Michael das tut, dann wüsste ich, dass wir uns bald wiedersehen, mein Engel, und der Tod würde mir auch keine Angst mehr bereiten. Im Gegenteil, dann würde ich mich sogar darauf freuen und ihn herbeisehnen. Je schneller, desto besser. Warum konnte ich in meinem ganzen langen Leben nicht einen Beweis dafür erhalten, dass da doch mehr ist, als wir alle ahnen? Es wäre so vieles anderes gewesen ... Und selbst jetzt, wo auch ich kurz davor stehe zu sterben, selbst jetzt kann ich noch nicht einmal darauf hoffen."

„Warum so hoffnungslos?"

George fuhr erschrocken herum. Da stand er wieder, hatte sich wieder mal unbemerkt angeschlichen.

„Wieso tun Sie das immer? Warum erschrecken Sie mich jedes Mal so?"

„Es tut mir leid." Michael lächelte sein entwaffnendes Lächeln und sprach mit seiner typisch ruhigen sanften Stimme. „Ich wollte Sie nicht erschrecken. Ich war zufällig in der Nähe und sah Sie hier stehen, da dachte ich mir, ich sage mal Guten Tag."

„Ja. Sicher." George senkte den Kopf und schaute wieder auf das Grab. „Es tut mir auch leid, ich wollte Sie nicht so anfahren. Ich war eben in Gedanken."

„Warum stehen Sie hier und reden mit einem Grabstein?"

„Ich rede nicht mit dem Grabstein, ich rede mit Billi," antwortete George leicht pikiert.

„Aber sie ist doch tot. Erwarten Sie eine Antwort?" Michael grinste.

„Natürlich nicht. Ich ... ich weiß auch nicht. Es überkam mich eben gerade so."

„Das ist O.K." Michael öffnete den obersten Knopf seiner Jacke. „Ich finde es gut, wenn sich Menschen mit ihren Lieben unterhalten und ich bin mir sicher, wenn Sie genau hinhören, werden Sie auch eine Antwort erhalten."

Ach jee, dachte George. Nun kommt das wieder. Und in diesem

Moment fiel ihm das Buch wieder ein. „Sagen Sie, Michael. Dieses Buch, das Sie mir gegeben haben ..."

„Ja? Haben Sie es gelesen?" Er sah George mit seinen blauen Augen so durchdringend an, als könne er durch ihn hindurchsehen.

„Nun, also ja. Das heißt nein. Ich habe gelesen bis zu Seite fünf."

„Schön, das freut mich. Aber es hat Ihnen nicht gefallen, richtig?"

„Doch! Ich fand es, wie soll ich sagen, faszinierend. Irgendwie scheint es ein besonderes Buch zu sein und ich bin froh, Sie nun getroffen zu haben, denn ich habe ein paar Fragen dazu."

„Sie können mich alles fragen. Wenn ich kann, bekommen Sie immer eine Antwort. Aber eines würde mich schon interessieren, bevor sie fragen."

„Was?" George wurde richtig mulmig im Magen, er wusste nicht warum.

„Warum haben Sie das Buch weiterwandern lassen, wenn es Ihnen doch gefallen hat, sie aber nur bis Seite fünf gelesen haben?"

„Woher wissen Sie das?" George war verblüfft und betroffen. Er hatte ein schlechtes Gewissen Michael gegenüber, weil er dessen Geschenk einfach weggegeben hatte, aber wie konnte der das wissen?

Michael öffnete seine Jacke noch mal um zwei Knöpfe, fasste darunter und zog mit einem wissenden Lächeln das Buch hervor. Da war es! Einschließlich des kleinen Eselsohres an der oberen Ecke. George starrte das Buch an, dann Michael.

„Woher ... ich meine, wo haben Sie es gefunden?" Eine leichte Röte kroch auf Georges Wangen, unklar ob aus Scham oder vor Aufregung.

„Nun. Wanderbücher wandern eben dahin, wo sie wollen, und zu demjenigen, zu dem sie sollen. Sagte ich das nicht bereits?" Fragend sah er George an, doch seine Lippen umspielte ein so feines Lächeln, dass selbst George es bemerkte.

„Doch, das sagten Sie schon. Aber Sie haben es doch schon gelesen, also wieso ist es dann zu Ihnen zurück gekommen?"

„Weil ich es ihnen wiederbringen sollte. Sie waren ja noch nicht fertig damit. Oder wollten Sie es nicht weiter lesen? Dann lassen wir es gleich auf dieser Bank dort drüben liegen," schmunzelte

Michael und deutete in Richtung der Parkbank.

„Nein, nein. Ich ähm, ich nehme es gerne wieder. Wissen Sie, ich wollte mit dem Bus in die Stadt fahren und hatte das Buch dabei und dann habe ich es versehentlich an der Haltestelle liegen lassen. Ja und als ich den Verlust bemerkt habe, bin ich natürlich sofort zurück, aber da war es schon weg." Nun fühlte sich George komplett beschissen.

Michael drehte sich um, ging zur Parkbank, setzte sich langsam hin und sein Blick richtete sich enttäuscht in die Ferne.

Unschlüssig stand George am Grab und überlegte fieberhaft wie er aus dieser Situation wieder herauskommen könnte. Wieso tat er das? Wieso log er den Mann an, der gerade im Begriff war, ihm seinen Wunsch zu erfüllen und das Buch zurück brachte?

„Hören Sie." George ging zaghaft in Richtung Bank. „Also, ganz so hat es sich nicht zugetragen. Ich weiß auch nicht, warum ich Ihnen diesen Blödsinn gerade aufgetischt habe, es tut mir leid." Er blieb ca. 3 Meter vor Michael stehen, unsicher und beschämt. Dieser zog seine Antwort lange heraus, so als müsse er erst darüber nachdenken. „Gut. Ich nehme Ihre Entschuldigung an." Dann sah er George ernst in die Augen. „Kommen Sie, setzen Sie sich zu mir, wir unterhalten uns ein wenig."

Dieser Einladung kam George gerne nach, war er doch froh, dass Michael ihm so schnell verziehen hatte und nicht böse auf ihn war.

„Sie wollten mir eine Frage stellen?" Michael hielt George das Buch hin, der es mit klopfendem Herzen entgegennahm.

„Danke," murmelte er leise. „Ich habe es schon überall gesucht."

„Ich weiß." Da war es wieder, dieses unergründliche Lachen, das George nicht zu deuten wusste.

„Würden Sie mir einen Gefallen tun, Michael?"

„Wenn ich kann, gerne."

George hielt Michael das Buch wieder hin: „Schlagen Sie Seite fünf auf und lesen Sie mir doch bitte mal den 2. Absatz vor."

„Ich weiß, was da steht."

„Ja, ich weiß es auch," sagte George aufgeregt. „Ich würde nur gerne aus Ihrem Mund hören, was da steht."

„Was ich Ihnen vorlesen werde, ist nicht das was Sie erwarten.

Aber ich tue Ihnen den Gefallen, wenn Sie das wirklich möchten."

„Ja bitte. Lesen Sie."

Michael schlug das Buch auf und las laut vor:

„Eine schmerzliche Erfahrung ist es für uns, wenn vertraute, liebe
Menschen gehen. Dann stirbt auch ein Teil von uns. Doch wohin
gehen sie überhaupt? Da sie nicht zurückkommen können, um es
uns zu sagen, werden wir der Antwort in diesem Buch auf den
Grund zu gehen versuchen."

George sah Michael fassungslos an. „So steht das da?"

„So lese ich es, das sagte ich Ihnen gerade." Er reichte George
das Buch zurück. „Lesen Sie."

George schüttelte kaum merklich den Kopf, er fühlte sich leer und
kraftlos.

„Lesen Sie!" Michael forderte ihn sanft aber bestimmt auf und
George las ebenfalls laut vor:

„Eine schmerzliche Erfahrung ist es für dich, wenn vertraute, liebe
Menschen gehen, so wie Sybille und Thomas. Dann stirbt auch
ein Teil von dir. Doch wohin gehen sie überhaupt? Da sie nicht
zurückkommen können, um es dir zu sagen, werden wir der Antwort in diesem Buch gemeinsam auf den Grund gehen."

George sprang auf. „Das gibt es nicht! Sehen Sie? Genau das
meinte ich. Wieso lesen Sie etwas Anderes, als da steht? Wieso
lese ich die Namen meiner Frau und meines Sohnes? Wieso
scheint das Buch mich direkt anzusprechen?" Seine Stimme überschlug sich fast.

Michael schaute George ohne äußerliche Regung an und meinte
gelassen: „Weil es momentan Ihr Buch ist. Nur Sie können lesen,
was wirklich da steht."

„Wie ist das möglich?" George setzte sich wieder, aber seine
Hände zitterten, als er das Buch anschaute. „Ich war heute
Morgen in der Stadt. Ich habe das gleiche Buch gefunden und
ich habe darin genau das gelesen, was Sie gerade vorgelesen
haben."

„Ich verstehe. Das liegt daran, weil das Buch in der Bibliothek
nicht Ihr Buch war. Dieses ist Ihr Buch. Nur dieses eine, das Sie
gerade in der Hand halten."

Georges Schultern sanken herab, er verstand kein Wort von dem, was Michael ihm sagte. Es war einfach nicht möglich!

Michael ließ George Zeit sich etwas zu beruhigen. „Versuchen Sie nicht immer alles rational zu verstehen, George. Versuchen Sie einmal in Ihrem Leben etwas anzunehmen, wie es ist. Es gibt manche Dinge auf der Welt, die kann man nicht erklären, die muss man erleben und erfahren. Und man muss sie fühlen. Fühlen Sie das Buch, so wie Sie die Liebe zu Billi gefühlt haben, die ja auch nicht zu greifen und zu beweisen war. Lassen Sie es zu, ohne darüber zu grübeln und Sie werden überrascht sein, was noch alles geschehen kann."

Dieser Michael redete schon wie Billi zu Lebzeiten. Und nun sollte er das Buch fühlen? George war absolut überfordert. Noch nie hatte er ein Buch gefühlt. Wie es sein konnte, dass Billi und Thomas darin standen, das war ihm ein Rätsel und wieso Michael etwas anderes darin las als er selbst, überstieg seinen Horizont.

„Wissen Sie was?" Michael wusste, wie irritiert George nun war. „Erzählen Sie mir von Billi. Erzählen Sie mir, was damals geschehen ist, als sie starb. Ich könnte mir vorstellen, wir kommen danach einen Schritt weiter. Vielleicht auch, was das Buch betrifft."

Unsicher schwenkten Georges Augen zwischen Michael und dem Buch hin und her. So aus dem Stegreif wusste er gar nicht, wo er anfangen sollte, denn seine Gedanken hingen noch an diesem kleinen Wunder fest, welches er in seiner Hand hielt.

* * *

„Wie ich ja schon erwähnte, war unser gemeinsames Familienleben nach dem Tod von Thomas nicht mehr das, was es zuvor einmal war. Es dauerte fast zwei Jahre, bis Angie alle Therapien und Reha-Maßnahmen abgeschlossen hatte und gesund wieder nach Hause zurückkommen konnte.

Keiner von uns war mehr so, wie er vor dem Unfall gewesen ist. Angie war inzwischen 19, sehr erwachsen und sehr still geworden. Natürlich kam auch eine Zeit, in der sie sich selbst Vorwürfe machte, ihren Bruder auf dem Gewissen zu haben, doch Dank Psychotherapie überwand sie diese Phase.

Trotzdem fiel es ihr schwer, in ihr altes Leben zurückzufinden. Einige ihrer Freundinnen waren zwischenzeitlich auf verschiedenen Universitäten verschwunden, andere arbeiteten oder waren weggezogen. Viele waren nicht mehr da. Sie selbst hatte während ihrer stationären Aufenthalte ihren Schulabschluss nachgemacht und stand nun ohne Perspektive vor ihrem neuen alten Leben und wusste nicht recht wohin.

Billi war ebenfalls stiller geworden. Nicht dass wir uns nicht mehr unterhalten hätten. Nein. Die ersten Monate waren hart für uns, aber wir hielten uns gegenseitig hoch. War einer mal am Boden, half der Andere ihm wieder auf. Wir ergänzten uns wunderbar, aber ich wage zu behaupten, dass andere Ehen, die nicht so gefestigt waren wie unsere, an solchen Situationen zerbrochen wären. Unsere Liebe zueinander, so schien mir, wurde noch intensiver, sofern das überhaupt möglich war. Keiner hätte ohne den anderen diese Katastrophe überstanden.

Trotzdem war Billi stiller als früher, ernster. Ihr wunderschönes Lachen, bei dem so herrlich ihre traumhaften Augen blitzen konnten, sah man seltener. Oft saß sie in Thomas' Zimmer, manchmal stundenlang und kam nicht wieder heraus. Ab und zu schaute ich heimlich nach, wenn Billi zum Einkaufen war, was sie da wohl machen würde, aber es war nie etwas verändert. Sie räumte nicht auf, nicht um, alles sah immer unverändert aus, egal wann ich nachsah.

Eines Abends dann, nachdem sie wieder über drei Stunden in dem Zimmer verbracht hatte, fragte ich sie endlich danach.

„Was tust du eigentlich die ganze Zeit in Thomas' Zimmer, Billi? Muss ich mir Sorgen machen um dich?"

Sie lächelte milde. „Nein, George. Mach dir keine Gedanken. Ich lese nur."

„Du liest dort? Warum liest du nicht hier unten in deinem Sessel, so wie früher?"

„Weil es Thomas' Bücher sind die ich lese, und wenn ich sie in seinem Zimmer lese, fühle ich mich mehr mit ihm verbunden, verstehst du?"

Nachdenklich zog George die Stirn in Falten. „Was las Thomas für Bücher, die dich interessieren könnten?"

„Oh, du wärst überrascht. Thomas war anscheinend tiefgründiger, als wir dachten. Ich wusste auch nicht, dass er sich für solche Themen und Bücher interessierte, die er sich immer aus der Bibliothek auslieh. Manchmal zeigte er mir ein oder zwei Bücher, aber nie eines mit diesen Themen, die er massenhaft in seinem Schrank liegen hatte." Billi starrte nachdenklich Löcher in die Luft.

„Welche Themen hat er denn gelesen? Nun sag schon. Spann mich nicht so auf die Folter."

„Er hat sich mit allem Leben auf der Welt auseinander gesetzt. Ob Tiere, Menschen oder Pflanzen."

„Na, das ist doch schön. Er war eben neugierig auf das Leben."

„Nun ja. Er hat sich ein wenig anders damit befasst, als du vielleicht glaubst." Billi sah ihren Mann direkt an. „Thomas hat darüber gelesen, wie alles Leben entstanden ist, welchen Sinn jedes Wesen und jedes Leben hat und was geschieht, wenn es stirbt."

„Was meinst du damit, was geschieht wenn es stirbt?" George verstand nicht, auf was Billi hinaus wollte.

„Er war beschäftigt damit, herauszufinden, warum wir alle hier sind und wohin wir gehen, wenn wir die Erde wieder verlassen. Er hat darüber gelesen, dass nach dem Tod das Leben weitergeht, dass es ein Jenseits unseres Begreifens gibt und nichts für immer stirbt."

„So ein Blödsinn." George drehte ungehalten den Kopf zur Seite. „Und so was glaubst du nun auch? Nur weil ein 14-jähriger Junge den Sinn seines Lebens zu begreifen versucht, sitzt du stunden- und tagelang da oben und liest diesen Quatsch?"

Billi blieb ganz gelassen. „Ich versuche, während ich in seinem Zimmer lese, ihn zu verstehen. Ich versuche zu verstehen, was er gefühlt hat, als er diese Bücher gelesen hat, was er gedacht hat, wie er so ganz alleine in seiner eigenen Welt lebend versucht hat, den Dingen auf den Grund zu gehen."

„Billi. Entschuldige bitte. Thomas' Interessen in allen Ehren, aber glaubst du wirklich, was du da liest? Du bist eine erwachsene Frau, ganz und gar nicht auf den Kopf gefallen und realistisch genug zu wissen, dass es da nichts weiter gibt, als das, was wir sehen. Thomas ist tot. Niemand auf der Welt kann daran etwas ändern und er lebt auch nicht irgendwo weiter. Er ist einfach von uns gegangen und wir müssen das akzeptieren."

„Ich weiß George. Aber, so verrückt es sich anhören mag, ich glaube zu spüren, dass Thomas in meiner Nähe ist, wenn ich da oben in seinem Zimmer sitze und lese."

„Billi. Billi! Um Gottes Willen komm zu dir!" George legte beide

Hände um Billis Schultern und schüttelte sie sanft. „Da gibt es nichts weiter als das, was nun mal eben da ist, verstehst du? Und Thomas kann nicht bei dir sein, weil er in seinem Grab liegt und niemals wieder heraussteigen wird." George tat es unendlich leid, seiner Frau diese Worte so hart sagen zu müssen, aber er machte sich nun doch ernsthaft Sorgen, dass Billi sich in etwas verrennen und dabei ihren Verstand verlieren könnte.

„Nein, du verstehst es nicht, George. Du kannst nicht fühlen was ich fühle. Versuch es doch einfach mal. Geh in sein Zimmer, nimm dir eines seiner Bücher und lies es. Und dann spüre in dich. Ich bin überzeugt davon, du wirst es auch fühlen."

George ließ resignierend seine Arme fallen. „O.K. Billi, du willst dich unbedingt an etwas festhalten. Ich aber sage dir, das gibt es nicht. Liefere mir einen Beweis für das, was du da sagst. Einen Beweis dafür, dass wir nicht tot sind ,wenn wir sterben, und ich werde der Letzte sein, der dir nicht glauben wird."

So endeten viele Gespräche, die Billi und George über das Leben Danach führten. Nie schaffte Billi es, ihren Mann davon zu überzeugen, oder auch nur zum Nachdenken zu bewegen, dass Seelen nicht sterben können. Und selbst wenn George in seinen Kreuzworträtseln als Lösung auf die Frage „Das Unsterbliche" ganz selbstverständlich Seele hinschrieb, so galt selbstverständlich auch das nicht als Beweis, es war ja nur ein Rätsel.

Zwei Jahre nach Thomas' Tod, saß Billi wieder auf dessen Bett und schaute sich in dem Raum um, wie sie es zuvor schon hunderte von Malen getan hatte.

Sie hatte alle Bücher von Thomas nun mehrmals gelesen und fand für sich, dass es an der Zeit war, endlich abzuschließen und Thomas loszulassen. Auch darüber hatte sie einiges gelesen, wie wichtig es für die Verstorbenen sei, dass man sie nicht festhalte mit seinen eigenen Gedanken. Man solle in Freude an die vorausgegangene Seele denken und es wäre für sie nur unnötig schwer, wenn man als auf der Erde verbliebener Mensch ständig voller Trauer an den anderen denken würde. Sie verstand zwar noch nicht ganz, wie es möglich war jemanden nur durch Gedanken festzuhalten, aber sie wollte es trotzdem versuchen. Von nun an nahm sie sich vor, nur noch positiv, gut und liebevoll an und von

Thomas zu denken. Zudem entschloss sie sich, sich nun auch äußerlich von ihm zu lösen. Billi stieg ins Auto und kam mit einigen zusammengefalteten Kartons zurück, die sie im Baumarkt besorgt hatte. In Thomas' Zimmer stellte sie die Kartons auf und begann, nach und nach seine Sachen dort hineinzupacken, schön sortiert nach Büchern, Kleidung, Spielsachen, usw. Jedes einzelne Teil, das sie in die Hand nahm, begutachtete sie nochmals genau, oft strich sie auch liebevoll noch einmal drüber und verabschiedete sich so von den Sachen und ihrem Sohn.

Als George am Abend nach Hause kam, hatte Billi schon fast alles leer geräumt und die ordentlich beschrifteten Kisten in einer Ecke des Zimmer aufeinander gestapelt.

„Was tust du da?" George war überrascht, als er Billi in dem Zimmer hantieren sah.

„Na siehst du doch, mein Lieber. Ich räume auf."

„Ja, das sehe ich. Aber warum tust du das?" Er wusste nicht recht, was er davon halten sollte, immerhin hätte Billi ihn ja wenigstens fragen können, und nicht so einfach das Leben ihres Sohnes in Kisten packen, ohne Bescheid zugeben.

„Weil ich denke, es ist an der Zeit, George. Zwei Jahre sind inzwischen vergangen. Wir sollten Thomas nun auch gedanklich loslassen und dazu zählt für mich auch, endlich sein Zimmer leer zu machen und es neu für uns zu nutzen. Oder wolltest du ein Museum daraus machen?" Billi lächelte ihren Mann liebevoll an.

„Natürlich nicht," antwortete George, doch ganz so sicher war er sich dabei nicht, denn wenn er ehrlich zu sich war, hätte er diesen Schritt vermutlich nie gewagt und irgendwann wäre Thomas' Zimmer wirklich eine Art Museum geworden.

„Ich dachte mir, die Kleider und die Spielsachen geben wir an die Wohlfahrt. Was meinst du?" Billi beschriftete den letzten Karton.

„Ja. Sicher. Warum nicht?"

„Das Bett, den Schrank und den Schreibtisch lassen wir mal hier, bis wir wissen, was mit dem Zimmer geschieht. Oder hast du schon eine Idee?"

„Nein." George überlegte kurz. „Vielleicht möchte Angie ja ein zweites Zimmer haben? Dann könnte sie sich etwas ausbreiten, was meinst du?

„Gute Idee. Fragen wir sie nachher." Billi freute sich über diesen Gedanken. „Die Bücher würde ich gerne im Haus behalten. Die sind mir zu wichtig und vielleicht möchtest du ja doch noch mal reinlesen."

„Das kann ich mir eher nicht vorstellen. Aber wenn dein Herz dran hängt, dann bringe ich die Kiste auf den Dachboden."

„Danke. Aber verstau sie nicht ganz hinten, so dass man immer leicht rankommen kann, ja?"

„Ja sicher, Billi." George lächelte in sich hinein, nahm die Kiste mit der Aufschrift Bücher und trug sie nach oben.

Zum Abendessen war auch Angie wieder da, die nach ihrem langen Rehaaufenthalt nun erst mal alle noch verbliebenen Freundinnen abklapperte, was jedes Mal Stunden dauerte, da so viel zu bereden war.

„Mum hat heute Thomas' Zimmer ausgeräumt," begann George das Gespräch.

„Ah. Toll." Angie schaute zunächst überrascht auf, widmete sich dann aber wieder ganz ihrem Teller, in dem sie jedoch nur herumstocherte.

„Na ja, wir dachten, eventuell. möchtest du das Zimmer noch zusätzlich haben? Dann hättest du mehr Freiraum, könntest in einem Raum schlafen und in dem anderen wohnen, Deine Freundinnen einladen usw." Gespannt warteten George und Billi auf die Reaktion ihrer Tochter, doch diese blickte noch nicht mal auf und schob lustlos mit der Gabel eine Erbse über den Teller.

„Was ist los mit dir?" Billi brach mit sorgenvoller Stimme das längere Schweigen.

„Mum. Dad. Ich muss mit euch reden." Angie sprach leise und suchte die richtigen Worte. „Ich möchte gerne ausziehen."
Billi und George ließen gleichzeitig ihr Besteck sinken und starrten Angie an.

„Ich weiß, so hattet ihr das sicher nicht geplant," versuchte Angie ihren Eltern zu erklären. „Ich habe nun auch schon etwas länger darüber nachgedacht, und mein Entschluss steht fest. Dass ich euch damit weh tue, weiß ich, doch ich bin bald 20 und muss einfach mein eigenes Leben beginnen. Und das kann ich hier nicht, ich muss raus hier aus dieser Vergangenheit. Versteht ihr das?"

Fast flehend sah Angie vor allem Billi in die Augen, die als erste ihre Sprache wiederfand:

„Was gefällt dir hier nicht bei uns? Haben wir etwas falsch gemacht? Fühlst du dich zu sehr bemuttert, kontrolliert? Was ist es?"

„Nein, Mum, nein. Hier scheint mich einfach alles zu erdrücken, seit ich wieder da bin. Es ist, als sei alles zu eng. Ich weiß nicht, wie ich es sonst erklären soll. Dass Thomas nicht mehr hier herumspringt wie früher, ist für euch vermutlich schon normal. Für mich aber nicht. Seit ich wieder da bin, denke ich ständig, gleich kommt er um die Ecke. Ich kann das nicht mehr. Ich muss raus und neu anfangen ..." Angie begann leise zu weinen.

George schaute mit leerem Blick auf den Tisch und sein Tonfall war eine Spur zu kühl, als er sagte: „Ich verstehe dich, Angie, und ich denke, wenn du gehen möchtest, dann ist es das Beste, du gehst."

„George!" Billi war entsetzt. „Wie kannst du so was sagen?"

„Was denn, Billi? Soll ich sie hier festbinden? Sie möchte raus, hier ist es ihr zu eng, also soll sie gehen und sehen, wie eng das Leben da draußen sein kann."

Billi war fassungslos, drehte sich aber wieder Angie zu. „Wie willst du das alles bezahlen? Eine neue Wohnung, der Umzug usw. Du hast noch nicht mal einen Job gefunden."

„Ich kann als Kellnerin eine Stelle bekommen in der Stadt. Ist zwar nicht viel, aber das soll ja auch nur übergangsweise sein. Erst mal kann ich davon Miete bezahlen und zum Essen reicht es auch. Dann sehe ich weiter."

„Kellnerin. Na toll." Geringschätzig sah George Angie kurz in die Augen, stand dann auf und ging.

Angie begann erneut zu weinen. „Warum ist er so gemein? Was hab ich ihm denn getan?"

Billi strich ihrer Tochter liebevoll übers Haar. „Ich denke, er ist einfach überrascht von deinem Plan, der ja schon komplett zu stehen scheint und traurig, dass du uns nun auch noch verlassen willst. Weißt du, es wird sehr still werden hier ohne euch. Ohne dich ... Weißt du schon, wann du gehen möchtest?"

„In ein paar Tagen, Mum. Ich kann ein kleines Appartement in der Stadt bekommen. Eine winzige Küche ist drin und mir reicht dann auch erst mal mein Bett und mein Schrank von oben. Viel mehr Platz ist sowieso nicht und was brauche ich auch mehr?"

„Du bekommst natürlich alle Unterstützung, die wir dir geben können, Angie. Und mach dir keine Gedanken wegen Dad. Ich rede mit ihm, er wird sich beruhigen und zur Einsicht kommen, da bin ich sicher."

„Danke, Mum." Angie war froh, dass nun alles raus war, und umarmte Billi herzlich.

„Sag mal, was sollte das vorhin mit Angie?" Billi sah ihren Mann mit zusammen gezogenen Augenbrauen an, nachdem sie später am Abend zusammen im Wohnzimmer saßen. „Du hast ihr mit deiner unmöglichen Art ziemlich weh getan, hast du das nicht bemerkt?"

„Natürlich habe ich das bemerkt." George war ebenfalls sauer. „Und das war auch meine Absicht."

Billi schüttelte verständnislos den Kopf. „Wieso tust du ihr absichtlich weh? Ich verstehe dich nicht."

„Sie tut uns doch auch weh? Kommt einfach so daher und wirft uns an den Kopf, dass sie nun auszieht. Und das, wo wir ihr gerade angeboten hatten, ein weiteres Zimmer zu beziehen. Aber nein, die Dame geht ja lieber in die Stadt, in ein Appartement, das kaum größer ist als ihr jetziges Zimmer, und jobbt als billige Kellnerin."

„Was ist schlimm daran, Kellnerin zu sein? Wenn wir zum Essen gehen, sind wir immer ganz froh, wenn wir eine gute und fachlich versierte Bedienung bekommen oder etwa nicht?"

„Du weißt genau, was ich meine, Billi, also lass das."

„Nein, George. Ich weiß nicht, was du meinst. Als ich so alt war wie sie, bin ich auch von zu Hause weggegangen und zwar mit dir. Wo also ist der Unterschied, dass sie nun ebenfalls auf ihren eigenen Füßen zu stehen versucht?"

George dachte eine Weile nach. „Ist es mit Angie für dich das Gleiche, wie mit Thomas?"

„Ich verstehe nicht. Was meinst du?"

„Ich meine das mit dem Loslassen, was du vorhin sagtest, als du die Kisten mit Thomas' Sachen gepackt hast. Müssen wir Angie nun auch so loslassen, nur mit dem Unterschied, dass sie noch lebt?"

„Na ja, so ähnlich sicherlich. Bei Thomas hat es eben einen anderen Hintergrund, warum ich davon sprach. Aber wenn man jemanden liebt, dann gehört es irgendwann auch dazu wieder loszulassen, sonst kann man sein eigenes Leben nicht richtig frei leben und der Andere kann es auch nicht."

„Hm, Thomas hat ja nun kein eigenes Leben mehr, ihn kann es also nicht stören, wenn wir nicht loslassen würden."

„Da sind wir ja nun verschiedener Meinung, Mr. Hudson," lächelte Billi George an.

„Billi. Nun mal ehrlich. Du glaubst also tatsächlich, dass es keinen Tod gibt? Dass, wenn man stirbt, die Seele in den Himmel fährt und von da oben schön hier runter sehen kann oder auch ihre Lieben besuchen kann? Dass Thomas als Geist hier ab und zu rumschwirrt und wenn wir einmal sterben, wir ihn im Himmel wiedersehen, ja? Das glaubst du so?"

„Dass du es in diesem ironischen Tonfall sagst, ändert nichts daran, dass ich es genau so glaube. Ja!" Billi war etwas pikiert, aber sie wusste ja inzwischen, wie George war.

„Dann erklär mir doch mal bitte, wieso wir Thomas nicht sehen können. Oder hören. Wenn er doch nicht tot ist, dann müssten wir ihn doch sehen können."

„Weil die Seele und der Geist für unsere Augen nicht sichtbar sind. Wir haben im Laufe der Jahrhunderte oder sogar Jahrtausende verlernt diese feinstoffliche Hülle zu erkennen. Es ist im Prinzip nur eine andere Form der Energie, doch der gewöhnliche Homo Sapiens kann ja nur noch mit seinen weltlichen Augen sehen, nicht mehr mit dem Geist, mit dem Herzen. Und darum können wir es nicht mehr, weil wir zu oberflächlich geworden sind und es auch nicht wieder versucht haben. Es gibt schon Menschen, die das können, die hellsehend und hellhörend sind, aber denen glauben auch nicht wirklich viele, denn auch sie können dir keinen Beweis auf den Tisch legen, so wenig wie ich es kann."

„Siehst du." George grinste zufrieden. „Und schon sind wir wieder am Ende unseres Gespräches angekommen. Wie so oft."

Und Billi schwieg ebenfalls, denn sie hatte sich mit ihrem letzten Satz selbst auf eine Idee gebracht.

Eines Abends kam George von der Arbeit nach Hause und Billi

saß in Tränen aufgelöst in ihrem Sessel vorm Wohnzimmerfenster. „Was ist los mit dir, mein Engel? Ist etwas passiert?" Besorgt gab er Billi einen Kuss auf die Wange und kniete vor ihr hin.

Es dauerte noch eine Weile, bis Billi soweit war, dass sie sprechen konnte. „Ich wollte dir gar nichts davon sagen, George, weil ich weiß, wie du immer bist. Aber ich muss es Irgendjemandem erzählen, sonst zerreißt es mich innerlich und wem würde ich es lieber erzählen, als dir?" Billi sah George liebevoll in die Augen und er erkannte, dass sie gar nicht aus Trauer weinte, sondern vor Glück. Unsicher lächelte er sie an. „Was hast du? Erzähl es mir." Und um es bequemer zu haben, setzte er sich auf das gegenüberstehende Sofa.

„Aber versprich mir, dass du dich nicht sofort wieder aufregst, sondern mir erst zuhörst, ja?"

„Versprochen. Und nun erzähl."

„Ich war heute bei einer Hellseherin."

George verdrehte die Augen und ließ sich nun komplett ins Sofa sinken, sagte aber nichts.

Billi war immer noch sehr aufgewühlt, erzählte ihrem Mann aber ohne Umschweife, was sie erlebt hatte.

„Sie hat Thomas gesehen. Als ich hereinkam, sagte sie sofort zu mir, ich sei nicht alleine gekommen und sie sehe einen Jungen neben mir stehen. Natürlich war ich total platt, denn ich kannte die Frau ja noch gar nicht, aber die beschrieb Thomas genau so, wie er ausgesehen hatte. Sie beschrieb sogar sein Lieblings T-Shirt, das er wohl anhatte, das mit dem Adler auf der Brust, weißt du noch?"

George nickte nur skeptisch.

„Wir setzten uns und ich sollte meine Fragen an sie stellen, sie würde versuchen mir alles zu beantworten. Sie sagte, sie sei ein Medium, könne also z.B. Botschaften aus dem Jenseits vermitteln und was sie sage, später, sei nicht von ihr, sondern nur durch sie. Wie ein Sprachrohr solle man sich das vorstellen."

„Darf ich Fragen stellen zwischendurch?" George hob andeutungsweise den rechten Zeigefinger.

„Wenn sie nicht sarkastisch sind ..."

„Was heißt, was sie später sagt ist nicht von ihr, sondern durch sie? Das habe ich nicht verstanden."

„Das bedeutet, sie stellt ihren Körper, ihre Stimme einer anderen Seele zur Verfügung, damit diese Seele, durch eben die Frau, sprechen kann."

„Und warum spricht die Seele nicht einfach von selbst?"

„Weil sie auf einer anderen Frequenz lebt quasi. Weil sie eine Form der Energie ist, welche die meisten Menschen eben nicht hören können. Das sagte ich dir doch schon mal."

„Und wieso kann diese Seele dann durch die Frau sprechen? Die Frau ist doch die gleiche Energiefrequenz, wie du und ich."

„Weil diese Frau es bereits wieder erlernt hat, diese höhere Energie wahrnehmen zu können. Sie kann sie sehen und hören und vermittelt zwischen den Welten sozusagen. Diese Frau ist schon etwas weiter in ihrer geistigen Entwicklung, als wir. Man könnte es bildlich so darstellen, dass wir noch auf den Bäumen sitzen und sie schon Feuer machen kann."

„Also hör mal ..." George ließ sich ungern mit einem Affen vergleichen, doch Billi lachte kurz auf.

„Das war ja nur ein Vergleich, um es dir zu verdeutlichen. Na, jedenfalls durfte ich mit Thomas sprechen, bzw. er zu mir. Es war so ... besonders. Es gibt keine Worte dafür." Mit verklärtem Blick sah Billi aus dem Fenster.

„Natürlich redet die Seele mit der Stimme der Frau, was erst etwas ungewohnt ist, aber ich habe Thomas erkannt. Es war die Art wie er geredet hat, also wie sie geredet hat, na du weißt schon. Die Worte, die er benutzt hat, waren eben seine Worte und haben öfter nicht wirklich zu der älteren Dame gepasst, aus deren Mund sie kamen. Er sagte es sei alles O.K. Ihm gehe es gut und ich solle mir keine Sorgen machen. Er sagte auch, er freue sich, dass ich seine Bücher gelesen habe und er sei oft bei mir gewesen, während des Lesens. Und natürlich wäre er sehr froh, dass ich nun zu dieser Frau gegangen wäre und dass er nun endlich sprechen könne zu mir." Billi rann eine Träne über die Wange, doch sie bemerkte es gar nicht. „Er sagte auch, es sei richtig und gut, dass wir Angie haben ziehen lassen, sie würde ihren Weg schon gehen, so wie sie ihn gewählt hat. Und dass Gott sie nicht so lange im Krankenhaus beschützt hat, um sie jetzt abdriften zu sehen."

„Ah, Gott hat sie beschützt im Krankenhaus. Das ist ja toll von ihm. Wo war er denn vorher, während des Unfalls? DA hätten die beiden Schutz gebraucht."

Billi ging nicht auf George ein, sondern erzählte weiter, so als habe sie ihn nicht gehört. „Ich habe ihn gefragt, warum er uns so früh schon hat verlassen müssen, wo er doch noch so jung war und Thomas sagte, das sei sein Lebensplan gewesen. Er hat einen Teil seines Karmas abgebaut dadurch und auch wir beide wären Teil dieses Plans, würden durch diese Geschichte lernen und abbauen können. Er sagte, er sei oft bei uns, so wie es seine Zeit zulasse und er hofft sehr stark, dass du auch noch auf diesen Weg kommst, zu glauben, was ich schon glaube. Ja und ich soll dir sagen, schau doch mal in eines seiner Bücher hinein, die auf dem Dachboden stehen."

Billi sah ihren Mann an und George wusste nicht, wie er nun reagieren sollte. Lange hatten Billis Augen nicht mehr so gestrahlt wie jetzt und diesen Glücksmoment wollte er ihr nicht zerstören. Sie erzählte so euphorisch, war so happy. „Was sagst du dazu? Ist das nicht wirklich glaubhaft und phantastisch?"

„Ja, Billi. Das hört sich wirklich toll an. Ich freue mich für dich, dass du solch ein schönes Erlebnis hattest."

„Du glaubst mir auch diesmal kein Wort, stimmt's? Selbst das Gespräch kann dich nicht überzeugen." Billi klang etwas traurig, aber weiterhin sah man die Freude in ihren Augen. „Wieso konnte die Frau wissen, dass ich wegen Thomas gekommen bin. Oder wie er aussah z.B. Oder, dass seine Schwester Angie heißt. Wie erklärst du dir das?"

„Na ja, schwer ist das nicht herauszubekommen. Du hast dich dort doch sicher angemeldet?"

„Klar."

„Also hatte die Frau schon mal deinen Namen im Vorfeld."

„Ja, und?"

„Damit kann sie die Geschichte von Thomas und Angie im Internet ermittelt haben. Der Unfall stand ja damals groß in den Zeitungen, inkl. eines Bildes von Thomas, mit eben dem T-Shirt, was sie dir beschrieben hat. Erinnerst du dich?"

Billi dachte kurz nach und es fiel ihr auf, dass George Recht hatte. Das Foto, welches sie der Polizei damals gegeben hatten, zeigte Thomas in diesem Shirt. „Ja, stimmt zwar, aber trotzdem.

Das wäre doch ganz schön umständlich, so etwas im Internet zu recherchieren. Und außerdem, woher wusste sie dann, dass ich Thomas' Bücher gelesen habe und dass du sie auf den Boden gebracht hast?"

„Na ja, ein bisschen Phantasie und Menschenkenntnis haben solche Leute natürlich auch, und sie wissen auch, dass man sich nur schwer von Sachen trennen kann, die einem verstorbenen Kind gehört haben. Und wohin bringt man Bücher in der Regel, die man nicht wegwerfen will?" George sah seiner Frau bei dieser Frage tief in die Augen.

„Du bist unmöglich, George. Wirklich unmöglich. Warum kannst du nicht ein einziges Mal versuchen etwas zu glauben, ohne eine Erklärung dafür zu suchen? Du warst nicht dabei. Du hast nicht das gefühlt, was ich gefühlt habe. Es war eine besondere Situation, ich habe sie sehr genossen und das tue ich auch weiterhin. Und nun möchte ich nicht mehr darüber reden." Billi stand auf, schaltete den Fernseher ein und dieses Thema kam bei Fam. Hudson nie wieder zur Sprache.

In den folgenden Jahren, bis zu jenem verhängnisvollen Tag im Sommer 2000, besuchten sich Billi und Angie des öfteren gegenseitig. Meist kam Angie tagsüber, wenn George zur Arbeit war, oder Billi fuhr zu ihr in die Stadt, was sie meist mit einem kleinen Einkaufsbummel verband.

Angie hatte, nach ihrem vorübergehenden Kellnerinnenjob, eine Ausbildung zur Hotelfachfrau in einem angesehenen Hotel absolviert und ihr Traum war es, später im Ausland zu arbeiten und sich dort weiterzubilden. George sah sie nur selten, meist zu Geburtstagen oder anderen Festlichkeiten, ansonsten war die Verbindung zwischen Vater und Tochter ziemlich eingeschlafen.

Es versprach ein schöner Sommer zu werden, die Tagestemperaturen lagen mit durchschnittlich 28 Grad im Bereich des erträglichen und George hatte sich 2 Wochen Urlaub genommen, um mit Billi für ein paar Tage in die Berge zu fahren.

Seit einiger Zeit fuhren sie ein- bis zweimal im Jahr in die Berge, um ein wenig zu wandern und die Stille und die frische Luft zu genießen. Billi freute sich jedes Mal sehr, denn sie genoss es besonders, raus zu kommen aus ihrem Alltag und einfach die Seele baumeln zu lassen.

Es war Samstagmorgen, die gepackten Koffer standen bereits im Flur und der Tag der Abreise war gekommen. Da es nicht all zu weit bis zu ihrem Ferienziel war, hatten George und Billi noch genügend Zeit in Ruhe zu frühstücken. Während George sich im Bad fertig machte, deckte Billi den Frühstückstisch, brühte den Kaffee auf und bereitete einige Sandwiches für die Fahrt vor.

„Kommst du bald?" Fröhlich lugte Billi ums Eck ins Badezimmer. „Ja, bin gerade fertig. Gieß mir doch schon mal einen Kaffee ein, ich hole noch eben die Zeitung, ja?" George hauchte Billi liebevoll einen Kuss auf die Nasenspitze. Sie hielt seinen Kopf mit beiden Händen fest und gab ihm einen langen Kuss auf den Mund.

„Ich liebe dich, George Hudson. Sagte ich das schon mal?"

„Du hast da mal was erwähnt, ja," lächelte er sie an und schob sie dann sanft vor sich her in Richtung Küche, während er selbst zur Tür hinausging, um die Zeitung zu suchen, die mal wieder irgendwo im Vorgarten gelandet war.

„Guten Morgen!" rief Mike von gegenüber fröhlich, während er im Bademantel unter einer Hecke hervorkroch. „Suchst du auch wieder?"

„Ja," rief George ebenso fröhlich zurück. „Dieser neue Zeitungs-junge wird nie ein guter Werfer. Beim Football wird der keine Karriere machen."

„Wohl kaum," lachte Mike und winkte zum Abschied mit der Zeitung.

George fand seine Zeitung halb ums Hauseck auf dem Rasen liegend, hob sie auf und ging, die ersten Zeilen auf der Titelseite lesend, wieder ins Haus.

„Sie kündigen eine kurze Hitzeperiode an, Liebes," sagte er noch immer lesend, während er die Küche betrat. „Gut, dass wir in die kühleren Berge ..."

George stockte der Atem. Billi lag, auf der Seite liegend, neben dem Küchentisch und bewegte sich nicht.

„Billi! Um Gottes Willen, Billi!" Er ließ die Zeitung fallen, rannte zu seiner Frau und drehte sie auf den Rücken. Sie reagierte nicht, auch nicht, als er ihr rechts und links leicht an die Wangen schlug.

„Wach auf. Was ist denn mit dir? Billi!"
George war kurz davor in Panik zu verfallen, riss sich dann
zusammen und verständigte den Notruf. Die Zeit bis der Notarzt
eintraf erlebte er wie in Trance, die Sekunden wurden zu Minuten. George kniete hinter seiner Frau, hielt ihren Kopf in seinem
Schoß und registrierte unbewusst die beiden Tassen auf dem
Tisch, in denen der Kaffee noch heiß dampfte.

Es dauerte nur wenige Minuten bis der Rettungswagen kam. Der
Notarzt schickte George einige Meter weg, gab einem Sanitäter
knappe Anweisungen, was er zu tun hatte, und schnitt währenddessen Billis Bluse auf. Alles ging ganz schnell. Während ein
Sanitäter Billi Sauerstoff zuführte und ein anderer eine Spritze
aufzog, bereitete der Notarzt mit geübten Griffen den Defibril-
lator vor. Der kam dreimal zum Einsatz und jedes Mal zuckte
George in sich zusammen. Innerlich in Panik , aber äußerlich wie
eingefroren stand er in der Tür und konnte Billi vor lauter Helfern
gar nicht mehr sehen. Nach dem dritten Mal, untersuchte der
Arzt Billi noch einmal, schüttelte dann kaum merklich den Kopf
in Richtung seines Mitarbeiters und alles wurde plötzlich so still,
dass George aus seiner Starre erwachte.
„Was ist los? Warum hören Sie auf?" Verstört trat er einige Schritte näher, konnte und wollte nicht begreifen, was da vor sich ging.
Der Sanitäter packte langsam und leise zusammen. Alle Hektik
war gewichen.
Der Notarzt stand auf, legte George eine Hand auf die Schulter
und sagte leise: „Es tut mir leid, Mr. Hudson. Wir konnten Ihrer
Frau nicht mehr helfen. Sie hatte einen Herzinfarkt und war vermutlich schon tot, bevor sie auf dem Boden aufkam. Es ging ganz
schnell, sie hat sicherlich nichts gespürt."
George stand da, kaum fähig zu denken. Alles Blut war aus
seinem Gesicht gewichen und als seine Beine nachgaben, konnte
der Arzt ihn eben noch auf einen Stuhl lenken. Wie lange er
so dasaß, wusste er nicht. Er hörte auch nicht, als der Arzt ihm
erklärte, wie es nun weitergehen musste.
„Sie ist doch erst 51." George flüsterte so leise, dass er kaum zu
verstehen war. Sein starrer Blick löste sich langsam und er schaute zu Billi. "Sie ist doch noch viel zu jung zum Sterben."

Als würden auf seinen Schultern zentnerschwere Lasten liegen, stand er auf und ging zu seiner Frau, die wie schlafend am Boden lag. Er kniete neben sie, strich ihr sanft übers Gesicht. Endlich schien er zu begreifen und Tränen liefen über seine Wangen. Er nahm Billi ein letztes Mal in den Arm, legte ihren Kopf an seinen und wiegte sie, wie ein Baby, in seinen Armen, während er immer und immer wieder ihren Namen flüsterte.

Als George wieder erwachte, war es draußen bereits dunkel. Er lag auf dem Sofa und versuchte sich zu erinnern, wie er da hingekommen war. Sein Kopf war schwer, er fühlte sich wie benebelt und erst langsam kam die Erkenntnis zurück, was geschehen war. Dann hörte er ein Geräusch aus der Küche und erhob sich schwerfällig, um nachzusehen. Leicht taumelnd und mit Kopfschmerzen sah er in die Küche und erkannte Angie, die am Herd stand und kochte.

Als sie ihn sah, lief sie sofort zu ihm hin und nahm ihn in den Arm. „Oh, Dad. Das tut mir so leid," schluchzte sie leise und auch George begann lautlos zu weinen. Sie standen zwei, drei Minuten einfach nur schweigend da und hielten sich gegenseitig fest. Angie fand als erste die Sprache wieder. „Setz dich, Dad," sagte sie sanft und schob ihm einen Stuhl zurecht. „Ich habe etwas Suppe gemacht, du solltest etwas essen."

George ließ sich gedankenschwer auf den Stuhl fallen. „Ich habe keinen Hunger, Angie. Danke."

„Natürlich hast du keinen Hunger, Dad. Aber du hast den ganzen Tag geschlafen. Der Arzt hat dir eine Beruhigungsspritze gegeben und dein Körper braucht jetzt Energie."

Ohne auf seine Antwort zu warten, stellte Angie ihm einen Teller heißer Suppe hin, nahm sich selbst ebenfalls davon und setzte sich zu ihm.

George starrte regungslos vor sich hin.

„Warum? Warum ist das passiert? Warum Billi? Sie war doch noch gar nicht dran. Wir wollten doch in den Urlaub ..." Georges Stimme war so leise und so voller Trauer, dass es Angie fast das Herz brach. Auch wenn sie sich in den letzten Jahren nicht mehr oft gesehen hatten und der Kontakt nicht mehr der beste war, sie wusste, wie sehr ihr Vater Billi geliebt, ja vergöttert, hatte und machte sich ernsthaft Sorgen, ob er diese Situation überstehen würde.

„Dad." Sie legte über den Tisch hinweg ihre Hand auf seine, wohl wissend, dass es keine Worte gab, die ihn in diesem Moment trösten könnten. „Ich werde heute Nacht hier bleiben, wenn du das möchtest. Wir können reden, wir können schweigen, es ist egal. Ich möchte dich nur ungern alleine lassen. Was meinst du?" Georges Augen fingen an zu wandern und blieben an der Stelle hängen, an der am Morgen Billi neben dem Tisch lag. Sein Blick wurde starr, er sprang auf und rannte ins Bad, um sich zu übergeben.

Die drei Nächte bis zur Beerdigung blieb Angie bei ihrem Vater, übernahm alle Formalitäten und kümmerte sich um die Beerdigungsvorbereitungen. Sie wusste, ihr Vater war dazu nicht in der Lage, so stark er sonst immer auftrat, nun war er nur noch ein Schatten seiner Selbst, unfähig zu denken oder zu handeln. Er selbst sagte von sich, er fühle sich wie amputiert, so als habe man ihm das Herz heraus geschnitten. Wäre sie nicht bei ihm geblieben, er hätte sicherlich auch nichts gegessen, hätte es einfach vergessen und Angie schauderte schon bei dem Gedanken, ihn nach der Beerdigung alleine lassen zu müssen, da sie wieder arbeiten musste und in der Hochsaison keinen Urlaub bekommen konnte.

Natürlich traf Angie der Tod ihrer Mutter ebenfalls hart, doch sie spürte, wie sehr sie ihren Vater nun unterstützen musste, und schaffte es irgendwie ihre eigene Trauer zurück zu stellen, um für ihn stark zu sein. Viel redeten sie in den Tagen nicht miteinander. George war nicht zum Reden zumute und Angie war meist damit beschäftigt Behördengänge zu regeln, alle Details mit dem Bestattungsunternehmen zu besprechen, Trauerkarten zu verschicken oder Blumen auszuwählen.

Am Vorabend der Beerdigung saß Angie mit ihrem Vater zusammen im Wohnzimmer und erzählte ihm, was sie alles am Tag erledigt hatte. Wie immer schien George total abwesend, so als höre er gar nicht, was sie sagte. „Sag mal Angie," begann er plötzlich unvermittelt. „Hat deine Mum nach dem Tod von Thomas je mit dir über gewisse Dinge gesprochen?"

„Was meinst du mit gewisse Dinge?"

„Nun. Sie hatte nach Thomas' Tod einige Bücher gelesen über ein Leben danach, verstehst du? Sie glaubte tatsächlich daran, dass Thomas noch unter uns sei und wir nicht wirklich sterben würden. Sie war sogar bei einer Hellseherin und hat sich dort einen Bären aufbinden lassen." Für einen kurzen Moment zuckte ein trauriges Lächeln über Georges Gesicht.

„Natürlich haben wir darüber gesprochen, Dad. Sie war sehr interessiert an diesem Thema und hat es unendlich bedauert, dass sie sich nicht mit dir darüber unterhalten konnte. Dieser Glaube war für sie ein großer Halt nach dem Unfall und einige Bücher hatte sie mir auch zum Lesen gegeben."

„Und? Wie stehst du dazu? Glaubst du auch an solche Dinge?" Zum ersten Mal seit Tagen schien George wieder Interesse an etwas zu bekommen.

„Na ja, wie soll ich sagen?" Angie überlegte kurz. „Ich glaube schon daran, dass es da noch etwas gibt, aber was genau weiß ich eigentlich auch nicht. Ich glaube schon, dass es einen Gott gibt und dass Gebete auch von ihm erhört werden. Nur was wirklich passiert, wenn wir sterben, wie das mit der Seele ist, usw., da wanke ich noch, bin mir unsicher, was ich glauben soll. Ich denke, Menschen die in Trauer sind, halten sich gerne an solchen Hoffnungen fest. Und warum auch nicht? Schaden kann es auf keinen Fall. Mum hat immer gesagt, man kann doch ruhig daran glauben, dass es einen Himmel gibt, in den wir alle kommen. Und wenn sich nachher herausstellt, es gibt doch nichts nach dem Tod, na ja, dann hat man auch nichts verloren und wenigstens keine Angst gehabt zu sterben."

Nun musste George doch lächeln. „Das ist typisch Billi. Eine tolle Logik hat sie sich da zusammengeträumt."

„Ich find diese Einstellung gar nicht mal schlecht. Schau, wenn ich jetzt denke, Mum und Thomas sind da oben und wenn ich mal sterbe, dann holen sie mich ab und wir sind alle wieder zusammen. Dann ist das doch eine tolle Sache und ein Trost für mich. Und wenn ich sterbe und es ist nicht so, dann bin ich ja eh tot und dann ist es auch egal. Wenigstens hab ich im Leben dann Hoffnung und Freude gehabt." Und gedankenverloren fügte sie leise hinzu: „So hat Mum es wenigstens gesehen ..."

Die Beerdigung von Billi erlebte George wie in Trance und auch wenn er es nie zugegeben hätte, er freute sich schon darauf, wenn endlich alles vorbei war.

Es war keine sonderlich große Trauerfeier, doch in gewisser Weise herzlich. Der Pfarrer hatte, mit Hilfe von Angie, eine wundervoll persönliche Trauerrede zusammengestellt, welche das Leben von Billi noch einmal in fast bildhafter Weise Revue passieren ließ. Den Weg von der kleinen Kapelle zum Grab musste Angie ihren Vater stützen und als sie an der Stelle ankamen, an der auch schon Thomas für immer im Boden verschwunden war, brach es aus George heraus. Er weinte hemmungslos und es war ihm egal, was die Leute über ihn dachten.

Es war nicht fair. Es war einfach nicht fair, dass er seine geliebte Billi so früh ziehen lassen musste. Und es war auch nicht richtig, dass er seinen einzigen Sohn überleben musste. Und dass die beiden nun für immer da unten liegen würden und er musste hier oben bleiben, das war auch nicht fair.

Der Sarg senkte sich ins Grab und George musste an sich halten, nicht hinterher zu springen ...

An diesem Abend war er zum ersten Mal seit Billis Tod alleine. Angie hatte ihm noch etwas zum Essen im Kühlschrank hinterlassen. George nahm die Vorratsdose kurz in die Hand und stellte sie wieder zurück. Statt dessen nahm er sich ein Glas und eine Flasche Whisky aus dem Regal, setzte sich ins Wohnzimmer und schaute die ganze Nacht alte Aufnahmen an von seiner Familie und den gemeinsamen Urlauben. Irgendwann schlief er darüber ein, erwachte am nächsten Tag gegen Mittag und trank sofort weiter. Zwei Tage und zwei Nächte betrank sich George, weil er Angst davor hatte, verrückt zu werden, wenn er nüchtern nachdenken müsste. Am dritten Tag ging es George dann so schlecht, dass er fast den ganzen Tag im Bett verbrachte. Er hatte seit Tagen nichts mehr gegessen und fühlte sich einfach nur hundeelend. Am späten Vormittag stand er kurz auf, ging zur Toilette, nahm zwei Kopfschmerztabletten und legte sich wieder hin. Als er am Nachmittag erneut aufwachte, kämpfte er noch einige Minuten mit seinem inneren Schweinehund, bis er schließlich die Beine aus dem Bett bekam und aufstand. Er ging nach unten in die

Küche, brühte einen Kaffee auf und bereitete sich eine heiße Brühe. Nachdem er diese getrunken hatte, fühlte er sich doch um einiges besser und setzte sich mit seinem Kaffee in Billis Sessel am Fenster.

Eine Woche war inzwischen vergangen. Eine Woche ohne Billi. George wurde bewusst, dass er seit über 30 Jahren keinen Tag ohne Billi gewesen war. Immer waren sie zusammen, alles haben sie nur gemeinsam getan. Keiner hätte Spaß gehabt, wäre der Andere nicht dabei gewesen.

Wie sollte er das schaffen? Wie sollte er den Rest seines Lebens ohne sie auskommen?

George war klar, dass er sich in diesen trüben Gedanken nicht verlieren durfte. Er musste versuchen nach vorne zu sehen, musste es irgendwie schaffen sein Leben so zu ordnen, dass Billi stolz auf ihn gewesen wäre. Ja, das wollte er.

Sein Engel sollte stolz auf ihn sein können, auch wenn sie es ja gar nicht mehr sehen konnte ...

Wahrheiten

„Da hat Sie das Schicksal schon hart getroffen." Michael hatte
seine Hände in den Jackentaschen vergraben und schaute über
den Friedhof. „Ich denke, der Arzt hatte Recht damals. Ihre Frau
starb wirklich schnell und schmerzlos. Einen schöneren Tod gibt
es doch eigentlich gar nicht, oder was meinen Sie?"
„Ja. Das habe ich auch schon gedacht. Außer vielleicht, abends
zu Bett gehen und morgens festzustellen, dass man nicht mehr
lebt ..." George verzog ironisch seine Mundwinkel. „Für mich war
es keine leichte Zeit. In vielen Dingen war ich zunächst total hilflos. Alles das, was zuvor Billi gemacht hatte, musste ich mir nun
selbst aneignen. Ich wusste nicht, wo sie immer zum Einkaufen
war, hatte in meinem Leben noch nicht gekocht. Billi hatte unseren
ganzen Schriftkram erledigt, mit Behörden oder Ämtern, sie hat
die Bankgeschäfte überwacht und Belege geordnet, Rechnungen
bezahlt. Einfach Alles eben. Sie hätten mich mal sehen sollen,
als ich das erste Mal den Bezug unserer Bettdecke aufziehen
wollte." George lachte. „Ich hab's einfach nicht geschafft,
dass alle vier Ecken der Decke da blieben, wo sie hingehörten.
Irgendwann war's mir dann zu blöd und ich schlief die erste Zeit
unter einer Knubbeldecke, was recht unangenehm war. Erst beim
dritten Bettenwechsel wurde mir klar, warum Billi die Bezüge
immer links herum aufbewahrte. Von da an hatte ich zumindest
den Dreh raus."
„Unterstützte Sie denn Angie nicht in der ersten Zeit?"
„Sie musste viel arbeiten. Es war ja Urlaubszeit und das Hotel in
dem sie arbeitete ständig komplett belegt. Sicher meldete sie sich,
bot an vorbei zu kommen, zu helfen. Mal zu kochen oder einfach
was mitzubringen. Aber ich habe immer abgelehnt. Sie hatte ihr
Leben und ich meines, tja und irgendwann wurden die Anrufe
eben seltener, bis sie schließlich ganz aufhörten."
„Haben Sie sich denn mal bei ihr gemeldet?"
„Sicher."
Fragend drehte Michael den Kopf zu George und musterte ihn
genau.
„Na ja." George fühlte sich schon wieder ertappt. „Also ich wollte mich melden, aber irgendwie kam halt immer was dazwischen

oder ich hatte es dann doch vergessen."

„Wissen Sie, was ich nicht verstehe?"

„Was?"

„Die Geschichte mit Thomas ist inzwischen über 20 Jahre her.
Ihre Frau ist seit über 10 Jahren tot und Sie schaffen es nicht über
Ihren eigenen Schatten zu springen, und Ihrer Tochter und deren
Familie einen Besuch abzustatten? Nach so vielen Jahren? Ich
kenne Sie kaum George, aber ich weiß und spüre, wie wichtig
Ihnen Ihre Tochter doch im Grunde ist, wie viel sie Ihnen bedeutet. Ich vermute einfach, dass Sie zu viel Zeit haben verstreichen
lassen und sich einfach nicht mehr wagen bei Angie vorbei zu
sehen, weil Sie Angst davor haben, sie könnte Sie zurückweisen."

George schwieg eine Weile. Er wusste, dass Michael absolut
Recht hatte.

„Ich werde bald sterben," sagte er schließlich leise, statt einer
Antwort.

„Ein Grund mehr zu Angie zu fahren!"

George sah erstaunt zu Michael hinüber, der seinen Blick offen
und ohne jede Überraschung erwiderte.

„Haben Sie nicht verstanden, was ich gerade sagte? Ich sagte,
ich werde bald sterben."

„Sicher hab ich verstanden, aber meine Antwort bleibt die gleiche. Werfen Sie endlich ihren falschen Stolz über Bord, fassen
sich ein Herz und besuchen Ihre Familie!"

Unsicher nestelte George seinen Mantelkragen zurecht.
Damit hatte er nicht gerechnet. Dass Michael in keinster Weise
auf diese Todesankündigung reagieren würde, verstand George
ganz und gar nicht. Noch nicht mal überrascht schien dieser Kerl
zu sein.

„Ja, mal sehen", überlegte George betroffen. „Vielleicht mache
ich das tatsächlich. Ich fahre einfach hin und besuche Angie,
Frank und Laureen. Was soll auch schon groß passieren, außer
dass sie mir die Tür weisen? Was habe ich zu verlieren ..."

„Das ist die richtige Einstellung. Was haben Sie schon zu verlieren?" Michael schien wirklich erfreut über Georges Umdenken.

„Und vielleicht ist ja auch bereits ein zweites Enkelkind unterwegs, das würden Sie doch nicht verpassen wollen?"

„Vermutlich würde ich es sowieso verpassen, denn meine Zeit hier scheint begrenzt zu sein."

„Die Zeit eines Jeden hier ist begrenzt."

„Ja, sicher. Ich meinte, ich kann quasi schon die Tage zählen."

„Dann sollten Sie diese Tage nutzen, George, und erledigen, was zu erledigen ansteht."

„Ich werde zu ihr fahren. Bestimmt."

„Versprochen?"

„Ja. Versprochen." Allein dieses ehrliche Vorhaben erleichterte George und er wusste, er musste und wollte diesen Besuch tatsächlich angehen.

„Ich danke Ihnen, Michael, dass Sie mir solche Denkanstöße mit auf den Weg geben. Zwar werde ich aus Ihnen noch immer nicht schlau, aber hilfreich waren Sie nun doch des Öfteren. Manchmal will man eben nicht hinsehen, gewisse Dinge am liebsten ganz tief vergraben, doch das geht nicht. Verdrängen hat auch etwas mit Drängen zu tun und Sie haben mich gedrängt gewisse Dinge anzuschauen, auch wenn sie weh taten. Woher kommen Sie? Wer sind Sie?"

Michael lächelte versonnen, während er seinen Blick in die Ferne richtete. „Woher ich komme ist nicht so wichtig, aber es ist weit weg, in meinem Herzen jedoch ganz nah. Ich sagte ja bereits, ich bin viel unterwegs, komme viel herum, lerne viele Menschen kennen. Dabei entwickelt man eine Art siebten Sinn, in gewisser Weise denkt man ein wenig wie ein Psychologe, weshalb ich den Menschen, denen ich begegne, oft weiterhelfen kann. Also reise ich durch die Welt und helfe einfach."

„Wie soll ich das verstehen? Sie reisen herum und helfen einfach?"

„So wie ich es sage. Was gibt es daran nicht zu verstehen?"

„Aber was arbeiten Sie? Ich meine, Sie müssen doch von etwas leben, etwas essen und Miete bezahlen ..." George war verwirrt und Michael schmunzelte: „Nun, sehen Sie mich als eine Art Vertreter. In Ihrem Fall könnte man vielleicht sagen ein Vertreter für Bücher?"

George musste lachen. Vertreter für Bücher. „Sie wollen mich auf den Arm nehmen."

„In keinster Weise," lachte nun auch Michael und fügte augenzwinkernd hinzu: „Ich bin in Vertretung eines anderen unterwegs und erhalte dafür alles, was ich benötige. Und wenn ich dabei ab und an auch noch Jemandem etwas Gutes tun kann, dann bin ich zufrieden."

George hätte noch weitere Fragen gehabt, doch er spürte, dass Michael fertig war mit seinen Erklärungen und beließ es dabei. Was auch immer dieser Mann war oder tat, er wollte anscheinend nicht alles preisgeben, zumindest nicht im Moment und George war höflich genug dies zu akzeptieren.

„Na gut, Sie Büchervertreter," lächelte George. „Wie geht es nun weiter?"

„Sie nehmen jetzt Ihr Buch, gehen nach Hause und werden es lesen. Zuvor jedoch werden Sie Ihre Tochter anrufen und einen Besuchstermin vereinbaren. Was halten Sie von dem Vorschlag?"

„Das hört sich vernünftig an. O.K. Dann mache ich mich jetzt auf den Weg. Und ja, ich weiß: wir sehen uns sicherlich bald wieder."

Michael zwinkerte erneut und die beiden Männer grinsten sich an.

George war erleichtert. Irgendwie hatte er das Gefühl, dass sich in seinem Leben etwas veränderte, zum Positiven wendete, nur wusste er nicht genau Was und warum eigentlich.

Mit einem Zucken schreckte George aus dem alten Sessel vorm Fenster hoch. Er war mal wieder kurz eingedöst und in seinem Traum traf er auf Billi, die ihn tatsächlich rügte, weil er mal wieder nichts unternommen hatte und nur träge in diesem verdammten Sessel dahin vegetierte.

Eine Woche war inzwischen vergangen, nachdem er Michael zum letzten Mal auf dem Friedhof getroffen hatte, doch George hatte weder in dem Buch weiter gelesen, noch Angie angerufen. Zu beidem konnte er sich nicht überwinden, zu groß war seine Angst. Eine innere Unruhe ließ ihn kaum schlafen, er aß unregelmäßig, dafür trank er gerne mal ein Glas Whisky mehr, als gut für ihn war. Das half ihm zu verdrängen und in der Regel einigermaßen traumlos wenigstens einige Stunden am Tag durchschlafen zu können.

Doch dieser Traum hatte George wirklich aufgewühlt.

Natürlich hatte er in den letzten Jahren oft von Billi geträumt und die meisten davon waren wie wunderbare Erinnerungen ihrer gemeinsamen schönen Zeit.

Und nun wurde er bereits zum zweiten Mal von einer Art von Traum heimgesucht, der George bis ins Innerste berührte. Zuerst Thomas, der ihn aufforderte das Buch zurück zu holen und nun Billi, die ihm gehörig die Leviten gelesen hatte, weil er sein Versprechen gegenüber Michael bislang nicht eingehalten hatte. Wie konnte so etwas sein? Wie konnten die beiden mit ihm über jeweils ganz aktuelle Dinge sprechen, waren sie doch schon so lange tot? George starrte minutenlang nachdenklich in den Garten, den die bereits schwächer werdende Nachmittagssonne in ein fast mystisches Licht tauchte und lustige Schattenspiele auf den Rasen zauberte. Mit einem Ruck sprang er auf, nahm das leere Whiskyglas vom Tisch und stellte es in die Spüle. Entschlossen zog er seinen Mantel an, ging zur Tür hinaus und ohne zu zögern auf direktem Weg zur Bushaltestelle.

Es wurde bereits düster, als George in der gemütlich wirkenden Wohnsiedlung vor den Toren der Stadt aus dem Bus stieg. Unentschlossen stand er auf dem Gehweg und blickte dem davonfahrenden Bus hinterher. Nun stand er hier. 250 Meter vom Haus seiner Tochter entfernt. Er musste nur noch um die nächste Ecke gehen.

Wie oft hatte er sich in Gedanken diese Situation vorgestellt, oft auch herbeigesehnt und es doch nie gewagt. Zögerlich setzte er sich in Bewegung und betrachtete währenddessen abwesend die gepflegten Vorgärten der angrenzenden Einfamilienhäuser. Nach wenigen Minuten kam er an dem kleinen, liebevoll hergerichteten Haus seiner Tochter an. In der Auffahrt stand ein silberfarbener Chevy Van, durch die Fenster konnte George Licht erkennen. Sie war da.

Schwer atmete George einmal durch, zog sich den Schal fester um den Hals. Sollte er wirklich hingehen? Was würde Angie sagen? Würde sie ihn abweisen? Was wäre, wenn sie ihn wirklich abweist? Könnte er damit leben?

George zögerte.

Andererseits, wenn er jetzt ginge, würde er damit leben können? Er wusste, dies war sein letzter Versuch, für ihn die letzte Möglichkeit zu versuchen seine Tochter wieder zu sehen. Wenn er jetzt kniff, würde er nie wieder den Mut aufbringen noch mal her zu kommen. Inzwischen war es fast dunkel. George konnte durch die Fenster Bewegungen erkennen. Frank schien auch da zu sein. Ist das gut? Hätte er vielleicht doch besser vorher anrufen sollen? Vielleicht wirft Frank ihn ja auch aus dem Haus ...

„Ach egal!" George sprach sich selbst leise Mut zu. „Geh jetzt da rein, sie werden dich schon nicht gleich umbringen."

Mit Beinen schwer wie Blei stakste er auf die landhausgrün gestrichene Haustür zu. Vorsichtig zog er an dem Bändchen der neben der Tür hängenden gusseisernen Glocke und erschrak, wie laut sie trotz seines Zögerns bimmelte. Sofort hörte er Getrappel und eine aufgeregte Kinderstimme im Haus, sogleich gefolgt von einer männlich klingenden sanften Ermahnung. Dann war es wieder ruhig.

‚Keiner da' – George wollte gerade flüchten, da öffnete sich die Tür. Langsam drehte er den bereits abgewandten Kopf zurück zum Eingang und schaute direkt in die überraschten Augen seiner Tochter.

„Dad!" Angies Stimme war mehr zu erahnen als zu hören. George hielt die Luft an, sein Magen rebellierte. Die wenigen Sekunden, in denen sich beide sprachlos gegenüberstanden, kamen ihm wie eine kleine Ewigkeit vor.

„Angie ... ich ..." Auch Georges Stimme versagte. Alle Farbe war aus seinem Gesicht gewichen. Unsicher knetete er seine Hände.

„Dad. Meine Güte, Dad." Über Angies Gesicht huschte ein Lächeln, ihre Augen begannen zu strahlen und sie machte die zwei Schritte auf ihren Vater zu, um ihm weinend um den Hals zu fallen.

Das kleine, aber sehr geschmackvoll eingerichtete Wohnzimmer strahlte eine besondere Gemütlichkeit aus und George fühlte sich sofort wie zu Hause.

Während Angie schnell in der Küche verschwand, schaute er sich um. In einer Ecke lagen aufgeräumt einige Spielsachen. Bauklötze, kleine Spielzeugautos und Puppen vermischt zu einer kindlichen Phantasiewelt. Zwei große Sofas im Landhausstil, bedeckt mit unzähligen Kuschelkissen, bildeten das Zentrum des Zimmers.

An einer der Wände entdeckte George eine kleine Bildergalerie und steuerte interessiert darauf zu.

Sofort fiel ihm ein Foto in der rechten oberen Ecke auf. Es zeigte ihre kleine glückliche Familie vor über 20 Jahren. Ihn und Billi sorglos strahlend, davor Thomas und Angie, natürlich beide Grimassen schneidend, während eines Ausfluges am Meer. In George keimte wehmütig die Erinnerung auf. Es war ein wundervolles Wochenende, voller Spaß, Erholung, gemeinsamer Unternehmungen und purer Freude am Leben. Angie und Thomas genossen die Tage am Strand, bauten riesige Sandburgen, plantschten mit ihren überdimensionalen Schwimmflügeln lachend im Meer und schliefen abends vor Erschöpfung viel früher ein, als sie es üblicherweise zu Hause taten. Er und Billi genossen solche Stunden zusammen mit den Kindern ebenfalls, waren aber am Abend und in der Nacht einfach auch „nur" Ehepartner, Vertraute und Geliebte.

George überlief eine wohlige Gänsehaut, als er an eben diese Nacht dachte, die diesem Foto folgte.

Die Kinder schliefen bereits tief und fest und Billi kam mit zwei Gläsern Rotwein auf die gemütliche Terrasse ihres Ferienhauses, auf der George gerade im Begriff war, die Überreste des leckeren Abendessen zu beseitigen. Beide setzten sie sich auf die bequeme Gartenschaukel und sie reichte ihm ein Glas. George legte liebevoll den Arm um seine Frau und eine ganze Weile saßen sie nur da, genossen diese friedliche Stille umrahmt von leiser Musik, den klaren Sternenhimmel, die laue Sommerluft und den Rotwein.

Sie saßen sicher eine Stunde schweigend, jeder seinen Gedanken nachhängend auf der Schaukel, als Billi ihre Hand auf Georges Bein legte und ihn sanft zu streicheln begann.

Als sie ihren Kopf anhob um ihn anzusehen, sah George dieses wundervolle Funkeln in ihren Augen, das immer wieder jeden Stern des Himmels erblassen ließ. Leicht beugte er sich zu ihr herunter und küsste sie sanft. Sie erwiderte den Kuss und begann unterdessen geschickt mit einer Hand die Knöpfe seines Hemdes zu öffnen. Er nahm sie fester in den Arm, drückte sie sanft an sich. Billi strich zärtlich über Georges Brust und Bauch und spürte, wie ihn eine Gänsehaut überlief.

Sie war einfach die beste Geliebte, die George sich nur vorstellen konnte und wofür er sie auch so liebte. Ganz genau wusste sie, was er mochte, was ihn verrückt machte und wonach er sich sehnte. Lächelnd sah sie ihm tief in die Augen und ein wohliger Schauer ging durch Georges Körper, kannte er diesen Blick doch nur zu gut. Er küsste sie erneut, diesmal leidenschaftlicher und begann nun seinerseits Billis leichte Sommerbluse aufzuknöpfen. Mit einer Hand umspielte er ihren wundervoll geformten Busen, während seine andere Hand über ihre Schenkel glitt und Billis Atem stocken ließ. Sie tat es ihm gleich und spürte seine erregte Männlichkeit in den lockeren Shorts.

„Lass uns zum Strand gehen", hauchte Billi ihm ins Ohr.

„Du möchtest Sex am Strand?" George lächelte verliebt und seine Stimme war voller Zärtlichkeit.

„Ja. Ich will dich – am Strand."

„Und du meinst, ich kann in diesem Zustand noch bis zum Strand laufen, ja?" Georges heißer Atem glitt über Billis Gesicht. „Ich bin verrückt nach dir", hauchte er erregt. Spielerisch ließ er seine Zunge über ihren Hals gleiten, wohl wissend, dass Billi dem nichts mehr entgegenzusetzen hatte. Wenig später gesellte sich zu der sanften Musik und dem Zirpen der Grillen, das leise Quietschen der Gartenschaukel hinzu, die der ungewöhnlichen Belastung tapfer standhielt ...

Als Angie mit drei Gläsern und einer Flasche Wein ins Wohnzimmer zurück kam, sah sie gerade noch, wie ihr Vater sich verstohlen eine Träne wegwischte, während er die Fotos der Familie zu betrachten schien. Sie stellte die Sachen auf den Tisch, ging zu George und legte einen Arm um ihn.

„Das ist Frank", sagte sie, während sie auf eines der Fotos deutete. „Und das ist Laureen, Deine Enkeltochter."

George sah das kleine Mädchen auf einer Schaukel hockend vor Freude übers ganze Gesicht strahlend. Im gleichen Augenblick poltere auch schon etwas die Treppe herunter und dann stand Laureen vor den beiden im Wohnzimmer. George verschlug es den Atem. Dieser kleine süße Engel mit den blonden Locken hatte tatsächlich Billis Augen.

„Oh mein Gott ..." Er musste schlucken. Nie hätte er gedacht, dass es noch einen Menschen auf der Welt geben würde mit solchen Augen.

„Laureen, das ist dein Grandpa." Angie ging auf ihre Tochter zu, nahm sie auf den Arm und kam zu ihm zurück.

„Hallo Grandpa." Laureen strahlte George unumwunden an und er hätte am liebsten geweint vor Freude, aber auch weil ihn die sofort einsetzende Erinnerung an Billi wie ein Schlag traf.

„Hallo Laureen", brachte er zu seiner eigenen Überraschung klar hervor. „Du bist aber schon groß geworden."

„Wo warst du so lange Grandpa?" Neugierig zupfte sie an Georges Hemdkragen.

Angie schaltete sich dazwischen. „Ich habe dir doch gesagt, der Opa war ganz lange auf Reisen. Nun ist er endlich zurück. Und endlich bei uns." Liebevoll lächelte sie ihren Dad an.

George konnte vor Rührung nicht reden. Die Tränen standen ihm in den Augen und er lächelte dankbar zurück.

„Spielst du mit mir Grandpa?" Laureen begann auf dem Arm der Mutter unruhig hin und her zu zappeln.

„Nein, nein, kleine Dame!" Angie wirkte entschlossen. „Du warst gerade auf dem Weg ins Bett. Dein Daddy ist schon oben und wartet mit der Gute Nacht Geschichte auf dich."

„Oooooch ..." Laureen zog einen Schmollmund um gleich darauf wieder auflachend zu fragen: „Spielst du dann morgen mit mir, Opa?"

Wieder half Angie aus, da sie sah, wie ihr Vater noch immer mit sich ringen musste. „Er wird sicher bald mit dir spielen, mein Engel. Jetzt, wo er wieder zurück ist, hat er ganz viel Zeit für Dich." Schon wieder zog es Georges Magen zusammen, das war fast zuviel für ihn, doch er hielt der Situation stand.

„Sicher du Maus. Ich komme ab sofort gerne zum Spielen vorbei, wenn du willst."

„Au jaaa!" Laureen befreite sich mit sanftem Druck aus Angies Griff und umarmte ihren Grandpa fest und herzlich.

Dann lief sie auch schon wieder zur Treppe nach oben, rief überschwänglich noch ein „Gute Nacht" in den Raum und verschwand in ihrem Zimmer.

„Sie ist wirklich wundervoll." George sah mit verklärtem Blick noch immer zum nun stillen Treppenhaus hin.

„Sie hat die Augen von Ma," flüsterte Angie in die fast gespensti-sche Ruhe.

„Ja! Die hat sie wirklich."

„Komm, Dad, setzen wir uns." Mit einer einladenden Geste ließ sich Angie auf einem der Kuschelsofas nieder und nachdem es sich George ihr gegenüber in einer Ecke ebenfalls gemütlich ge-macht hatte, fragte sie, ohne eine Spur von Neugier oder Vorwurf in der Stimme: „Warum hast du dich all die Jahre nicht gemeldet, Dad? Ich habe so sehr gewartet, dass du kommst, du hast nicht reagiert auf meine Anrufe oder Briefe. Noch nicht einmal zu meiner Hochzeit bist du erschienen, was mir so unendlich wichtig gewesen wäre."

„Ich war bei deiner Hochzeit Angie", versuchte sich George halb-herzig zu rechtfertigen. „Du sahst wirklich wunderschön aus ..."

„Ja, du warst da, hast dieses wundervolle Geschenk dagelassen und bist wieder verschwunden, ohne dass dich jemand gesehen hat. Wie sehr hätte ich mir gewünscht, dass du mich zum Altar führst, mich in den Arm nimmst ..." Angie schluckte.

„Wie gerne hätte ich dir deine kleine Enkeltochter in den Arm gelegt, mich darüber gefreut, wenn du an meinem Glück hättest teilhaben wollen."

George schaute mit traurigen Augen einige Sekunden auf die hölzerne Tischplatte. „Ich weiß, Angie, und es tut mir unendlich leid." Nun sah er sie an. „Ich habe einen sehr sehr großen Fehler gemacht, für den ich mich nicht genug entschuldigen kann, den ich mir selbst niemals verzeihen kann. Darum habe ich mich zurückgezogen. Zurück gezogen von dir und aus deinem Leben. Ja und irgendwann dachte ich dann, du wirst dein Leben ohne mich glücklicher bewältigen, zumal mich der Tod von Mum über all die Jahre begleitet hat, ohne auch nur einen Tag von mir zu lassen ..."

„Dad." Angie rutschte auf dem Sofa nach vorne und streckte ihre Handfläche offen über den Tisch, so dass er sie ergreifen konnte. „Ich weiß doch, wie sehr du Mum geliebt hast und es ist ganz natürlich dass du sie vermisst. Doch es ist lange her und du solltest nach vorne schauen, ihr nicht länger hinterher trauern. Sie würde das nicht wollen." Liebevoll lächelte sie ihren Vater an. „

du solltest an dein Leben denken, das du Jetzt und Hier führst und nicht in der Vergangenheit hängen bleiben."

„Angie." George zog seine Hand zurück und räusperte sich.

„Ich muss dir etwas sagen, was mir nicht leicht fällt. Doch ich bin gekommen, um endlich aufzuräumen in meinem Leben. Und wenn du mich danach nicht mehr sehen möchtest, dann kann ich das verstehen und werde es akzeptieren."

Angie kniff leicht die Augen zusammen und sah ihren Vater fragend an. „Was, Dad? Was möchtest du mir sagen? Ich bin überzeugt davon, nichts, aber auch gar nichts auf der Welt kann so schlimm sein, dass ich dich jetzt, nachdem du endlich zu mir gekommen bist, wieder wegschicken würde. Niemals! Also sag es einfach frei heraus."

Unsicher knetete George seine Hände.

„ Der Unfall von Thomas. Ich wollte es mir nie eingestehen, selbst deiner Mum habe ich nichts davon gesagt, es hätte ihr das Herz gebrochen." Einmal schwer durchatmend fuhr er fort: „Ich wollte das nicht denken, Angie. Ich wusste, es ist nicht wahr, doch durch meinen Kopf fraß es sich ein, wie eine unersättliche Raupe, die ich nicht stoppen konnte." Wieder stockten seine Worte.

„Was meinst du Dad?" fragte Angie besorgt.

„Ich ... ich gab dir die Schuld an Thomas Tod."

George schloss die Augen und senkte den Kopf. Es folgten lautlose Sekunden, die ihm wie Minuten vorkamen. Eine Träne rann über seine Wange, doch er wischte sie nicht weg, wagte nicht sich zu bewegen. Dann vernahm er ein leises Geräusch und in dem Augenblick, als er seine Augen wieder öffnen wollte, strich ihm Angie sanft die Träne vom Gesicht. Wortlos nahm sie ihren Dad in den Arm und beide weinten eng umschlungen, ihre verletzten und verängstigten Seelen befreiend, fast eine Minute hemmungslos und ohne Scham.

„Angie hat so viel von Ihnen erzählt, dass ich das Gefühl habe, Sie bereits seit langem zu kennen. Seien Sie herzlich willkommen in unserem Haus und in unserem Leben." Sein Glas erhebend, prostete Frank George zu, dann stieß er mit seiner Frau an, während sie sich verliebt in die Augen sahen.

„Vielen Dank, Frank. Bitte, nenn mich George."

„Gerne." Angies Mann nippte an seinem Wein und stellte ihn dann auf den Tisch zurück.

Frank war sicher über 190 groß und recht muskulös. Seine braunen Haare waren akkurat kurzgeschnitten, wie die eines amerikanischen Soldaten, doch seine Hände offenbarten, dass er ein Handwerker war, der fest zupacken konnte und musste. Die braunen Augen schauten gütig, doch George erkannte anhand der Lippen und ersten Falten um die Mundwinkel, dass Frank durchaus auch entschieden durchgreifen konnte. Er sah George mit offenem Blick an und Angie strich ihrem Mann liebevoll übers Haar.

„Angie hat sehr lange auf dich gewartet und Laureen freut sich riesig, dass sie nun endlich einen Grandpa hat. Sie wollte heute gar keine Gute Nacht Geschichte hören, sie redete nur von dir und was sie dir morgen alles zeigen möchte." Frank lachte. „Sie wollte gar nicht einschlafen, vermutlich liegt sie jetzt noch wach und stellt in Gedanken bereits ihre Spielsachen zusammen."

George zog fragend die Augenbrauen hoch. „Was meinst du damit, dass sie nun endlich einen Grandpa hat?"

„Franks Eltern sind bei einem Feuer umgekommen, als er 13 war. Er wuchs danach bei seinen Großeltern auf. Auch diese sind zwischenzeitlich bereits verstorben und darum hatte Laureen bis heute eben keine Großeltern." Angie schmunzelte. „Aber ab heute ist das endlich Vergangenheit."

George musste kurz wegschauen. Er konnte Angie nicht in die Augen sehen, ihr jetzt noch nicht sagen, dass Laureen bald wieder ohne Grandpa sein würde. Wie töricht von ihm überhaupt hierher zu kommen und dem kleinen Mädchen so etwas anzutun. Da hat sie endlich einen Opa und dann geht er wieder weg. Für immer. Er hätte sich mit Angie woanders treffen sollen. Aber das konnte er ja auch nicht ahnen, dass er der Einzige war für die süße kleine Maus. Nun haben Angie und Frank ihn so herzlich aufgenommen, es gab kein böses Wort, keine Vorhaltungen, Vorwürfe oder Theater. Angie hat ihm so schnell und einfach verziehen, als sei das, was er über die vielen Jahre wie einen mit Steinen befüllten Rucksack mit sich schleppte, ein Kinderspiel und bedeutete nichts. Mit einer Geste und einer Umarmung waren 20 Jahre Ballast einfach dahin und über 8 Jahre des Entfremdens weggewischt wie ein Windzug ein Staubkorn mit sich nimmt. Und plötzlich erinnerte sich George auch an Michael und daran was er sagte bezüglich des vollwaisen Ehemannes von Angie ... Alles schien irgendwie noch perplexer, als vor seinem Besuch hier.

„Dad?" George sah auf und Angies Augen strahlten ihn schelmisch an. „Ich habe eine Überraschung für dich."
Frank legte den Arm um die Schultern seiner Frau und grinste nun ebenfalls, als diese fortfuhr:
„Laureen wird ein Geschwisterchen bekommen. In 5 Monaten. Du wirst bald zweifacher Grandpa sein."
George schluckte und rang sich ein Lächeln ab.
„Das ... das ist ja wundervoll. Ich gratuliere." Am liebsten hätte er schon wieder geweint und dabei nicht einmal gewusst ob vor Freude oder Trauer. Warum nur war er heute emotional so angreifbar? Er ärgerte sich darüber, konnte aber nichts dagegen tun. Alles war ihm zuviel, er wollte weg. Musste erst einmal alles verarbeiten.
„Ja, das ist wundervoll nicht? Wir hoffen es wird ein Junge, dann wäre es wie früher bei uns zu Hause und auch etwas abwechslungsreicher als „nur" Mädels." Angie lachte.
„Bitte. Seid mir nicht böse." George fasste sich an die Schläfen und stand langsam auf. „Ich habe Kopfschmerzen und würde gerne nach Hause gehen, wenn es Euch nichts ausmacht."
„Möchtest du eine Kopfschmerztablette, Dad?" Besorgt stand auch Angie auf. „Ich habe oben welche im Bad."
„Nein nein, lass. Das ist lieb von dir. Das vergeht schon wieder. Ich muss nur etwas an die frische Luft und mich hinlegen."
Frank stand nun ebenfalls neben George. „Es ist schon spät. Du kannst auch gerne in unserem Gästezimmer übernachten. Das ist zwar nichts besonderes und etwas klein, aber zum Schlafen reicht es allemal."
„Danke, das ist nett von Euch, doch ich möchte lieber nach Hause gehen." George brauchte seine Tabletten, die er nicht mit sich hatte, das konnten die beiden ja nicht wissen. Er nahm seinen Mantel von der Sofalehne und zog den Schal fest um den Hals.
„Lass uns telefonieren, mein Engel, ja?" Sanft nahm er seine

Tochter an den Schultern und drückte ihr liebevoll einen Kuss auf die Wange.

„Sicher, Dad. Wir bleiben in Kontakt, ja?"

„Ich fahre dich nach Hause." Frank nahm den Schlüssel vom Brett im Hausflur und öffnete die Haustür.

George wollte widersprechen, doch zum Einen sah er Franks entschlossenen Gesichtsausdruck, zum Anderen merkte er auch schon, wie ihm übel wurde und der Wunsch ganz schnell nach Hause zu kommen wurde wirklich übermächtig.

Frank hatte ihn bis vor die Gartentür gebracht und sich winkend verabschiedet. George lachte gequält zurück und fast torkelnd vor Schmerzen ging er zum Eingang. Er wusste, dass er sich gleich erbrechen musste und beeilte sich den Schlüssel ins Schloss zu bekommen, schnell noch den Mantel aufzuhängen und ins Bad zu laufen. Seit einigen Tagen wurden seine Kopfschmerzen stärker, und wenn er vergaß seine Tabletten zu nehmen, waren sie so stark, dass ihm kotzübel wurde. Wie dumm von ihm. Und während er über der Toilettenschüssel hing, um das Abendessen von Angie zu erbrechen, nahm er sich fest vor, nie wieder ohne seine Pillen das Haus zu verlassen.

Im flauschigen Pyjama setze er sich später in Billis Sessel am Fenster, starrte in den dunklen Garten und wartete darauf, dass die Wirkung der Tabletten einsetzte. Wie gerne hätte er jetzt ein Glas Whisky getrunken, wagte es aber nicht, weil er Angst davor hatte die Pillen könnten dadurch versagen. Noch einmal wollte er eine solche Übelkeit nicht wieder erleben. Ob er noch mal zum Arzt gehen sollte? Aber der konnte ihm ja auch nicht weiter helfen. Er musste sich einfach damit abfinden, dass sein Leben dem Ende zuging. Und nachdem er sich nun mit Angie versöhnt und ausgesprochen hatte, fühlte er sich in gewisser Weise wirklich erleichtert, auch wenn ihm nun wieder im Magen lag, dass er der süßen Laureen nicht lange ein liebevoller Grandpa sein würde. Angie hatte ihren Namen wirklich zu Recht erhalten. Wer wäre sonst schon so überaus großherzig, einem innerhalb eines Wimpernschlages das alles zu verzeihen, was er getan und gebeichtet hatte?

So stelle ich mir Engel vor, lächelte George in sich hinein, als ihm bewusst wurde, dass seine Kopfschmerzen zurückgingen.

Am nächsten Morgen erwachte George erst kurz vor Mittag.
Sein Körper schien nun mehr Schlaf zu brauchen, was ihm auch
ganz recht war, denn wenn er schlief hatte er keine Beschwerden.
Er hatte einen wundervollen Traum gehabt, in dem seine ganze
Familie vereint einen herrlichen Tag in den Bergen verbracht hatte. Billi, er und die Kinder ... George lächelte bei der Erinnerung.
Welch glückliche Momente.
Nachdem er im Bad fertig war und sich einen Kaffee aufgebrüht
hatte, setzte er sich mit der Zeitung auf die verträumte Terrasse
um zu frühstücken. Der kleine braunweiß gefleckte Mischlingsrü-
de des Nachbarn kam vorbei gelaufen und schnupperte neugierig an Georges Bein in der Hoffnung, es könne eine Scheibe
Wurst vom Teller rutschen. George sah sich verstohlen um und
wie von Geisterhand entglitt ihm doch tatsächlich ein Würstchen,
welches der Hund aufschnappte, noch bevor es den Boden
berühren konnte. Genüsslich verzehrte George seine Rühreier
und begann nebenher in die Tageszeitung zu schauen. Seltsam,
dachte er sich. Die scheinen das Layout geändert zu haben. Die
Buchstaben wirken viel kleiner und enger aneinander stehend als
früher. Wirklich unangenehm, man sollte sich beschweren. Da er
keine Lust darauf hatte seine Augen so anzustrengen, legte er die
Zeitung beiseite und beobachtete stattdessen die Leute auf der
Straße.
Wieder dachte er an seinen wundervollen Traum, der so viele
Erinnerungen und eine große Sehnsucht nach Billi geweckt hatte.
Bei dem Gedanken an ihren liebevollen Blick, ihre weichen
Lippen und ihre zart duftende Haut schloss er die Augen und sein
Herz schlug laut und schnell. Die Sehnsucht, die er fühlte tat fast
körperlich weh und gedankenverloren strich er sich selbst leicht
über den Arm, so als sei sie es, die ihn berührte. Als Wehmut
und Trauer sich einschleichen wollten, riss er sich zusammen und
überlegte angestrengt was ihn ablenken könnte.
Ihm fiel das Wanderbuch wieder ein und entschlossen stand er
auf es zu holen. Zurück auf der Terrasse hielt er es noch einen
Moment unschlüssig zwischen den Fingern, dann schlug er es auf
und begann zu lesen. Schon nach wenigen Zeilen merkte er, dass

sich auch hier die Schrift verändert zu haben schien und rieb sich verwirrt die Augen. Dann las er weiter. Er musste sich wirklich anstrengen, kniff die Augen zusammen und wollte einfach lesen. Da er erneut ganz vorne begonnen hatte, um die wunderschöne Stelle auf Seite fünf noch einmal zu genießen, schaffte er es auch genau bis dahin, dann gab er überanstrengt auf. Er spürte, wie sich die Kopfschmerzen wieder in Lauerstellung begaben und stand schnell auf, um seine Medizin einzunehmen. Dann würde er das Buch eben später weiter lesen. Und diesmal ab Seite 5, schließlich wollte er endlich wissen, wie es weiterging.

Gerade als George zur Tür hinaus wollte, um ein wenig spazieren zu gehen, klingelte das Telefon. Es war Angie, die ihn fragte, ob er nicht Lust auf eine Runde Kinderspielpark hätte. Natürlich hatte er Lust und Angie holte ihn an einer Kreuzung ab, die George lieber zu Fuß erreichen wollte.

Laureen quietschte schon vergnügt aus ihrem Kindersitz, als George die Beifahrertür öffnete und sich neben seine Tochter in den Van setzte. Sein Herz machte einen Sprung. Die Kleine hatte ihn von der ersten Sekunde an verzaubert.

„Hallo, Dad!" Angie küsste ihn freudig auf die Wange und reihte sich wieder in den Verkehr ein. „Schön, dass du Zeit hattest. Der Zwergentyrann im Fond hat absolut keine Ruhe gegeben. Der Grandpa muss auch mit!" Sie lachte ein unbekümmertes herzliches Lachen, bei dem George einfach einstimmen musste, woraufhin Laureen noch lauter quietschte. Nach 15-minütiger Fahrt erreichten sie das Kinderland und Angie konnte ihre Tochter kaum vom Sicherheitsgurt befreien, so sehr zappelte diese vor Aufregung.

Die beiden kamen regelmäßig alle 14 Tage zum Spielpark und die Kleine wusste genau welcher Spaß sie erwartet. Als ihre Mum sie aus dem Auto gehoben und auf dem Parkplatz abgesetzt hatte, ergriff Laureen sofort Georges Hand und führte ihn zielstrebig zum Eingang. „Grandpa komm! Gaaanz große Rutsche!" Sie zog das „a" so lang wie einen Kaugummi und hopste bei jedem Schritt aufgedreht wie ein Karnickel.

Das Kinderland war eine riesige Halle voller Spielmöglichkeiten auf zwei Etagen. Vom Planschbecken, über Sandkästen, Schaukeln, Rutschen, Wippen gab es alles, was zum Toben notwendig ist. Im ersten Stock ging es etwas ruhiger zu. Dort waren zwei Ruhebereiche untergebracht und Spielecken mit den verschiedensten Brett-, Würfel- oder Denkspielen. Viele Sitzgruppen luden zum Verweilen und Spielen oder auch mal zum Ausruhen ein. Obwohl George die Halle sehr groß vorkam, hielt sich der Geräuschpegel in Grenzen. Irgendetwas mussten die Erbauer da geschaffen haben, was Lärm schluckt. Interessant, wie er fand. Laureen zerrte ihren Grandpa sofort zu einer langen knallgelben Rutsche, die Kinder unter 10 Jahren nur in Begleitung Erwachsener benutzen durften. George ließ die Kleine vor sich die steile Treppe hinaufsteigen und hielt sie stützend mit einer Hand am Rücken, während er selbst sich mit der anderen Hand am Geländer hochzog. Oben angekommen musste er erst einmal kurz verschnaufen. Seine Kondition war auch nicht mehr das was sie mal war ... Laureen setze sich bereits in Position und trieb ihn laut lachend zur Eile. George positionierte sich hinter ihr, hielt die Kleine mit beiden Armen an sich gedrückt und gemeinsam rutschten sie auf dem gelben Monstrum in die Tiefe. Das machte riesigen Spaß und George musste dreimal mit seiner Enkelin die Stufen erklimmen, um die sogleich viel zu schnell dahinfliegende Freude genießen zu können. Danach übergab er leicht ermüdet erstmal an Angie und setzte sich selbst auf eine der zahlreichen Bänke um zuzusehen wie Angie und Laureen zu den speziell angefertigten Wippen liefen, auf denen Kinder auch mit schwereren Personen als sie selbst im Ausgleich wippen konnten. Der kleine Wirbelwind war nicht zu bremsen. Sie raste von einer Attraktion zur nächsten, hätte am liebsten alles auf einmal gemacht und George bewunderte seine Tochter für ihr Durchhaltevermögen ebenfalls alles in Angriff zu nehmen.

„Grandpa?" Laureen stand schon wieder vor ihm. Ihre wundervollen Augen glitzerten ihn freudig an.

George durchfuhr ein wohliger Schauer.

„Grandpa baust du mit mir eine Sandburg?"

„Ja, Liebes. Wir bauen zusammen eine Sandburg. Zeigst du mir wo?"

„Komm! Da hinten ist das", freute sich Laureen und deutete mit ihren kleinen Fingerchen in die entsprechende Richtung. „Du musst aber deine Schuhe ausziehen, Grandpa", belehrte Laureen ihn auf dem Weg zum großen Sandplatz. „Sonst wird dort nämlich alles schmutzig und Batterien kommen da rein."

„Was kommt da rein?" George blieb verdutzt stehen und Angie fing lauthals an zu lachen.

„Na Batterien!" wiederholte Laureen deutlich.

„Batterien ..." überlegte George vor sich hin, während sie weiter gingen und Angie klärte ihn grinsend leise auf: " Bakterien, Dad. Sie meint Bakterien."

George musste ebenfalls lachen, aber tat dies verhalten, damit Laureen sich nicht gekränkt fühlte. Vor dem Eingang zum großen Sandplatz mussten alle die das Gelände betreten wollten, tatsächlich ihre Schuhe abgeben und George war erstaunt, wie viel Sand die Betreiber hier zusammengekarrt hatten. Es gab spezielle Bereiche für Spiele mit Wasser, oder ohne. Er setze sich neben Laureen und Angie in den Sand und sie begannen zu bauen. Als er sich nach einem der vielen herumliegenden kleinen bunten Kinderschaufeln umdrehte und diese aufnehmen wollte, durchfuhr ihn erneut ein stechender Schmerz im Kopf, der ihn so unerwartet traf, dass er leise aufschrie. Sofort schossen ihm die Tränen in die Augen und er hatte das Gefühl irgendjemand versuchte von innen seine Augen herauszudrücken.

„Dad?" Besorgt legte Angie ihre Hand auf sein Knie. „Dad? Was ist mit Dir?"

George drehte sich langsam zurück zu den beiden und rieb sich über die Augen. „Nichts Kleines. Alles in Ordnung. Mir ist nur etwas Sand in die Augen gekommen, nichts weiter." Er senkte den Kopf, damit Angie die Tränen nicht sah und forderte sie sanft auf weiter zu spielen, er sei gleich wieder in Ordnung.

Laureen spielte vergnügt, versuchte mit Sand, Wasser und einem roten Eimerchen einen Turm zu bauen der mangels Stabilität immer wieder in sich zusammen fiel. Angie beobachtete ihren Vater aus den Augenwinkeln, der neben sich zu stehen schien.

„Angie." Georges Stimme war sehr leise.

„Ja, Dad?"

„Würdest du so lieb sein und mir ein Wasser holen, bitte?"

„Natürlich! Warte, ich bin gleich zurück."

Schnell lief sie los und George kramte derweil in seiner Tasche nach den Tabletten. Er war sich bewusst, Angie würde Fragen stellen, aber es war ihm egal. Diese Schmerzen mussten weg, alles andere interessierte ihn nicht mehr. Er nahm zwei der Tabletten auf einmal, spülte sie mit dem Wasser hinunter und wartete benommen auf deren Wirkung, während Angie, ihn besorgt beobachtend, Laureen beschäftigte.

30 Minuten später saßen sie in einer der Ruhezonen im ersten Stock. Laureen hatte ein paar Kinder gefunden mit denen sie spielen konnte und George und Angie hatten es sich in einer Sofaecke mit einer Cola gemütlich gemacht.
„Das ist ganz schön anstrengend mit der Kleinen", lächelte George. „Ich kann mich gar nicht erinnern, dass ihr auch mal so wart?"
„Klar waren wir auch so, Dad", grinste Angie zurück und stupste ihn augenzwinkernd mit dem Finger leicht in den Bauch. „Nur warst du noch etwas fitter."
„Na komm! So dick bin ich aber doch auch nicht." George tat empört.
„Nein, natürlich nicht, Dad. Aber ... etwas an Kondition hast du schon verloren."
„Ich bin über 60, meine Kleine, da darf ich an Kondition verlieren. Das ist mein Recht", grinste er sie an.
„Was nimmst du für Tabletten, Dad? Was ist los mit dir?"
„Das sind nur Vitamine, mein Engel. Mach dir keine Gedanken. Nur ein paar Vitamine, du siehst ja wie schlapp ich geworden bin." Nun grinste er seine Tochter entwaffnend an, woraufhin sie beide lachen mussten.
George wollte es ihr sagen, doch nicht hier. Er musste es ihr sagen, aber den Zeitpunkt wollte er bestimmen.

Laureen kam um einen Schluck Wasser zu trinken und war gerade wieder zu ihren neuen Freunden an einen Spieltisch gelaufen, als ein Mann die Ruhezone betrat und zielstrebig seinen Weg fand.
„Hallo, George."
Angie musterte überrascht den gut aussehenden Neuankömmling.

„Hallo, Michael." Auch George war überrascht. „Was treibt Sie in ein Kinderland?"

„Nun, wohl eher ein Zufall? Ich fuhr gerade hier vorbei, hatte Durst und dachte mir, das sei doch hier sicher eine nette Atmosphäre etwas zu trinken." Und nach einer kurzen Pause: „Wollen Sie mich Ihrer charmanten Begleiterin nicht vorstellen?" Er lächelte Angie auf seine ihm eigene geheimnisvolle Art an und George konnte sehen, wie seine Tochter dahinzuschmelzen schien. Etwas widerwillig deutete er mit den Armen: „Angie, das ist Michael. Michael, das ist meine Tochter Angie."

„Sehr angenehm." Michael nahm Angies Hand und deutete einen Kuss darauf an.

Angie war sprachlos. Das war eine solch altmodische Geste und doch so anrührend. Sie errötete.

„Dass ich Sie auch einmal kennen lernen darf, das freut mich besonders." Und an George gewandt sagte Michael weiter: „Sie haben mir ganz verschwiegen wie hübsch Ihre Tochter ist."

„Sie haben mich nicht danach gefragt." George war die Situation unangenehm. Wie sollte er erklären, woher er diesen Michael kannte? Und wieso tauchte er ausgerechnet jetzt auf? Immer das gleiche mit dem Kerl, er war nicht abzuschütteln. Unvermittelt wandte Michael sich George zu und fragte mit ernster Stimme: „Wie hat Ihnen das Buch gefallen?"

„Ich bin noch nicht über Seite fünf hinausgekommen." Oh Mann, warum tat er ihm das an?

„Na, da waren wir aber schon vor einiger Zeit oder irre ich mich?"

„Ja, aber ich glaube, ich brauch eine Brille. Ich kann nicht mehr so gut lesen, meine Augen brennen sofort. Wenn ich eine Brille habe werde ich weiterlesen." Hoffentlich verschwand er bald wieder!

„Was machen die Kopfschmerzen?"

„Woher ...?" George starrte Michael an. Woher wusste er von den Kopfschmerzen, sie hatten nie darüber gesprochen. Und warum musste er es gerade jetzt ansprechen, wo Angie daneben saß?

„Es ist alles in Ordnung. Geht prima." George lächelte gekünstelt und sah zu seiner Tochter hinüber, die interessiert zuhörte.

„Woher kennen Sie sich?" wandte sie sich an Michael und fand zum ersten Mal ihre Sprache zurück.

„Och", erwiderte dieser „ wir haben uns in der Bücherei getroffen. Ihr Vater suchte ein Buch und ich habe ihm eins empfohlen. Nicht wahr, George?"

George nickte. „Sicher."

„Was für ein Buch? Was hast du gesucht Dad?" Angie war interessiert, las sie doch selbst für ihr Leben gern.

„Ähm ... Das war ..." George versuchte auf die Schnelle eine Notlüge zu finden, aber da er wenige Bücher kannte, fiel ihm nichts ein.

„Das Leben und Sterben der Inkas", half Michael aus.

„Der Inkas? Für so etwas interessierst du dich, Dad?" Angie war verblüfft und fügte lachend hinzu: „Ich glaube wir haben noch viel nachzuholen. Ich kenne dich ja gar nicht mehr."

„Nun, will ich nicht länger stören." Michael deutete eine leichte Verbeugung an und setze dabei ein Lächeln auf, welches Angie erneut erröten ließ. „Ich wünsche Ihnen noch einen schönen Tag, viel Freude im Kinderland ..." und an George gewandt fügte er hinzu: „ ...und Ihnen Gesundheit, soweit möglich, Wohlbefinden und eine neue Brille." Damit drehte er sich auch schon um und verschwand so schnell wie er gekommen war.

Angie schaute Michael fasziniert hinterher. „Was war das für ein Typ, Dad? Irgendwie ... war der wie aus einer anderen Welt."

George verdrehte die Augen, wusste aber durchaus, was Angie meinte. Anscheinend hatte Michael auf das weibliche Geschlecht allerdings noch mehr Anziehungskraft als schon auf ihn selbst.

„Ich habe keine Ahnung, Angie. Wie gesagt, wir kennen uns kaum. Ich weiß nur, dass er Michael heißt, das war's auch schon."

„Wieso wusste er dann von deinen Kopfschmerzen, wenn Ihr euch kaum kennt? Was hat es damit auf sich?" Angie warf ihrem Vater einen skeptischen Blick zu.

George wollte nicht lügen, aber er wollte auch nicht hier und nicht jetzt darüber reden. „ Ich werde dir das später erklären, Liebes, ja? Wenn es dir und Laureen recht wäre, würde ich nun gerne wieder nach Hause. Ich bin fix und fertig. Dieses Spielen ist ja mächtig anstrengend."

„Ja", lachte Angie. „Laureen wird im Auto sicher auch sofort einschlafen, das ist immer so. Aber die Erklärung wirst du mir nicht
schuldig bleiben, Dad. Da bin ich hartnäckig."
„Sicher", murmelte George. „Wir werden darüber reden. Versprochen."

Nachdem die drei kurze Zeit später wieder im Van in Richtung
Heimat saßen, plapperte Laureen von ihrem Kindersitz aus noch
immer überschwänglich von irgendwelchen Spielen und Freunden.
„Sagtest du nicht sie würde sofort einschlafen?" grinste George
seine Tochter von der Seite her an.
„Tja. Normalerweise ist das so. Irgendwie ist sie heute besonders
aufgedreht. Liegt vielleicht daran, dass ihr Grandpa zum ersten
Mal mit dabei war?" Liebevoll legte sie kurz ihre Hand auf Georges Bein.
„Kann sein. Das kann ich nicht beurteilen, ich kenne die Kleine ja
noch nicht richtig."
„Das holen wir alles nach Dad! Von nun an trennt uns nichts
mehr!" Angie schaute auf die Straße und ihre Lippen umspielte
ein zufriedenes Lächeln, während Georges Magen sich zusam-
menzog.
„Mummy?"
„Ja, mein Schatz?" Angie schaute über den Rückspiegel nach
hinten zu Laureen.
„Was haben du und Grandpa vorhin mit dem Engel geredet?"
 Überrascht zog Angie die Augenbrauen in die Höhe. „Mit welchem Engel haben wir geredet?"
„Na vorhin, im Kinderland. Dieser Engel mit den braunen Locken,
der bei euch stand am Sofa."
George und Angie schauten sich verdutzt an.
„Das war Michael, mein Schatz", lächelte Angie wieder über
den Spiegel ihrer Tochter zu. „Das war kein Engel, sondern ein
Bekannter von Grandpa."
„Das ist toll, dass Grandpa Engel kennt", freute sich Laureen ohne
auf den Einwand ihrer Mutter zu achten. „Vielleicht kann ich ihn
beim nächsten Mal fragen, ob ich mal mit ihm fliegen darf."
Nun musste George leise lachen und auch Angie hielt sich ver-

stohlen die Hand vor den Mund.

„Michael ist ein schöner Name für einen Engel", murmelte Laureen kurz darauf noch leise vor sich hin, bevor der Schlaf sie endgültig übermannte.

Zwei Tage später war George bei Angie und ihrer Familie zum Abendessen eingeladen. Es war ein wunderschöner Frühlingsabend und die Vorhersage für das ganze Wochenende einfach perfekt. Frank hatte bereits den Grill in den kleinen Garten gestellt und alles entsprechend vorbereitet, als George ankam. Angie war noch in der Küche mit den Salaten beschäftigt, Laureen spielte in ihrem winzigen Sandkasten an einer sonnigen Ecke des Rasens.

„Hallo, George!" rief Frank fröhlich und winkte ihn zu sich. „Schön, dass du gekommen bist. Komm setz dich zu mir, Angie braucht noch einen Moment." Einladend schob er einen der Gartenstühle zurecht."

„Hallo, Frank. Ja, vielen Dank auch." George ließ sich schwer auf den angebotenen Stuhl fallen. Allein die Fahrt mit dem Bus hierher hatte ihn doch mehr angestrengt, als er sich eingestehen wollte.

Frank öffnete zwei Bier und hielt seinem Schwiegervater wortlos grinsend eine davon entgegen. George zögerte kurz, wollte aber nicht unhöflich sein und nahm dankend an. Die beiden prosteten sich zu und das perfekt gekühlte Getränk erschien George wie Labsal für seine trockene Kehle. Seitdem er die Medikamente nahm, trank George keinen Alkohol mehr und er sagte zu sich selbst, er müsse es ja nicht ganz austrinken. Ein Schlückchen könne aber sicher nicht schaden. Endlich entdeckte auch Laureen ihren Grandpa und stürmte freudig lachend auf ihn zu.

„Hallo, du kleiner Engel", empfing George seine Enkelin mit offenen Armen und setze sie auf seinen Schoß.

„Hast du mir was mitgebracht, Grandpa?"

„Laureen!" entfuhr es Frank.

George lächelte gütig. „Ich kann dir nicht immer etwas mitbringen, wenn ich komme, kleine Maus. Aber ausnahmsweise habe ich dir heute etwas mitgebracht." Umständlich nestelte er in seiner Innentasche des Sakkos und Laureen hüpfte auf seinem Schoß auf und ab, seine Hand nicht aus den Augen lassend. „Ah, hier haben wir doch etwas …"

„Was denn? Was denn? Zeig doch, Grandpa!"

George amüsierte sich über ihre Ungeduld und zog langsam eine kleine Wasserpistole in Form eines Frosches aus der Tasche.

„Was ist das?" Laureen drehte den Frosch neugierig zwischen den Händen und begutachtete ihn von allen Seiten. Dann leckte sie ihn ab und verzog das Gesicht. Geschmacklos. George und Frank mussten lachen.

„Komm mit, ich zeige dir, was das ist, ja?" George stand auf und setze Laureen ab. Dann gingen sie zusammen in die Küche, wo er auch gleich Angie mit einem Kuss auf die Stirn begrüßen konnte.

„Schön dass du da bist, Dad. Ich freue mich", lächelte Angie ihn an und fragte, was sie vorhätten.

George fragte nach einem kleinen Eimerchen, das Angie ihm gab und in das er Wasser einließ. Dann zeigte er Laureen den kleinen Verschluss an der Hinterseite des Frosches, öffnete ihn vorsichtig und tauchte das Spielzeug in den Eimer unter Wasser. Laureen lachte als sie die kleinen Blubberbläschen aufsteigen sah und dachte, das sei das Geschenk.

„Das ist toll, Grandpa. Lustig", quietschte sie fröhlich und klatschte dabei in die Hände.

„Das war's ja noch gar nicht, kleine Maus", lachte auch George, nahm den Eimer und den Frosch und bat Laureen mit ihm zurück in den Garten zu kommen. Er stellte den Eimer auf die hölzerne Veranda, steckte dann den Verschluss des Frosches wieder an seinen Platz und passte auf, dass Laureen ihn auch genau beobachtete. „O.K. schau her." Er hielt den Frosch auf Laureens Brust gerichtet und betätigte den Abzug. Ein kleiner Wasserstrahl kam aus dem Maul des Kunststofftieres, traf genau sein Ziel und Laureen klappte erschrocken die Kinnlade herunter.

Mit großen Augen schaute sie auf ihr T-Shirt herunter, dann wieder zu dem Frosch hin. Sie sah aus, als könne sie sich nicht entscheiden, ob sie lachen oder weinen soll.

„Das ist nur Wasser, Mäuschen", beruhigte George sie mit sanfter Stimme. „Schau." Er gab ihr den Frosch in die Hand und betätigte mit ihr zusammen den Abzug erneut, dass ihm selbst ein Strahl direkt ins Gesicht spritzte. Wieder starrte Laureen mit großen Augen ihren Grandpa an, der sich gekünstelt aufwendig das Wasser abwischte und anfing zu lachen. Nun drückte Laureen alleine ab und spritzte ihn erneut an und als sie checkte, wie das funktioniert, fingen ihre Augen zu strahlen an und ihr Mund schien vor Lachen von einem Ohr bis zum anderen zu reichen. Sie lachte so laut, quietschte und kreischte vor Freude, während sie den ganzen Inhalt des Frosches George ins Gesicht spritzte, dass selbst Angie verwundert aus der Küche herauskam, um zu sehen was ihre Tochter so erheiterte. Zusammen mit Frank stimmte sie in das Gelächter ein und George musste sich den Bauch halten vor Lachen. Den ganzen späten Nachmittag bis in den Abend hinein vergnügte sich Laureen mit dem Frosch und nachdem ihre Mum sie ernsthaft darauf hingewiesen hatte, dass ab sofort die Menschen tabu sind vor dem Wasser, machte sie alles andere nass was ihr vor die Füße kam, besprühte Blätter, Sandförmchen und Blumenblüten, so dass Frank den Wassereimer insgesamt dreimal wieder auffüllen musste.

Frank und Angie hatten ein herrliches Barbecue zubereitet und die drei saßen nun satt und zufrieden zusammen auf der Veranda und genossen die Abendluft. Laureen war bereits erschöpft zu Bett gegangen, natürlich nicht ohne Gute Nacht Geschichte von Grandpa, der sich etwas ausdenken musste, da er das Märchenbuch seiner Enkeltochter nicht lesen konnte.

„Es war ein wundervoller Nachmittag bei euch", unterbrach George die Stille mit leisen Worten und sein Blick richtete sich verträumt in den Abendhimmel, an dem bereits die ersten Sterne zu leuchten begannen.

„Auf den wundervollen Tag!" Frank erhob sein Weinglas und stieß mit Angie und George an, die beide Wasser tranken.

„Und auf einen wundervollen Grandpa", fügte Angie hinzu. Gerade als George im Begriff war sein Glas wieder abzusetzen, rutschte es ihm aus der Hand, das Wasser verteilte sich auf seiner Hose und das Glas landete mit einem lauten Rumms auf den Holzdielen, hielt aber stand. Erschrocken sprang Angie auf um ein Handtuch zu holen, doch George hielt sie am Arm zurück.

„Warte", sagte er, während er sich bückte um das Glas wieder aufzuheben.

Ihm war klar was dieser „Ausrutscher" bedeutete, der Arzt hatte es ihm prophezeit und nun war die Zeit der Wahrheit gekommen.

„Wie lange noch?" In Franks Augen standen Tränen und er schämte sich dessen nicht.

Auch George kämpfte mit sich. „Genau weiß es niemand, aber es sind nur noch wenige Wochen. Vielleicht auch nur noch zwei? Das kann mir keiner sagen."

Angie schluchzte laut auf.

„Ich kenne dich erst seit ein paar Tagen, George, aber wie ich schon sagte, hat mir Angie so viel von dir erzählt, dass ich das Gefühl habe, du bist seit Jahren ein Teil der Familie." Frank legte eine Hand tröstend auf den Arm seiner Frau. „Was du uns gerade gesagt hast, ist so unglaublich, dass ich es noch nicht begreifen kann."

Angie schluchzte erneut und wischte sich die Nase ab.

George standen ebenfalls die Tränen in den Augen, aber er versuchte stark zu sein. „Es tut mir so unendlich leid, dass ich euch das sagen musste, aber ich bin es euch schuldig, auch Laureen gegenüber. Wenn ich auch nur im Entferntesten geahnt hätte, dass sie sonst keine Großeltern mehr hat, dann wäre ich nie gekommen, denn diesen Schmerz wollte ich ihr ersparen." Seine Stimme schwankte kurz bedenklich, dann sprach er weiter: „Ich habe mich nach all den Jahren nicht bei euch gemeldet, weil ich euer Mitleid suche. Ich wollte einfach das ins Reine bringen, was es zu bereinigen galt. Andere Menschen, die plötzlich aus dem Leben gerissen werden, haben dazu keine Gelegenheit mehr. Auch die Angehörigen nicht. In meinem Fall ist es eben so, dass die Möglichkeit gegeben ist und ich wollte sie nutzen. Für uns alle."

Angie stand auf und setzte sich zu George auf den Schoß, so als sei sie das kleine Mädchen von früher. Fest drückte sie ihren Dad an sich, der es gerne geschehen ließ und sie ebenfalls an sich presste. Sie weinten gemeinsam.

„Nun habe ich dich endlich wieder und dann verschwindest du erneut aus meinem Leben?" Angie fasste sich langsam. „Das ist unfair. So unfair!"

George küsste sie auf die Wange. „Ich bin dankbar dafür, dass ihr mich so aufgenommen habt nach meinem Fehlverhalten. Ich bin dankbar dafür, dass ich Laureen noch kennen lernen durfte und ich bin dankbar für dieses wundervolle Leben das ich mit deiner Mum und mit euch erleben durfte. Wer solche Liebe emp- finden, geben und erhalten durfte, der ist der glücklichste Mensch auf Erden. Ich hatte alles, was man sich wünschen konnte und nun kann ich in Frieden gehen."

„Du wirst nie deinen Enkelsohn sehen?" Angie rollte erneut eine Träne über das Gesicht.

„Nein, Angie. Das werde ich nicht. Doch, wenn es tatsächlich ein Junge werden sollte, dann denke ab und zu mal an mich, wenn du ihn drückst." Georges Versuch eines aufmunternden Lächelns misslang.

Frank war still geworden, doch jetzt ergriff er mit fester Stimme das Wort: „Ich habe darüber nachgedacht und ich denke ich spreche auch im Namen meiner Frau, wenn ich dir nun folgenden Vorschlag mache, George. Wir haben doch dieses Gästezimmer, das steht sowieso leer. Was würdest du davon halten, wenn du zu uns ziehen würdest für die nächsten Wochen? Du wärst nicht alleine und Angie könnte dann besser nach dir sehen. Wie ich sie kenne, wird sie ab sofort eh keine ruhige Minute mehr haben, wenn du weg bist." Verständnisvoll lächelte er seine Frau an.

„Nein! Nein wirklich nicht." George war gerührt von der Idee, doch das war ihm zu nah. „Ich möchte niemandem zur Last fallen! In ihrem Zustand will ich Angie auch nicht diesem Stress aussetzen mit ansehen zu müssen, wie es mit mir zu Ende geht. Das wäre unverantwortlich. Ich habe ein zu Hause, dort wo auch Billi starb und da will ich auch sterben."

„Denkst du denn, du wirst das schaffen, wenn die Endphase eintritt?" Frank war Realist. „Du musst dich alleine versorgen, einkaufen, kochen, Wäsche waschen usw. Angie das Pendeln zwischen deiner und unserer Wohnung zuzumuten, das wäre unverantwortlich!"

„Frank!"

„Ist schon gut, Angie. George weiß, wie ich das meine, nicht wahr?"

George war still geworden und stierte Löcher in den Rasen. So genau hatte er bislang noch gar nicht über seine Situation nachgedacht. Vielmehr hatte er solche Gedanken verdrängt. Er wollte in dem Haus sterben, in dem seine über alles geliebte Billi starb. Wie er das aber handhaben wollte, darüber war er sich nicht im geringsten klar, weil er ja auch nicht wusste, wie sich seine Krankheit noch entwickeln würde. Aber Frank hatte Recht. Er durfte Angie nicht zusätzlich belasten.

„Ja. Ich weiß, wie du es meinst, Frank. Nun. Da ich wieder in Angies und euer Leben getreten bin, kann ich mich nicht so einfach davonstehlen. Und natürlich möchte ich niemandem zur Last fallen, doch da keiner weiß, wie es kommen wird, darf ich auch nicht ausschließen, dass ich alleine unter Umständen nicht zurechtkomme." George überlegte weiter. „Was würdet ihr von dem Gedanken halten, wenn ihr zu mir ins Haus zieht? Angie wird es sowieso bekommen, sofern sie es möchte, es ist ihr Elternhaus und genug Platz wäre auch für alle. Ihr würdet Euch die Miete für Euer Häuschen hier sparen und ich kann dort Lebewohl sagen, wo auch Billi uns verlassen hat."

Frank und Angie sahen sich an.

„Was meinst du dazu, mein Engel?" Frank lehnte sich mit leicht besorgtem Blick zu seiner Frau hinüber. „Möchtest du das gerne und denkst du, du schaffst das alles?"

Angie schwieg einen Moment und dachte darüber nach. Das war alles sehr viel für sie und sie kämpfte mit dem Kloß in ihrem Hals. Ihr Dad würde in wenigen Wochen sterben, sie sollten Hals über Kopf ihre Wohnung verlassen und Laureen aus ihrem gewohnten Umfeld reißen?

Gleichzeitig sah sie ihren geliebten Vater, dem sie seinen Wunsch gern erfüllen wollte, erinnerte sich an das Haus, in dem sie so viele Jahre glücklich war und das ja nun auch nicht so weit entfernt war, dass man gleich aus der Welt wäre. Laureen war noch nicht in der Schule, also würde ihr ein Umzug keine großen Umstände bereiten und für ihren Mann wäre es vom Weg zur Arbeit her gesehen ebenfalls keine arge Mehrbelastung. Auch wenn es ihr schwer fiel ihren Vater gehen lassen zu müssen, so wollte sie doch für ihn da sein, so gut es ging.

Es würde das Letzte sein, was sie für ihn tun konnte, auch wenn sie dafür einige Unannehmlichkeiten in Kauf nehmen mussten wegen des raschen Umzuges.

„O.K.!" sagte sie schließlich nur. „Ich bin einverstanden."
Frank lächelte sie an und George legte dankbar seine Hand auf
ihren Arm.

Die folgenden Tage waren geprägt von Umzugsvorbereitungen.
Man spürte bereits den nahenden Sommer, es wurde mit jedem
Tag wärmer und die Sonne lachte oft vom strahlend blauen
Himmel.
Angie und Frank hatten sich Georges Haus zusammen ange-
schaut und beschlossen, zunächst lediglich ihr Schlafzimmer in
Angies früherem Zimmer aufzubauen. In dem einstigen Zimmer
von Thomas bekam Laureen ihr Reich, den Rest ließen sie so, wie
George es sich eingerichtet hatte, um ihn nicht zu sehr aus seiner
Welt zu reißen. Das konnten sie auch später noch einrichten, ihre
Möbel wurden vorübergehen eingelagert und sie sparten sich
viel Arbeit für den Moment.
Für George war es schon eine große Umstellung vom jahrelan-
gen Alleinsein plötzlich wieder so viel Leben um sich zu haben.
Besonders Laureen forderte ihn doch mächtig, aber sie spürte
auch, wann der Grandpa zu müde wurde und konnte sich durchaus alleine beschäftigen. Zudem gab es in der Nachbarschaft
auch ein paar Kinder und bei dem herrlichen Wetter spielte sie
oft draußen in seinem Garten oder dem der Nachbarn.

„Geht es dir gut, Dad?" Angie trat von hinten an den Sessel heran in dem ihr Vater saß und nach draußen schaute.
„Ja, Angie", lächelte George und legte seine Hand auf die ihre,
welche auf seiner Schulter lag. „Mir geht es gut heute. Es ist so
wunderbar draußen, möchtest du mit mir raus gehen?"
„Natürlich. Gerne." Sie trat neben ihn und half ihm aufzustehen,
indem sie ihn an einem Arm leicht hoch hievte. George verlor
seit zwei Tagen verstärkt die Kontrolle über seine Gliedmaßen.
Oft stolperte er, ließ Dinge fallen oder konnte nicht mehr alleine
aufstehen. Er nahm seine Medikamente, so dass er weitestgehend
schmerzfrei war, doch es belastete ihn schon, bei vollem Verstand den rapiden körperlichen Verfall mit ansehen zu müssen.
Am meisten belastete ihn aber, dass er täglich mehr auf die Hilfe
seiner schwangeren Tochter zurück greifen musste, die sich doch

selbst schonen sollte.

Seine Einwände wischte sie jedoch mit einer Handbewegung beiseite und meinte immer nur, sie habe noch genug Zeit sich auszuruhen, nun zähle er.

Leicht stützend führte Angie ihren Dad nach draußen auf die Terrasse, wo er sich auf die Hollywoodschaukel setzte und dem Geschehen auf der ruhigen Nebenstraße, in der er wohnte, zusehen konnte. Ab und zu liefen die Kinder lärmend vorbei, gefolgt von dem bellenden gefleckten kleinen Hund des Nachbarn, der so gerne Würstchen aß und George lächelte jedes Mal glücklich. Er musste wohl eingedöst sein und erschrak sich etwas, als Angie ihn sanft rüttelte.

„Möchtest du mit uns Essen, Dad?"

George fuhr sich über die Augen. „Nein, mein Engel. Ich habe keinen Hunger. Lass mich noch etwas hier sitzen, es ist so ein schöner Abend."

„Möchtest du eine Decke? Es wird kühler werden."

„Ja, später. Esst ihr erstmal, dann kannst du mir eine bringen." Dankbar schaute er Angie in die Augen und sie stupste mit dem Finger liebevoll seine Nasenspitze an.

„O.K. Dann bis nachher."

George blieb draußen sitzen und genoss die einkehrende Ruhe auf der Straße und in der Umgebung. Er legte den Kopf zurück und schaute in den sich verdunkelnden Himmel. Ein laues Lüftchen wehte und trug den Geruch des bevorstehenden Sommers mit sich. Gerade als ihn zu frösteln begann, trat Angie in Begleitung ihrer Tochter auf die Terrasse und brachte ihrem Dad eine Decke mit, in die sie ihn liebevoll einwickelte. Dankbar lächelte er Angie an. "Laureen wollte noch gerne ein paar Minuten bei ihrem Grandpa sitzen. Wäre das O.K. für dich?"

„Sicherlich. Gerne! Für so hübsche jungen Damen ist immer ein Platz an meiner Seite." George deutete mit der Hand auf den Platz neben sich, Laureen krabbelte auf die Schaukel und kuschelte sich mit in die Decke ihres Grandpas.

Eine Weile saßen sie schweigend zusammen, bis Laureen die Stille mit leiser Stimme durchbrach: „Grandpa?"

„Ja?"

„Wo ist deine Grandma?"

Ein feines Lächeln umspielte Georges Lippen, während er überlegte, was er sagen sollte. „Die Grandma ist gestorben, kleine
Maus. Das hat dir Deine Mum doch sicher schon gesagt."

„Ja", flüsterte Laureen und fügte kurz darauf hinzu: „Aber was ist
gestorben?"

„Nun ..." George wusste nicht recht, wie er seiner dreijährigen
Enkelin das am schonendsten beibringen sollte und entschloss
sich daher, ihr genau jenes Märchen zu erzählen, welches man
allen kleinen Prinzessinnen erzählt, wenn sie zum ersten Mal
nach dem Tod fragen.

„Wenn jemand stirbt, dann kommt er in den Himmel. Und die
Grandma ist jetzt im Himmel, bei den Engeln."

„Bei den Engeln?" sinnierte Laureen. „Ist Michael dann auch bei
Grandma?"

„Nein", sagte George mit sanfter Stimme. Er wusste zwar nicht
wie Laureen auf den Gedanken kam, Michael sei ein Engel, aber
er fand es amüsant. „Da er ja momentan hier bei uns ist, kann
er nicht bei Grandma sein. Aber im Himmel gibt es ganz viele
andere Engel und die passen auf Grandma auf."

„Spielen die auch Spiele zusammen?" Laureen war ganz ernst.

„Na klar spielen die auch zusammen. Und sie tanzen und singen
und machen lauter schöne Sachen, den ganzen Tag lang."

Ihre Lippen nachdenklich nach vorne geschoben, schaute Laureen in den Abendhimmel. George tat es ihr gleich. „Schau da
oben", sagte er und deutete in die Nacht. „Siehst du den ganz
hellen Stern dort über den Baumwipfeln?"

Laureen folgte dem Fingerzeig. „Ja! Der ist ganz hell und ganz
groß", freute sie sich.

„Das ist der Abendstern. Und auf dem Stern wohnt die Grandma.
Und am Abend schaut sie zu uns herunter, ob es uns gut geht, ob
wir auch brav waren und ob wir schön einschlafen. Dann schickt
sie einen kleinen Engel vorbei, der uns süße Träume bringt."

Laureen lächelte versonnen und George wagte sich weiter:
„Weißt du, kleine Prinzessin, bald werde ich auch dort auf dem
Stern sitzen, werde die Grandma im Arm halten und dir am
Abend zuwinken."

Erschrocken schaute Laureen ihn an. „Aber dann bist du ja gar
nicht mehr bei uns?"

„Nein, das bin ich dann nicht mehr, aber ich sehe dich ja trotzdem immer."

„Ja, aber ich sehe dich doch nicht", antwortete Laureen mit trauriger Stimme.

„Du weißt jetzt aber, dass ich da oben bin. Immer wenn du diesen Stern siehst, weißt du es ganz sicher! Die Grandma ist jetzt schon ganz lange alleine da oben und ich würde nun ganz gerne zu ihr gehen, sie wiedersehen und in den Arm nehmen, weil sie mir nämlich ganz doll fehlt."

Eine Weile schwiegen sie wieder, dann sagte Laureen:

„O.K. Wenn die Grandma ganz alleine ist, dann musst du zu ihr gehen. Weil ich habe ja noch Mum und Dad und bald noch ein Geschwisterchen und ich bin nicht alleine. Dann hast du Grandma und sie dich und keiner ist mehr alleine. Ja. Das ist gut so." Nun lächelte sie zufrieden und George war erleichtert, wie einfach es doch war, Laureen eine solche Geschichte glaubhaft zu machen.

Wenige Minuten saßen sie noch so zusammen, als Angie wieder herauskam um ihre Tochter ins Bett zu bringen.

„Mum!" rief diese ganz aufgeregt, löste sich aus der Decke und sprang mit einem Satz auf den Boden.

„Mum, schau mal!" Sie zeigte mit dem Finger in den Himmel und Angie versuchte etwas zu erkennen. „Siehst du da oben? Der helle Stern? Das ist der Abendstern Mum."

Angie lächelte. „Ja mein Schatz, ich weiß. Er ist wunderschön."

„Und dort sitzt die Grandma. Und bald ist der Grandpa auch dort und dann winken sie uns am Abend zu. Ist das nicht toll?"

Angie schluckte und sah ihren Vater an, dessen zartes Lächeln seine Augen nicht erreichte.

„Ja Laureen. Das ist wirklich toll." Kurz schwieg auch sie, dann nahm sie ihre Tochter auf den Arm. „Los jetzt, ab ins Bett. Die Traumfee wartet schon. Sag Gute Nacht."

„Gute Nacht, Grandpa", rief sie freudig und beugte sich auf dem Arm nach unten, um George einen Kuss geben zu können.

„Schlaf gut, Prinzessin."

Und während Angie mit ihrer Tochter im Haus verschwand, hörte

George wie sie ihrer Mutter erklärte, dass die Träume doch nicht von einer Fee kämen, sondern vom Traumengel, den die Grand- ma immer schickt.
George atmete tief durch und blickte wieder zu den Sternen. Wie schön wäre es, dachte er bei sich, doch leider zu utopisch, wenn sich diese wundervolle Geschichte bewahrheiten könnte ...

Michael

Drei Tage später erwachte George schon sehr früh aufgrund starker Kopfschmerzen. Er konnte kaum die Augen öffnen, verspürte einen immensen Druck von innen heraus und stöhnte leise. Als er sich zu seinem Nachttisch umdrehen wollte, um seine Medizin einzunehmen, riss er erschrocken die Augen auf.

Verdammt! Ich kann mich nicht bewegen! Seine Gedanken schlugen Purzelbäume, sein Puls raste. George lag auf dem Rücken, starrte mit weit aufgerissenen Augen an die Zimmerdecke und versuchte nun bewusst irgendeines seiner Gliedmaßen zu bewegen. Nichts rührte sich. George schluckte und schloss die Augen. Zwei Tränen rannen ihm die Wange herab. Nun ist es also soweit? So muss ich krepieren? Er versuchte die aufkommende Panik zu unterdrücken. Was sollte er auch tun?

Sicherlich 10 Minuten lag George bewegungsunfähig in seinem Bett und weinte, als er auf einmal spürte, dass eine seiner Zehen zuckte. Sofort öffnete er die Augen und versuchte erneut sich zu bewegen. DA! Er konnte die Zehen bewegen, an beiden Füßen! Er versuchte es weiter und im Verlauf von langen anderthalb Stunden schaffte er es, all seine Körperteile wieder unter Kontrolle zu bekommen und sich langsam aufzusetzen. Gerade als er die Bettkante erreicht hatte und keuchend die Füße auf den Boden stellte, klopfte es und Angie kam herein.

„Guten Mor ...". Angie blieb erstarrt in der Tür stehen.

„DAD? Du bist ja schweißnass! Was ist los mit dir?" Schnell ging sie zum Bett und setzte sich besorgt neben ihren Vater.

„Gibst du mir bitte ein Glas Wasser und meine Tabletten, Liebes?" George rang noch immer nach Luft.

„Natürlich, sofort." Schnell reichte Angie ihm das gewünschte und George trank dankbar ein paar Schlucke Wasser.

Nun fühlte er sich besser. „Ich glaube Angie, Dein alter Herr hat seine besten Zeiten hinter sich", versuchte er zu witzeln, aber es lachte niemand.

Mit Unterstützung von Frank, der so früh am Morgen noch zu Hause war, gelang es George zunächst ins Bad zu gehen und dann in die Küche, wo er zusammen mit Angie frühstückte.

Laureen schlief noch und Frank war zur Arbeit, nicht ohne die dringende Bitte zu äußern, wenn etwas sein sollte, ihn sofort anzurufen.

„Dad, was sollen wir nur tun? Was ist, wenn du nicht mehr aufstehen kannst?" Angie war den Tränen nah. So wie am Morgen hatte sie ihren Vater noch nie gesehen und es brach ihr fast das Herz.

Auch George kämpfte mit sich, war noch immer mitgenommen von dem Erlebten. „Ich weiß es nicht, Angie. Ich weiß es nicht ... Vielleicht sollten wir über eine Pflegekraft nachdenken? Ich habe noch etwas Geld gespart,das zwar für euch sein sollte, aber bevor du dich überanstrengst, wäre der Gedanke doch sinnvoll. Was meinst du?"

„Ich möchte das Geld nicht Dad. Ich möchte dass es dir gut geht, dass du alles bekommst, was du brauchst! Nachher werde ich in die Stadt fahren und mich gleich erkundigen. Und dann schaue ich mal, ob wir einen Rollstuhl für dich bekommen. Dann tun wir uns alle etwas leichter. Wäre das O.K. für dich?"

Der Gedanke in einem Rollstuhl sitzen zu müssen, hätte George vor wenigen Tagen noch absurd und schrecklich gefunden. Nun aber war er froh und dankbar über Angies Vorschlag.

Gegen 13 Uhr war Angie aus der Stadt zurück. George saß währenddessen in seiner Hollywoodschaukel und redete mit dem Nachbarn, den Angie zuvor gebeten hatte, ab und zu nach ihrem Dad zu sehen.

„Schau Grandpa, was wir dir mitgebracht haben", rief Laureen schon aus dem Auto heraus, noch bevor ihre Mum sie abgeschnallt hatte.

George lächelte. Die Freude der Kleinen war immer ansteckend. Angie öffnete die große Hecktür des Van und stellte einen Rollstuhl in der Einfahrt ab. Laureen krabbelte sofort drauf und gab ihrer Mutter lachend den Befehl sie anzuschieben. Angie schob Laureen auf die Terrasse und stellte den Stuhl neben der Hollywoodschaukel ab.

„Na? Wie findest du ihn?" fragte sie.

„Wunderschön, Angie", erhob George übertrieben seine Stimme und grinste sie an.

„Lümmel", feixte sie zurück und deutete einen Schlag auf seinen

Hinterkopf an.

„Nein. Er ist toll. Wirklich. Vielen Dank, mein Engel."

Laureen wollte gar nicht wieder aufstehen, blieb bis zum Kaffee neben ihrem Grandpa sitzen und erzählte ihm, was sie alles aufregendes in der Stadt erlebt hatte. Als Angie mit Kaffee und Kuchen nach draußen kam, stopfte sich die kleine Prinzessin nur eben ein halbes Stückchen in den Mund und ward sogleich zum Nachbarn verschwunden, dessen beide Kinder im Garten lauthals tobten.

George versuchte krampfhaft mit der Gabel seinen Mund zu treffen, was ihm immer seltener gelang und meist auf seiner Hose landete.

„Du wirst mir noch mal verhungern, wenn du so weiter isst", kicherte Angie, der eigentlich gar nicht nach Lachen zumute war. Trotzdem versuchte sie tapfer zu sein, ihren Dad durch ihre Angst nicht noch weiter zu beunruhigen und George tat es ihr gleich. Was würde es auch helfen, jammernd und wehklagend zu sein? Sie wollten die letzte ihnen verbleibende Zeit möglichst angenehm zusammen verbringen.

„Ach, übrigens. Weißt du, wen ich in der Stadt getroffen habe?" Angies Augen funkelten.

„Nein. Wen hast du getroffen?"

„Michael. Wir haben Michael getroffen, als wir den Rollstuhl geholt haben. Er stand zufällig im gleichen Laden."

George stieß kurz den Atem aus und lächelte: „Ja, zufällig getroffen. Klar."

Angie überging den Kommentar. „Wir haben uns ein wenig unterhalten. Er wollte wissen, wofür ich den Rolli brauche und ich habe ihm erzählt, wie es dir geht. Er fragte mich, ob er dich besuchen dürfe und – dein Einverständnis vorausgesetzt – habe ich ja gesagt. Ist das O.K. für dich, Dad?"

George überlegte nicht lange, schaute nachdenklich die Straße hinunter und nickte kaum merklich: „Ja, das ist gut so."

Später am Abend, als Laureen bereits lange schlief, saßen Angie, Frank und George noch zusammen im Wohnzimmer und redeten. Frank hatte gerade angeboten, seinen Jahresurlaub zu nehmen.

„Du wirst irgendwann die Treppe zu deinem Schlafzimmer gar

nicht mehr schaffen", meinte er an George gerichtet. „Ich kann dir helfen, Angie nicht."

„Wir könnten sein Bett aber auch hier ins Wohnzimmer stellen. Da ans Fenster, dann kann er immer schön in den Garten schauen." Angie versuchte es mit einem Kompromiss.

George waren diese Gespräche immer unangenehm. Nach wie vor wollte er niemandem zur Last fallen, fühlte sich unwohl, wenn er sah, wie die beiden sich Gedanken machten über ihn. Gleichzeitig freute er sich auch darüber, dass er nicht alleine war und musste doch zugeben, dass die Entscheidung, die kleine Familie seiner Tochter ins Haus zu holen, die richtige war.

„Angie, das ist sehr lieb von dir, aber das möchte ich nicht", sagte er und legte seine Hand liebevoll auf die ihre.

„Die Krankheit und das Sterben ins Wohnzimmer zu verlegen, irgendwie hat das für mich nichts Erstrebenswertes. Jeder, der hereinkommt, wird sofort damit konfrontiert."

„Wer kommt denn hier schon groß rein?" Angie zog zweifelnd die Stirn in Falten.

„Für Laureen ist es vielleicht auch seltsam, wenn ihr Grandpa hier den ganzen Tag rumliegt", wagte George einen letzten Versuch, doch Angie wehrte mit einer Handbewegung ab.

„Wenn du es partout nicht möchtest Dad, dann werden wir das natürlich auch nicht tun. Ich dachte nur, es wäre für dich vielleicht angenehmer, wenn du nicht so allein und abgeschottet oben bist."

„Wir lassen einfach die Tür offen, dann bin ich nicht allein. Außerdem ist das Bad auch oben, also müsste ich eh hoch."

„Gut, Dad." Angie lenkte ein. „Da hast du natürlich Recht. Dann lassen wir alles so wie es ist."

An Frank gewandt sagte George: "Es ehrt mich, dass du deinen Urlaub für mich opfern willst, doch wenn im Oktober das Baby kommt, brauchst du auch Urlaub, um auf Laureen aufzupassen, wenn Angie in der Klinik ist."

„Stimmt schon", lenkte Frank ein. „Ich kann ja erstmal nur drei Wochen nehmen. Dann habe ich immer noch genügend übrig für den Oktober. Was meinst du Angie?"

Diese lächelte ihren Mann dankbar an und niemand sprach aus, was alle dachten: in drei Wochen wäre eh alles vorüber …

Wenige Tage später wollte George nicht mehr aufstehen. Er konnte sich alleine kaum mehr bewegen, benötigte für den Gang zur Toilette Franks Hilfe, was ihm recht peinlich war, doch unumgänglich. Frank meinte, er könne froh sein, dass er überhaupt noch steuern kann, wann er zur Toilette müsse, und er solle sich nicht so anstellen, schließlich sei er auch ein Mann und schaue ihm schon nichts weg.

Das Gute an der Sache war, dass sie dadurch, dass Frank nun auch zu Hause war, die Pflegekraft sparen konnten. George war es lieber, innerhalb der Familie zu bleiben.

Am frühen Nachmittag, George hatte gerade ein kurzes Nickerchen gemacht, hörte er Stimmen in der Küche, wovon er eine nicht sofort identifizieren konnte. Es dauerte einige Sekunden, dann wusste er, Michael war da. Ein leises Lächeln umspielte Georges Mundwinkel. Er freute sich tatsächlich den Kerl wiederzusehen, der sich immer so lautlos anschlich!

„Hallo, George", begrüßte Michael ihn lächelnd, als er in die Tür trat.

„Schön Sie zu sehen, Michael! Setzen Sie sich zu mir."
Michael nahm sich einen Stuhl, schloss die Tür und setzte sich neben Georges Bett.

„Wie fühlen Sie sich?" In Michaels Stimme schwang keinerlei Besorgnis mit. Eher empfand George seine Nachfrage sogar angenehm entspannend.

„Ich fühle mich prächtig. Ausgezeichnet! Mir ging es nie besser." Sofort tat ihm seine Aussage leid und er fügte hinzu: „Na ja, Sie sehen ja. Viel geht nicht mehr bei mir. Meine einzige Hoffnung ist jetzt noch, dass es schnell gehen wird und ich meiner Familie nicht all zu lange zur Last fallen muss."

„Ich bin überzeugt davon, George, dass Sie nicht mehr lange leiden werden." Michael legte wieder dieses unergründliche Lächeln auf, welches George schon immer etwas unheimlich war. Jedes Mal wenn Michael so sprach, hatte es sich bewahrheitet. Und dieses Mal wäre er wirklich froh darüber.

„Haben Sie sich mit dem Gedanken, bald zu gehen, inzwischen angefreundet?"

„Michael, wenn man so hier liegt und nicht viel mehr tun kann als nachdenken, dann denkt man automatisch auch darüber nach."

„Sie haben Laureen eine wunderschöne Geschichte erzählt über den Abendstern, über Billi und auch über Sie selbst. Finden Sie die Geschichte denn wirklich so abwegig?"

George atmete tief ein und aus. „Ich würde mir nichts auf der Welt sehnlicher wünschen, als dass sie wahr wäre. Alles würde ich dafür geben, wenn ich meine Billi wieder in den Armen halten dürfte, ihre wundervollen Augen sehen dürfte, ihre Haut riechen. Sie fehlte mir all die Jahre sehr, aber jetzt, jetzt fehlt sie mir am allermeisten und ich habe große Angst davor einfach zu sterben, in ein dunkles Loch zu fallen, begraben und vergessen zu sein."

Beide schwiegen einen kurzen Moment, ehe Michael ernst fragte: „Und wenn Sie sich einfach nur vorstellen, dass das, was Sie Laureen erzählt haben, genau so kommt, wenn sie gestorben sind? Ich meine, Sie müssen es sich wirklich einfach nur mal wünschen, darauf hoffen und Sie werden sehen, Sie können viel leichter loslassen und freuen sich sogar auf das Ende."

George verzog skeptisch den Mund. „Ich kann so etwas nicht glauben, Michael! Billi wollte mir ähnliches auch immer erzählen, aber es fällt mir unendlich schwer, verstehen Sie denn nicht? Es ist, als solle ich an den Osterhasen glauben, oder an Santa Claus. Jeder redet davon, aber es gibt sie nicht wirklich. Es sind einfach Märchen, die man den Kindern aufgetischt hat. Zugegebenermaßen schöne Märchen, aber doch nur Märchen."

Er schloss die Augen zur Entspannung. Trotz der Medikamente hatte er fast ständig das Gefühl, seine Augen würden ihm sonst herausfallen.

„Ich verstehe Sie durchaus, George, und ich will Sie sicherlich auch nicht überreden an etwas zu glauben, was Ihnen so abwegig erscheint." Michael sprach mit sanfter, ruhiger Stimme weiter: „Es sollte nur ein Vorschlag sein, dass Sie sich einfach selbst sagen: O.K., wenn es soweit ist, dann werden Billi und ich uns da oben wieder sehen. Ich kann sie wieder festhalten, an mein Herz drücken, wir können zusammen sein. Das wäre doch eine durchaus freudige Zukunftsvorstellung für das, was danach kommt oder nicht?"

„Das wäre es absolut."

„Versetzen Sie sich einmal zurück in die Zeit, als Ihnen zum ersten Mal jemand sagte, dass es Santa Claus gar nicht gibt. Was haben Sie damals getan? Sie haben es zunächst nicht hören wollen. Und auch nicht glauben wollen. Sie haben sich an den Gedanken geklammert, dass dem nicht so ist, sich selbst alle möglichen „Beweise" ins Gedächtnis gerufen, Dinge, die nur von Santa Claus sein konnten, die nur er kann und so weiter."

George lächelte versonnen und Michael sprach weiter: „Gleichzeitig waren die ersten Zweifel geboren. Ihnen in Ihr kindliches Gehirn implantiert, nicht mehr fort zu bekommen. Und trotzdem haben Sie noch ganze zwei Jahre an die Existenz des Weihnachtsmannes geglaubt!"

Michael ließ die Worte kurz wirken, ehe er weiter sprach und George wunderte sich, woher Michael das wieder wusste. „Und diese zwei Jahre waren doch, trotz der Zweifel, für Sie noch eine wunderschöne Erfahrung? Sie haben noch immer an einem Abend kurz vor Weihnachten ihren Wunschzettel auf das Fensterbrett gelegt und sofort am Morgen geschaut, ob er auch abgeholt wurde. Sie haben noch immer lauernd in einer Sofaecke verbracht, um Santa Claus des Nachts aus dem Kamin steigen zu sehen, um am Morgen festzustellen, dass das Glas Milch wieder leer ist und Sie nichts mitbekommen haben."

Nun musste George sogar lachen. Wie recht Michael hatte.

„Sie haben sich, trotz der Zweifel, nicht von Ihrer Vorstellung abbringen lassen. Und auch wenn Sie später festgestellt haben, Santa Claus gibt es tatsächlich nicht, so waren doch diese beiden Jahre noch wunderschön, nicht wahr?"

„Ja. Das waren sie."

„Sehen Sie. Und genau das meine ich damit. Stellen Sie sich vor, wie Sie Billi wiedersehen werden, so wie Sie sich vorgestellt haben, dass es den Weihnachtsmann gibt. Was ist falsch daran? Wachen Sie später auf und dem ist wirklich so, na das wäre doch wunderbar? Wachen Sie aber nicht mehr auf und nach dem Sterben ist alles vorüber, was haben Sie dann verloren? Nichts! Aber Sie hatten zumindest die Hoffnung, beziehungsweise noch Freude, vor Ihrem Ableben. Und das Beste daran: Sie mussten keine Angst vor dem Tod haben!"

Wieder atmete George hörbar ein und aus. Es wurde still in dem Zimmer. Lediglich die Vögel zwitscherten, vor dem Fenster im Apfelbaum sitzend, fröhlich vor sich hin.

Nachdenklich sagte er nach einiger Zeit: „Ihre Logik ist so verrückt, dass sie schon fast glaubhaft erscheint. Nicht im Sinne von, ich könnte mir vorstellen diese Geschichte wirklich zu glauben. Aber ich könnte mir vorstellen, es zu versuchen mir vorzustellen. Denn, wie Sie sagen: was hätte ich schon zu verlieren?" Michael lächelte zufrieden, während George weiterhin mit geschlossenen Augen seinen Gedanken nachhing und darüber einschlief.

George tauchte ein in einen hellen Nebel. Er sah sich selbst, wie er, die Hand vor Augen nicht erkennend, zielstrebig weiterging ohne den Boden unter seinen Füßen zu spüren. Wie ihm schien, ging er so eine kleine Ewigkeit, jedoch ohne jegliche Angst oder Sorge, so als wisse er was und wo sein Ziel ist, obgleich er es doch gar nicht wusste. Als der Nebel sich langsam zu lichten begann, erkannte er vor sich eine große, unendlich weit erscheinende Blumenwiese, bestehend aus einem Meer wunderschöner Blüten, die er noch nie zuvor gesehen hatte. Den ihm ebenfalls unbekannten, aber betörenden Duft der Pflanzen sog George tief in seine Lungen und er fühlte sich frei wie lange nicht mehr. Dann sah er sie! Billi saß auf der Wiese, inmitten dieser bunten Pracht und streckte ihm erwartungsvoll ihre Hand entgegen. Georges Herz machte einen Aussetzer, es schien fast zerspringen zu wollen vor Freude, gerade so wie damals, als sie sich zum ersten Mal sahen. Mit einem Mal stand er vor ihr, kniete sich zu ihr herunter und sie küssten sich sehnsüchtig voller Liebe. „Du bist wunderschön, meine über alles geliebte Billi." George rang nach Atem und betrachtete Billis Gesicht. Sie schien irgendwie jünger geworden zu sein. Ihre Haut war so rosig und glatt, wie Jahre zuvor, aber aus ihren Augen sprach große Erfahrung. Sie strahlte ihn an, strich über seine Wangen, seine Brust und erweckte eine Begierde in ihm, die er seit vielen Jahren nicht mehr gespürt hatte. Sie genossen jede Berührung, erkundeten ihre Körper, als hätten sie sich noch nie zuvor liebkost. George kam es vor wie Stunden die sie so verbrachten, sich nackt auf der Wiese verwöhnten, sich liebten wie in Ekstase und doch nicht müde wurden dabei. Später lagen sie Hand in Hand nebeneinander auf der Wiese und schauten verträumt in den Abendhimmel zu den Sternen hinauf. „Bist du glücklich?" fragte Billi ihn leise.

„Wenn ich bei dir sein kann, bin ich immer glücklich, meine Liebste." George war noch immer betört von dem Erlebten und unfähig, irgendetwas anderes zu denken als an sie.

Eine Sternschnuppe fiel glitzernd herab und verschwand lautlos im Nichts.

„Hast du die Sternschnuppe gesehen Billi?"

„Natürlich. Wunderschön ... Hast du dir etwas gewünscht?"

„Sicher! Ich habe mir gewünscht, dass wir beide auf ewig so zusammen sein können. Ich möchte dich niemals mehr verlieren und dir immer meine ganze Liebe schenken dürfen." George beugte sich zu Billi hinüber, strich ihr zärtlich eine Strähne aus der Stirn und küsste sie hingebungsvoll.

„Dein Wunsch kann dir erfüllt werden George Hudson", strahlte Billi ihn an und mit einem Augenzwinkern fügte sie hinzu: „Du musst nur zu mir auf den Abendstern kommen."

Noch bevor George darauf reagieren könnte, hatte er mit einem Mal das Gefühl jemand schüttele ihn, er wackelte hin und her, sah sich erschrocken um, doch da war niemand. Das Rütteln war so stark, dass es ihn umwarf und er wurde in rasendem Tempo zurückgerissen, regelrecht durch den Nebel gesogen und erwachte in seinem Bett.

„Dad?" Angie stand höchst besorgt neben ihm und rüttelte ihn noch immer. „Dad!"

„Ja. Ja! Ich bin ja da." George brauchte einen Moment um wieder zu sich zu kommen. Dieses brutale herausgerissenwerden aus diesem wundervollen Traum hing ihm in den Knochen, er konnte noch nicht klar denken.

„Oh Gott sei dank!" Angie atmete schwer aus. „Und ich dachte schon ..." Nun lief eine Träne über ihre Wange und einen Moment später fügte sie hinzu: „Entschuldige Dad. Ich wollte dich nicht wecken. Aber du hast fast 10 Stunden geschlafen und dein Atem war so ruhig. Ich ... ich habe ihn gar nicht mehr gehört." Weinend legte sie ihren Kopf an den Hals ihres Vaters.

Mit großer Mühe schaffte es George seine Hand anzuheben und Angie tröstend auf den Arm zu legen.

„10 Stunden habe ich geschlafen?" Er war irritiert und noch

immer weggetreten. Dieser Traum war so intensiv gewesen, so real als sei das Ganze tatsächlich geschehen. Er hatte sogar den Eindruck noch immer Billis Haut riechen zu können und wagte es nicht seine Augen zu öffnen, um nachzusehen ob eventuell ein bestimmter Teil seines Körpers auch auf diesen Traum reagiert hatte.

Sie lagen beide minutenlang so zusammen. Angie wurde langsam wieder ruhiger und auch Georges Puls normalisierte sich.

„Ich muss wohl eingeschlafen sein, als Michael noch da war?" George hörte sich selbst reden und erschrak darüber. War er das wirklich? Es klang, als hätte er etwas getrunken, fast lallend. Ich bin noch immer nicht ganz da, dachte er bei sich, doch von diesem Moment an konnte George nie wieder sprechen wie früher.

Später am Abend kam Michael erneut zu Besuch.

Angie hatte ihn bereits auf Georges beginnenden Verlust der Sprache hingewiesen und Michael tröstete sie, so gut es ihm als Außenstehender möglich war.

„Gehen Sie zu ihm", schlug er schließlich vor. „Nehmen Sie ihn in den Arm und sagen Sie ihm, wie sehr sie ihn lieben."

Leicht verwundert sah Angie ihn an, doch Michaels gütige Augen ließen ihre aufkommenden Bedenken augenblicklich verfliegen.

„Er wird sich sicher freuen und Ihnen wird es auch gut tun", setzte er nach und Angie ging nach oben, um ihren Dad an ihr Herz zu drücken.

Nachdem Michael an Georges Bett Platz genommen hatte, öffnete dieser die Augen.

„Michael. Wie schön. Ich hatte einen solch wunderbaren Traum. Bereits den ganzen Tag bin ich in Gedanken noch bei Billi, in diesem Traum ..."

Michael lächelte wissend.

„Sie sagte, ich solle zu ihr auf den Abendstern kommen", lächelte George nun ebenfalls und sein Blick verlor sich bei den Worten in unbekannter Ferne.

Michaels Stimme war ganz sanft: „Vielleicht ist sie gekommen, um Sie einzuladen? Um Sie abzuholen und mit ihnen zusammen auf den Stern zu gehen?"

„Fast schien es so", antwortete George kraftlos. „Wenn ich nachher wieder einschlafe, dann werde ich einfach mal versuchen so zu tun, als könne ich an ein Jenseits glauben. Vielleicht kommt Billi dann wieder? Was meinen Sie, Michael?"

„Ich denke, diese Idee ist hervorragend, George. Tun Sie das."

„Michael?"

„Ja?"

„Würden Sie mir noch einen Gefallen tun?"

„Jeden den Sie möchten, George."

„In der obersten Schublade meiner Kommode liegt das Buch. Das Wanderbuch. Würden Sie es holen?"

„Natürlich." Michael stand auf, nahm das Buch aus der Schublade und setzte sich wieder ans Bett.

„Würden Sie mir daraus vorlesen, Michael? Ich schaffe es selbst nicht mehr und bin nie über Seite 5 hinausgekommen." Ehrliches Bedauern klang aus Georges schwacher Stimme.

„Natürlich kann ich Ihnen vorlesen, George. Aber ich beginne am Anfang, nicht ab Seite 5", lächelte er und George glaubte einen kurzen Moment, in Michaels Augen ein Blitzen gesehen zu haben, was ihn leicht irritierte.

„Gut. Einverstanden. Wir haben ja Zeit", flüsterte George leise und schloss die Augen, um entspannter zuhören zu können.

„Richtig. Wir haben alle Zeit der Welt", lächelte Michael, öffnete das Buch und begann mit weicher Stimme George vorzulesen. Noch während Michael bei den ersten Seiten war, glitt George erneut sanft in den hellen Nebel hinüber und folgte dort einem hellen, jedoch nicht blendenden Licht, dessen Ursprung er neugierig erkunden wollte.

Eine ganze Weile war er in dem Nebel unterwegs, immer diesem Strahlen folgend, erneut ohne jegliche Sorge. Es war ein angenehmes Gefühl, etwa wie in Watte gepackt fand er und genauso fühlte es sich auch an, wenn er lief. Seine Füße berührten den Boden gar nicht richtig und trotzdem kam er voran. Er fand es lustig und sprang ein paar Mal auf und ab, so wie Laureen, als sie zum Spielpark gingen. Er wunderte sich auch nicht darüber, dass er so agil war, lag sein Körper doch bewegungsunfähig im Bett, er genoss es einfach.

George lief und lief und lief. Sehen konnte er nicht viel, aber sein

Gefühl war ein Gutes und so lief er immer weiter, bis er an einem großen, wunderschönen Baum ankam, der sich wie von Geisterhand aus dem Nebel schälte.

Der ist wirklich wie aus dem Bilderbuch, dachte George fasziniert und entschloss sich, ein wenig auszuruhen. Er setzte sich hin, mit dem Rücken an den mächtigen Stamm gelehnt und schloss zufrieden die Augen.

Als er die Augen wieder öffnete, lag er in seinem Bett und Michael saß neben ihm, das Buch noch immer in der Hand.

George bedauerte aufgewacht zu sein, aber auch überhaupt eingeschlafen zu sein, denn nun hatte Michael sich die Mühe des Vorlesens ganz umsonst gemacht und er selbst wusste noch immer nicht, wie das Buch weiterging.

„Entschuldigen Sie, Michael, ich muss wohl wieder eingenickt sein", murmelte er.

„Das ist absolut kein Problem." Michael lachte und wieder glaubte George dieses Blitzen in seinen Augen gesehen zu haben.

„Wissen Sie, zuerst wollte ich das Buch ja gar nicht", grinste George nun. „Ich wollte es loshaben und als es weg war, musste ich es wiederholen. Dann lag es wieder da und meine Angst hineinzulesen war einfach übermächtig. Ich kann nicht einmal sagen wovor genau ich solche Angst hatte. Und endlich, als ich mich bereit fühlte nun doch weiter zu lesen, versagten meine Augen, raubte mir die Krankheit die Chance zu erfahren was dieses Buch mir sagen wollte."

„Ich weiß, George, und in gewisser Hinsicht ist es auch schade, dass Sie es nicht gelesen haben. Sie hätten dadurch früher die Möglichkeit erhalten zu erfahren, was Sie nun eben erst jetzt erfahren. Doch Sie waren offen genug es doch noch zu versuchen und es ist ja nichts verloren oder gar zu spät." Michael lächelte ihn an und George spürte in diesem Moment fast so etwas wie tiefe Zuneigung für Michael.

„Was meinen Sie damit, was ich halt erst jetzt erfahre?"

„Ich meine damit, dass Sie einer großen Portion Lebensfreude den Rücken gekehrt haben, weil sie zuviel Angst davor hatten, zu lesen und zu erkennen. Diese Angst war völlig unbegründet, was Sie jetzt erfahren und erleben dürfen."

Das geheimnisvolle Lächeln Michaels verunsicherte George fast genauso wie dessen Worte.

„Was meinen Sie? Sie sprechen in Rätseln."

„Stehen Sie auf, George."

„Ich kann nicht mehr aufstehen, das wissen Sie doch!"

„Versuchen Sie's." Michael stand von seinem Stuhl auf und streckte George aufmunternd eine Hand entgegen. „Ich helfe Ihnen." Zögernd testete George zunächst, ob er Finger und Zehen bewegen konnte. Das klappte sogar. Doch das klappte sonst auch ab und zu. Dann versuchte er Arme und Beine zu bewegen und spürte, dass sie sich tatsächlich bewegen ließen. Es fühlte sich zwar noch etwas steif an, aber es ging! Mit großen Augen hob George einen Arm und nahm Michaels dargebotene Hand. Dieser schlug mit der freien Hand die Bettdecke zurück und lächelte George ermunternd an.

Langsam setzte George sich auf und verharrte dann auf der Bettkante. Wow, endlich mal wieder fast aufrecht. Er grinste zufrieden. „Das ist toll, Michael!" freute er sich. „Warum geht das heute so leicht?"

„Weil Sie die Schwere des Körpers nicht mehr spüren", sagte Michael in gelassenem Tonfall.

Fragend schaute George ihn an. „Was ist heute los mit Ihnen, Michael? Haben Sie ein Rätselheft gefrühstückt? Ich verstehe nichts von dem, was Sie sagen."

Michael musste lachen. „Nein, ich habe kein Rätselheft gefrühstückt. Hätten Sie das Buch gelesen, wüssten Sie, warum Sie so einfach aufstehen können. Es ist ganz einfach so wie ich bereits sagte: Sie haben die Schwere des menschlichen Körpers abgelegt. Was soll ich noch sagen?" Er grinste übers ganze Gesicht und genoss den noch immer verwirrten Blick von George, der die Worte nicht recht verarbeiten konnte.

„So schwer zu verstehen ist das doch gar nicht, George." Michael setzte sich zu ihm auf die Bettkante und legte eine Hand auf die seine. Sofort durchfuhr es George, als sei er vom Blitz getroffen worden.

„Sie meinen ..." stammelte er. „Also ... bin ich tot?"

„Wenn Sie das so ausdrücken wollen, dann sind sie gestorben, ja George." Michael ließ seine Hand liegen.

„Das heisst natürlich ist nur Ihre menschliche Hülle gestorben. Ihr

Herz hat aufgehört zu schlagen, aber wie Sie sehen, Sie sind gar nicht tot, Sie leben noch immer!"

George war nun komplett verwirrt. Seine Augen schwirrten umher, versuchten sich irgendwo festzuhalten und die Gedanken zu ordnen. Er sah nach wie vor sein Zimmer vor sich, auf dessen Bett er saß und Michael neben sich, der ihm aus dem Buch vorlesen wollte. „Wo ist Angie?" fragte er unsicher.

„Sie ist zu Hause und bereitet Ihre Beerdigung vor."

Georges Oberkörper sackte zusammen. Das war zuviel für ihn. Michael spürte es und half ihm. „Ich möchte Ihnen etwas zeigen. Kommen Sie." Er stand auf und hielt George erneut die Hand hin. Fast lethargisch ergriff er Michaels Hand und stand auf. Er war so in Gedanken versunken, dass er nicht einmal bemerkte, wie leicht ihm das fiel und wie das Zimmer um ihn herum langsam seine Konturen verlor. In dem Moment, als sie gemeinsam aus der Tür traten, verschwand das Zimmer komplett und sie standen vor dem großen Baum, an den sich George vor noch nicht all zu langer Zeit angelehnt hatte.

Mit großen Augen sah George den Baum an und ließ den Blick schweifen. Eine wunderschöne Blumenwiese war entstanden, wie ihm schien die gleiche auf der er in seinem Traum mit Billi gelegen hatte. Wieder bewunderte er diese faszinierende Blütenpracht, den betörenden Duft, den er zuvor ja nie gerochen hatte, die Artenvielfalt und Farben, die er gar nicht kannte. Unfähig zu sprechen bestaunte er nur dieses Wunder.

„Jemand möchte Sie begrüßen." Michael unterbrach die Stille mit leisen Worten. „Schauen Sie."

George folgte seinem Blick und die Knie wurden ihm weich. Hinter dem Baum kam eine Person zum Vorschein, die er nur all zu gut kannte. „Billi!" hauchte er.

Sie lachte ihn an, mit diesen wundervollen Augen, die strahlen konnten wie Sterne in der Nacht. „George. Mein Geliebter." Langsam kam sie auf ihn zu, schien fast zu schweben. Alles war so leicht.

Michael ließ Georges Hand los und trat lächelnd etwas zur Seite. „Billi." Noch immer fand er keine Worte.

Sie blieb vor George stehen, nahm seine Hände in die ihren und streckte sich zu ihm hinauf, um ihn sanft zu küssen.

„Es ist so wundervoll, dass du endlich da bist", flüsterte sie ihm glücklich zu.

„So lange habe ich gewartet und nun sind wir endlich wieder vereint."

Noch immer stand George mit großen Augen da, hielt Billis Hände ganz fest in seinen, so als habe er Angst, sie könne wieder verschwinden.

„Ist das wieder ein Traum?" Er drehte ungläubig den Kopf zu Michael, der lächelnd antwortete:

„Nein, George, das ist kein Traum. Nimm sie ruhig in den Arm und dann schau, was ich dir noch zeigen möchte."

George umarmte Billi, die ihn liebevoll an sich drückte. Sein Herz machte einen Sprung vor Glück und er schloss die Augen, um richtig und intensiv genießen zu können.

„Schau, George." Michaels Stimme holte ihn aus seiner Glückseligkeit. Er öffnete die Augen, konnte jedoch nichts weiter erkennen. Billi löste sich sanft aus der Umarmung, lächelte ihn an und deutete nach oben, in den Baum.

George folgte dem Hinweis und erstarrte erneut. Auf einem stabilen dicken Ast, umhüllt vom satten Grün des Laubes, saß Thomas und grinste ihn an.

„Hi, Dad!" lachte er fröhlich winkend und mit einem Satz, der ihm auf der Erde locker einen Beinbruch eingehandelt hätte, sprang Thomas vom Baum und stürmte auf seinen Vater zu. Alle drei hielten sich in den Armen und ließen den Tränen des Glücks freien Lauf.

Eine Weile waren sie bereits zu viert über die duftende Wiese spaziert, während George noch immer recht schweigsam versuchte zu verarbeiten, was er gerade erlebte. All das fühlte sich richtig an, fühlte sich gut an. Er fühlte sich frei, ohne jegliche Schmerzen oder beeinträchtigende Behinderungen.

Er spürte einen Frieden in sich, den er nicht beschreiben konnte und ein dermaßen tiefes Gefühl von Liebe, dass er am liebsten geweint hätte.

Dieses Gefühl rührte ihn unglaublich.

Immer hatte er gedacht, die Liebe die er für Billi empfand, wäre das stärkste Gefühl, das ein Mensch erleben kann. Nun aber spürte er, es geht noch stärker! Unglaublich.

„Wie ist das möglich?" wandte er sich, noch immer verunsichert, an Michael, der wusste, wie George empfand und ihm lächelnd antwortete:

„Diese Liebe ist die Universelle Liebe. Es ist die reinste und ehrlichste Form der Liebe, die es gibt im Universum. Nichts ist stärker als sie! Nichts!"

„Faszinierend." George war ganz ergriffen von der Intensität und genoss eine Weile schweigend einfach nur dieses Sein.

Dann fiel ihm eine, in seinen Augen, weitere Ungereimtheit auf:

„Gerade waren wir noch in meinem Zimmer, du hattest das Buch in der Hand, also warst du auch auf der Erde. Nun sind wir hier und du bist auch hier. Bist du auch gestorben? Zur gleichen Zeit wie ich?"

Thomas lachte laut und auch Billi und Michael stimmten mit ein.

„Nein George", grinste Michael. „Ich bin nicht gestorben, weil ich nicht sterben kann. Ich sagte dir doch, ich arbeite für jemand anderen und bin auf der Erde, um Menschen zu helfen, weißt du noch?"

George nickte und nachdem niemand weiter sprach, hob er fragend den Kopf, schaute in die grinsenden Gesichter seiner Lieben und Michaels. „Du bist ... du bist tatsächlich ein Engel?"

Michael nickte und seine Augen strahlten dabei. „Ja, George. Ich bin tatsächlich ein Engel."

„Dann hatte Laureen wirklich Recht!"

„Ja, das hatte sie. Viele Kinder können Engel sehen", erklärte Michael. „Sie schauen noch nicht mit den Augen eines aufgeklärten Erwachsenen, dem über Jahre hinweg eingetrichtert wurde, dass es gar keine Engel gibt. Sie sind noch frei in ihrem Denken, in ihrem Blick, doch die heutige Erziehung nimmt den meisten diese Fähigkeit leider. Wenn man als kleiner Erdenbürger immer und immer wieder gesagt bekommt, dass es den imaginären Freund nicht gibt, nur weil die Erwachsenen ihn nicht sehen können, dass es keine Geister gibt, dass es auch keine Engel gibt und womöglich nicht mal einen Gott ... Was bleibt den Kindern dann anderes übrig als sich zu verschließen, das Geistige ebenfalls aus ihrem Leben zu verbannen und schön brav zu sein?

Schließlich will ein Kind es seinen Eltern ja recht machen und so verlieren sie diese wundervolle Gabe, oftmals für ihr gesamtes Erdenleben lang."

George schwieg betroffen und nach einer Weile sagte er: „Kannst du zurück auf die Erde?"

„Ich kann jederzeit zurück. Warum fragst du?"

„Könntest du Angie das Buch geben?" bat er Michael. „Sie sollte es auch lesen. Vielleicht versteht sie wenigstens, was ich nicht gewagt habe anzugehen. Das wäre mir sehr wichtig. Und dann kann sie vielleicht Laureen unterstützen, dass diese ihre Fähigkeit nicht verliert!"

Michael lächelte. „Ich habe es ihr bereits gegeben. Und sie hat noch am gleichen Abend, nachdem wir beide gegangen sind, begonnen darin zu lesen."

Angie stand am Bett ihres Vaters, nachdem Michael sie gerufen hatte. Georges Atem ging flach, er war ganz ruhig.

„Es ist soweit, nicht wahr?" flüsterte sie leise und ihre Augen füllten sich mit Tränen.

Michael nickte. „Ja. Er ist bereit hinüber zu gehen."

Angie setzte sich ans Bett und nahm Georges Hand in die ihre. Leise weinend strich sie ihrem Dad mit der anderen Hand zärtlich über die Wange.

„Er sieht so friedlich aus", flüsterte sie schniefend und fügte kurz darauf hinzu: „Glauben Sie wirklich, Michael, dass es ein Leben nach dem Tod gibt? Dass er wirklich hinüber geht, wie Sie sagen?"

Michael stand am Fußende des Bettes, die Hände dezent zusammengefaltet, fast als würde er beten. „Ja ,Angie, das glaube ich wirklich. Ich bin sogar fest davon überzeugt."

Angie schaute mit traurigen Augen hoffnungsvoll zu Michael hinüber. Dessen fester Blick ließ keinerlei Zweifel zu, dass er von dem, was er sagte, absolut überzeugt war.

„Ich danke Ihnen, dass Sie mir vorhin die Möglichkeit gegeben haben, mich von meinem Vater zu verabschieden, als er es noch mitbekam." Angie schluchzte. „Sie wussten es, nicht wahr?"

„Ja, ich wusste es. Manche Dinge spüre ich einfach." Michaels Stimme war so sanft, dass Angie ein Schauer über den Rücken lief.

Georges Körper zuckte einmal und erschrocken schaute Angie zu ihm hin. Ein feines Lächeln umspielte mit einem Mal seine Lippen. Dann atmete er ein letztes Mal tief ein und langsam wieder aus. Sein Herz hatte bereits aufgehört zu schlagen und das leichte Lächeln auf seinem Gesicht blieb genauso stehen wie sein Brustkorb.

Angie weinte leise, hielt die Hand ihres Vaters noch eine Weile fest. „Leb Wohl Dad", hauchte sie fast unhörbar. Dann stand sie auf, zog die Bettdecke noch einmal ordentlich zurecht und gab ihrem Vater einen letzten Kuss auf die Stirn.

Michael hatte sich dezent zurückgezogen, stand unauffällig in einer Zimmerecke, Angie hatte ihn für einen Moment fast vergessen.

„Michael!" Wie aus einer Trance erwachend erkannte sie ihn etwas verzögert und ging zu ihm hin. Michael nahm sie wortlos in die Arme. Angie lehnte ihren Kopf an seine Brust und mit einem Mal konnte sie sich einfach fallen lassen, fühlte sich in seinen Armen wie ein sicher behütetes Kind und ließ ihren Tränen ohne Scham freien Lauf.

Als sie später nach unten gingen, war es für Michael an der Zeit sich zu verabschieden.

„Ich danke Ihnen Michael, dass Sie hier waren." Angie hatte sich etwas gefangen und hielt seine beiden Hände in den ihren. „Ich bin mir sicher, meinem Dad hat es sehr gut getan, jemanden wie Sie in den letzten Momenten um sich zu haben. Sie verbreiten so viel Ruhe ..." Wieder füllten sich ihre Augen mit Tränen, die sie schnell wegwischte.

Michael drückte sie noch einmal kurz an sich. „Es war mir eine Ehre, George auf seiner Reise ein Stück begleiten zu dürfen."

Dann griff er in seine Tasche, zog ein Buch hervor und hielt es Angie entgegen. „Ihr Vater hätte gewollt, dass Sie es bekommen."

„Was ist das für ein Buch?" Angie nahm es entgegen und drehte es unschlüssig hin und her.

„Es ist jenes Buch, welches George und mich zusammen geführt hat", lächelte Michael sein geheimnisvolles Lächeln. „Leider kam er nicht mehr dazu, es komplett zu lesen und ich bin mir sicher, er würde wollen, dass Sie es beenden."

Mit ernstem Blick fügte er nachdrücklich hinzu: „Seien Sie offenen

Herzens, dann wird es Ihnen sehr viel geben können!"

„Danke, Michael." Angie drückte das Buch an ihre Brust.

„Ich werde es lesen. Ganz sicher!"

Ein letztes Mal umarmten sie sich und Michael ging zurück in seine Welt, in der er nun ebenfalls gebraucht wurde, während Angie, gemeinsam mit Frank, die Vorbereitung der Beisetzung ihres Vaters in Angriff nahm.

Spät am Abend, als alle bereits schliefen, setzte sich Angie in den alten Sessel am Fenster, in dem ihr Dad so oft gesessen hatte, das Buch auf ihren Knien. Fast zärtlich strich sie mit ihren Fingern über den Einband und das kleine Eselsohr in der oberen Ecke. Für den Moment waren ihre Tränen getrocknet. Mit leicht zitternden Fingern schlug sie das Buch auf und begann zu lesen.

Auch Angie stockte der Atem, als sie auf Seite fünf ankam: „Eine schmerzliche Erfahrung ist es für Dich, wenn vertraute, liebe Menschen gehen, so wie Thomas, Sybille und George. Dann stirbt auch ein Teil von Dir. Doch wohin gehen sie überhaupt? Da sie nicht zurückkommen können, um es dir zu sagen, werden wir der Antwort in diesem Buch gemeinsam auf den Grund gehen."

Angie schaute die Sätze an, die vor ihren Augen langsam verschwammen und mit einem Mal schüttelte sie ein befreiender Weinkrampf, da aller Schmerz der vergangen 20 Jahre mit diesen Worten nach oben gespült wurde.

Obwohl sie noch gar nicht weiter gelesen hatte, spürte sie, dass sie nun frei sein würde, dass diese unterdrückte Belastung, die all die Jahre auf ihrer Seele lag, endgültig verschwinden würde, sobald sie dieses Buch zu Ende gelesen hätte.

Als sie wieder klar sehen konnte, die Tränen versiegt waren, las sie weiter, ohne - im Gegensatz zu ihrem Dad - groß darüber nachzudenken, wie dies alles überhaupt möglich sein konnte. Angie wurde von dem Buch in dessen Bann gezogen und las die ganze Nacht hindurch, bis zum Morgengrauen. Bis sie es zu Ende hatte.

Fasziniert und mit offenem Herzen, so wie Michael es ihr riet, verschlang sie die Worte und Erklärungen. Das Buch sprach sie direkt an! Es erklärte ihr warum Thomas so früh gegangen war und warum sie die Person sein musste, die den Unfall verursachte. Es stand geschrieben, dass eine jede Seele, bevor sie auf der

Erde als Mensch inkarniere, sich ihr Leben und ihre Vorgehens-
weise zuvor aussuchen könne.

Und dass dem Menschen, wenn er geboren wird, diese Erinnerung an das Vorherige genommen wird, hätte ganz einfach
folgenden Grund:

Jeder Mensch bekommt seinen freien Willen. Mit diesem kann
er jederzeit entscheiden, wie er sich in bestimmten Situationen
verhalten möchte. Es ist wie eine Art Test, ob man sich als un-
wissender Mensch so verhalten wird, wie man es sich vor der
Inkarnation, also als wissende Seele, ausgesucht hat. Würde die
Rückerinnerung erhalten bleiben, wäre die ganze Inkarnation
sinnlos. Jede Seele will „bestehen", in Liebe arbeiten und wirken
und sie ist sich durchaus bewusst, dass es keine leichte Aufgabe
sein wird, ohne die Erinnerung die selbst gesteckten Ziele zu
erreichen.

Auch sprach das Buch von Seelenfamilien, so wie es Familien auf
der Erde gibt und diese setzen sich vorher zusammen und bera-
ten sich, wer wann in welchem Körper oder zu welchem Zweck
auf die Erde kommen möchte.

Manche Seelen möchten bestimmte Erfahrungen machen und
benötigen dazu die Unterstützung einer anderen Seele, die sich
bereit erklären muss etwas zu tun, was auch für sie unter Umständen schwer sein wird, oder auch die ganze Erdenfamilie belasten
wird.

So war es auch in dem Fall von Thomas und ihr. Angie wollte
die Erfahrung machen, wie sie damit leben und zurechtkommen
könne, beschuldigt zu werden, am Tod ihres eigenen Bruders
verantwortlich zu sein. Dies geschah in Absprache mit der ganzen Familie, also auch Billi und George, die diese Situation ja
ebenfalls betreffen würde. Erst wenn alle aus der Seelenfamilie
übereinstimmen, diese Erfahrung machen zu wollen, erst dann
wird es so geschehen.

Die selbst auferlegte Prüfung besteht demzufolge darin, ob jeder
für sich selbst, sich so verhalten wird auf Erden, wie er es sich
zuvor im Geistigen Reich vorgenommen hat.

Thomas hatte sich also freiwillig dazu bereit erklärt, so früh zu
sterben, damit die anderen drei Familienmitglieder ihre Erfahrun-

gen machen konnten. Angie rann eine Träne über die Wange. Sie spürte tief in ihrem Herzen, auch wenn es schwer zu glauben war, dass in diesen Worten Wahrheit steckte.

Sie wusste nun, dass es nur durch die Liebe allein möglich war, solche Schicksale zu meistern. Und fast noch wichtiger: dass erst die Liebe diese Erfahrung überhaupt möglich machte, so paradox es klingen mochte.

Hätte Thomas sich nicht, aus Liebe zu seiner zukünftigen Familie und Schwester, dazu bereit erklärt so früh die Erde wieder zu verlassen, hätten sie besagte Erfahrung gar nicht machen können. Sie wollten die Erfahrung der Liebe zueinander und untereinander machen und hätten fast versagt. Doch nur fast.

Billi, ihre Mum, hatte nie gezweifelt, mit dem Schicksal gehadert oder gar Angie die Schuld gegeben. Sie suchte Erklärungen und Trost in den Büchern von Thomas und ihre Liebe war immer für alle in der Familie gegenwärtig. Ihr Dad hatte sich jedoch schwer getan. Für ihn war die Prüfung schwieriger zu bestehen, doch letzen Endes hat auch in ihm die Liebe gesiegt. Er konnte um Entschuldigung bitten und endlich abschließen.

Und auch sie selbst hatte sich jahrelang Vorwürfe gemacht, dachte die ersten Monate in der Reha, sie könne mit dieser Last nicht weiterleben. Ihre Mum gab ihr jedoch die Kraft durchzuhalten und nahm ihr letzten Endes auch die Schuldgefühle. Sie konnte nichts dafür!

Angie las weiter.

In eindrucksvollen aber verständlichen Worten wurde erklärt, was und wie es sich abspielt, wenn eine Seele ihren menschlichen Körper verlässt, um nach Haus, also ins Jenseits, zurück zu kehren. Nun wusste Angie auch, warum ihr Dad, bei seinem letzten Atemzug ein Lächeln auf den Lippen hatte. Das Buch beschrieb, dass jede Seele, wenn sie den Körper verlässt, abgeholt und auf der anderen Seite empfangen wird. Sei es nun von einer oder einem Verwandten, oder dem zur Seite stehenden Engel, das variiere, jedoch könne sich jeder gewiss sein: Es wird niemand allein gelassen!

Angie konnte sich gut vorstellen, dass ihr Vater bei seinem Übertritt Billi gesehen hat und vielleicht sogar auch Thomas. Sie empfand diesen Gedanken als äußerst tröstlich und ihr wurde richtig leicht ums Herz bei der Vorstellung, die drei dort oben zusammen zu wissen. Angie lächelte, lehnte den Kopf zurück und schaute verträumt in den sich langsam erhellenden Garten, der durch diesen frühen Lichteinfall fast ein magisches Aussehen hatte. ‚Dieses Buch ist phantastisch', dachte sie bei sich. ‚Schade, dass Dad es nicht gelesen hat. Doch für mich war es eine wundervolle Bereicherung und nun kann ich in Frieden mit all dem Geschehenen abschließen.'

Sie verstand allerdings immer noch nicht ganz, wie es sein konnte, dass dieses Buch sie so persönlich ansprach, von Thomas, Billi und George handelte, so als sei es nur für sie geschrieben worden. Das konnte aber doch nicht sein, da es zuvor ihrem Vater gehört hatte und zu dieser Zeit sicher noch nichts über seinen Tod drin stehen konnte. Da sie absolut keine Erklärung dafür fand und zwischenzeitlich auch zu müde war um sich noch lange den Kopf zu zerbrechen, ging sie zu Bett, kurz bevor Frank und Laureen in den Tag starteten.

Was es mit diesem mysteriösen Buch tatsächlich auf sich hatte, würde Angie erst viele Jahre später erfahren, denn in dieser Nacht besuchte Thomas seine Schwester Angie im Traum und gab ihr die liebevolle Anweisung, das Buch für den Augenblick nicht am Weiterwandern zu hindern.

Vier Tage später fand die zwar einfach gehaltene, jedoch feierliche Beisetzung von George Hudson in kleiner Gemeinschaft statt. Nachdem danach alle Trauergäste den Friedhof verlassen hatten, stand Angie noch am Grab und verabschiedete sich ein letztes Mal in aller Stille von ihrem Dad. Dann nahm sie ein Buch aus ihrer Tasche und legte es auf die nahestehende Parkbank, auf der ihr Dad so oft gesessen hatte, wenn er mit seiner Billi allein sein wollte. Das kleine Eselsohr am oberen Rand, ragte neugierig in die Luft, so als halte es bereits nach einem neuen Leser Ausschau - welchen es im 2. Teil dieser George-Trilogie natürlich auch finden wird ...

Glücklich schaute George seine Billi an, legte liebevoll einen Arm um ihre Schulter und drückte sie zärtlich. „Weißt Du, was ich nicht verstehe?"

Billi lächelte. „Was?"

„So viele Jahre sind vergangen, ich bin ein alter Mann geworden, doch du siehst aus wie damals und auch Thomas, er ist ja kaum größer geworden. Wie kann das sein?"

„Hier spielt die Zeit keine Rolle mehr, George", erklärte ihm seine Frau. „Wir altern nicht weiter. Die verstorbenen Seelen zeigen sich ihren Lieben so, wie diese sie auf der Welt gekannt haben, in dem Alter und mit dem Aussehen. Hier im Geistigen können wir dies jedoch verändern. Wir verändern unser Aussehen nach unserem geistigen Reifegrad sozusagen. Doch das jetzt genauer zu erklären, das bedarf eines neuen Buches, du wirst alles noch verstehen mit der Zeit." Sanft strich sie mit einer Hand über seine Wange und aus ihren Augen strahlte die Liebe, die sie für ihn empfand.

„Wo wir gerade bei Zeit sind." Michael mischte sich noch einmal kurz ein und zwinkerte George kurz zu. „Bevor ich Euch nun verlasse und wieder meiner Arbeit nachgehen werde, möchte ich dir noch etwas zeigen."

Er ging ein paar Schritte und machte eine ausladende Handbewegung vor sich in der Luft. „Zeit ist relativ, wie ein bekannter Mensch einmal erkannte. Schau her!"

An der Stelle, die Michael gerade so gestenreich bearbeitet hatte, fing die Luft zu flimmern an. Dann öffnete sich eine Art großes Fenster, durch das sie alle hindurch schauen und einen Blick auf die Erde werfen konnten. Wie aus einem überdimensionalen Helikopter heraus flogen sie in rasender Geschwindigkeit auf den blauen Planeten zu. Sie überquerten die Kontinente und Meere, flogen langsamer werdend in Richtung Amerika. George war beeindruckt und fasziniert zugleich. Die Möglichkeiten in dieser Sphäre waren erstaunlich und noch lange hatte er nicht alles erlebt und erfahren, was es zu entdecken gab.

Schließlich stoppten sie über Georges Haus, welches bereits ins Dunkel der einbrechenden Nacht gehüllt war.

George schluckte und drückte Billi fest an sich.

Dieser Anblick rührte ihn, doch tat er nicht weh.

168

Im Gegenteil.

Er freute sich, das Haus noch einmal zu sehen, gleichzeitig seine große Liebe im Arm halten zu können und Thomas bei sich zu wissen.

Er war glücklich.

Dann drehte Michael die Ansicht noch etwas und sie konnten auf die hölzerne Veranda sehen.

Dort saßen Angie und die kleine Laureen zusammen in der Hollywoodschaukel ihres Grandpas.

Laureen hatte ihr neugeborenes Brüderchen, den kleinen George junior im Arm und winkte lächelnd dem Abendstern zu.

ENDE

Weitere Produkte aus unserem Verlag

100 Fragen an das Universum
Rosemarie Gehrig und Stefan Sicurella

„Was würdest du gerne wissen, wenn du
einem Engel oder Gott eine Frage stellen
könntest?"

Diese Frage haben die beiden Autoren ihren
Freunden und Kindern, Familien und Bekannten gestellt. Es wurden mehr als hundert
Fragen aus allen Bereichen des Lebens und
Erlebens zusammengetragen. Persönliche
Fragen zu Lebenssituationen wurden genauso
liebevoll berücksichtigt und beantwortet, wie
allgemeine Fragen zu Gesundheit, Politik, Klima und Weltlage. Die Fragen spiegeln die Themen der Zeit wider und die liebevollen Antworten
haben, bei aller Individualität, eine zeitlose Gültigkeit.
Auch gerade bei den persönlichen Fragen, kann der Leser Ähnlich-
keiten und Resonanzen zu seinen eigenen aktuellen Lebensthemen,
Beziehungsthemen oder Konflikten erkennen und für sich Rat, Hilfe
und Heilung finden. Er kann die Fragen der Anderen auch zum Anlass
nehmen, über die eigenen Themen nachzudenken und sich oder seinen
Mitmenschen - oder einer höheren Instanz - Fragen zu stellen und so die
persönliche Entwicklung und Reife voran zu treiben.

Aufgestiegene Meister, wie zum Beispiel Mutter Maria und Meister Hi-
larion, Erzengel, wie Raphael und Michael und viele andere Wesenhei-
ten möchten uns helfen, unseren Lebensweg mit mehr Freude, Klarheit
und Liebe zu gehen.

Was du schon immer von Gott wissen wolltest, hier findest du liebevolle,
lebensnahe Antworten.

Kartoniert • 154 Seiten • 12 farbige Abbildungen
ISBN 978-3-940930-22-4

Weitere Produkte aus unserem Verlag

Himmlische Kraftkarten
Irene Schumacher

Wunderbare Botschaften und Antworten
aus der geistigen Ebene des Universums

Die Himmlischen Kraftkarten sind liebevolle, klare und wunderbare Botschaften und Antworten aus der geistigen
Ebene des Universums, empfangen
durch das Medium Irene Schuhmacher.

Auf die alltäglichen Fragen und Zweifel
geben sie in jeder Situation
klare Antworten und Entscheidungshilfen.
Da die Himmlischen Kraftkarten praktisch überall mit hinzuneh-
men sind, kann man in jeder Lebenssituation, zunächst über die
Karten, zu seinem Engelbegleiter Kontakt aufnehmen und um Rat
und Hilfe bitten.

Das Benutzen der Karten fördert die spirituelle Wahrnehmung
und Entwicklung und möchte Dich ermutigen, selbst in direkten
Kontakt mit deinem Höheren Selbst und deinen Engelbegleitern
zu treten.

Ein umfangreiches Begleitheft zeigt dir verschiedene Möglichkeiten in der Anwendung der Karten auf und gibt weitere praktische
Tipps und Lebenshilfen.

Kartenset mit 47 Karten und Begleitheft
ISBN 978-3-940930-23-1

Weitere Produkte aus unserem Verlag

Engel begleiten dich
Ein Schutzengelbuch
Rosemarie Gehring

Dieses Buch führt die Kinder und
Kind gebliebenen Erwachsenen
mit liebevoll gestalteten Bildern in
die Welt der Engel. Jeder der hier
gemalten Engel hat seinen bestimmten
Aufgabenbereich, den er vorstellt und
durch die Energie, die die Bilder aus-
strahlen, dem Betrachter näher bringt.

32 Seiten • Gebundene Ausgabe
ISBN 978-3-940930-15-6

Mit deinem Engel durch die Nacht
oder wie der Sand in deine Augen kommt
Anneke Cochlovius

Viele Eltern und Kinder glauben
nicht daran, dass der Sandmann
den Kindern abends zum Einschlafen Sand in die Augen streut. Diese
Geschichte erzählt, wie der Sand
tatsächlich in die Augen kommt. In
liebevoll gemalten Bildern und kurzen Texten erfahren die Kinder, wie
sie von Gott und ihrem Schutzengel
begleitet und beschützt werden.

16 Seiten • Gebundene Ausgabe
ISBN 978-3-940930-19-4

Weitere Produkte aus unserem Verlag

Wunder des Lebens
Heidrun Otting Woll
Berührende und inspirierende Texte zu Schwangerschaft und Geburt

Dieses Buch, mit seinen poetischen Texten, möchte
dazu beitragen, sich dem Wunder des
Lebens ohne komplizierte Rituale und
Vorkehrungen zu nähern, getragen von
der einzigartigen Liebe zu dem ungebore-
nen oder geborenen Kind und der Liebe
zwischen Vater und Mutter, die dieses neue
Leben haben entstehen lassen.

42 Seiten • Gebundene Ausgabe
17 farbige Abbildungen
ISBN 978-3-940930-18-7

Engel, Elfen, Naturwesen
Ingo Hagen & Karu
Ein Malbuch • Mit 12 Wachsmalstiften

In diesem Buch findest du viele
freundliche Elfen, lustige Trolle, ele-
gante Feen und andere Naturwesen.
Du kannst sie mit den beiliegenden
Stiften ausmalen - ganz wie du möchtest.

56 Seiten • Broschiert
ISBN 978-3-940930-14-9

Weitere Produkte aus unserem Verlag

Kai und die Angst
Wie ein kleiner Junge seiner Angst begegnet
Anneke Cochlovius

Eines Tages, als Kai alleine zu Hause
ist, hört er seltsame Geräusche im Haus.
Kai hat Angst.
Kai ist aber auch neugierig und mutig
und so beschließt er, die Ursache für
diese Geräusche zu finden. So begegnet Kai seiner Angst und schaut sie an.
Dadurch verändert sich alles ...

Erscheint im Herbst 2011
20 Seiten • Gebundene Ausgabe
ISBN 978-3-940930-16-3

Klang der Stille
Ein Weg in den meditativen Innenraum
Heidrun Otting Woll

In den poetischen Texten aus der Zusam-
menarbeit der psychologischen Beraterin
Heidrun Otting Woll und des aufgestiegenen Meisters Serapis Bey kann jeder
Mensch sich selbst wiedererkennen und in
Liebe akzeptieren. Er erkennt und hinter-
fragt, durch die berührenden, nachvoll-
ziehbaren Gedanken und Schilderungen
seinen persönlichen Standpunkt in seinem
Streben nach Klarheit, spirituellem Wachs-
tum und Lebensfreude.

128 Seiten • Broschiert
ISBN 978-3-940930-01-9

Weitere Produkte aus unserem Verlag

12-Strahlen Meditationen
Mit den aufgestiegenen Meisterinnen und Meistern
Rosemarie Gehring

Dieses Buch enthält zwölf Meditationen
der Aufgestiegenen Meister, um die
Qualitäten und Aspekte des jeweiligen
Farbstrahls in unseren Energiekörpern zu
verankern. Die Meditationen sind einfach
zu visualisieren und eignen sich gleicherma-
ßen zum Vorlesen als Partnerübung oder
zum Nachspüren nach dem selber Lesen.
Einführende Atemübungen, helfen die
Energien der Strahlenmeditationen, auch
für Ungeübte, in den Körpern zu aktivieren
und nach kurzer Zeit fühlt man sich frisch
und energetisch neu aufgeladen.

64 Seiten • Broschiert
ISBN 978-3-940930-00-2

Ein Kind geht ins Licht
Das Trostbuch für Familie und Freunde
Anneke Cochlovius

Ein Kind zu verlieren ist das Schmerz-
hafteste, das einer Familie und Freunden
widerfahren kann. Was kann man da
noch sagen und tun um zu trösten? Was
den Schmerz über den bleibenden Verlust mildern kann, ist Liebe und Glaube.

16 Seiten • Gebundene Ausgabe
ISBN 978-3-940930-20-0